Jean d'Aillon est né en 1948 et vit à Aix-en-Provence.

Docteur d'État en sciences économiques, il a fait une grande partie de sa carrière à l'Université en tant qu'enseignant en histoire économique et en macroéconomie, puis dans l'administration des Finances.

Il a été responsable durant plusieurs années de projets de recherche en économie, en statistique et en intelligence artificielle au sein de la Commission européenne.

Il a publié une vingtaine de romans historiques autour d'intrigues criminelles. Il a démissionné de l'administration des Finances en 2007 pour se consacrer à l'écriture.

Ses romans sont traduits en tchèque, en russe et en espagnol.

Il a reçu en 2011 le Grand Prix littéraire de Provence pour l'ensemble de son œuvre.

# La vie de Louis Fronsac

## et autres nouvelles

# Jean D'AILLON

# La vie de Louis Fronsac
## et autres nouvelles

*Le bourgeois disparu*
*Le forgeron et le galérien*

© Jean-Louis Roos, 2013
© Éditions J'ai lu, 2013

# LA VIE DE
# LOUIS FRONSAC

## CHEVALIER DE SAINT-LOUIS
## ET MARQUIS DE VIVONNE
### Par Madame Aurore La Forêt,
### marquise de Vivonne

À LA HAYE
Chez Jacob van HUYSEN
Marchand Libraire au Palais
MDCCIX

# Préface

La vie de Louis Fronsac, notaire au Châtelet, puis chevalier de Saint-Michel, marquis de Vivonne et enfin chevalier de Saint-Louis, est surtout connue par le court récit, publié à La Haye en 1709, qu'en a fait sa belle-fille, Aurore La Forêt. La première page est ici reproduite et j'ai essayé d'en rendre le texte plus accessible en utilisant un français contemporain.

Ce livre a vraisemblablement été écrit après les dramatiques événements de 1706 qui ont fait l'objet, de ma part, d'un récit romancé[1]. Il contient des révélations tellement incroyables sur le roi et la Cour que la plupart des exemplaires entrés en France furent saisis par la police de monsieur d'Argenson[2] et détruits. Il s'agissait sans doute pour Mme Fronsac et son époux Pierre, le fils de Louis Fronsac, d'une garantie supplémentaire contre les agissements de Michel de Chamillart malgré les promesses faites par le roi à son cousin, Philippe d'Orléans. Peut-être même s'agissait-il d'une protection contre Philippe d'Orléans lui-même car, si

---

1. Voir, du même auteur, *Le captif au masque de fer*.
2. Le marquis Marc René d'Argenson, qui avait succédé à Nicolas de La Reynie en janvier 1697. (Toutes les notes explicatives sont de l'auteur.)

Aurore La Forêt n'aborde que de façon allusive l'identité du masque de fer, la famille royale ne pouvait douter qu'elle connaissait le dernier secret de Richelieu.

Ce rare et précieux document – il n'en subsiste à ma connaissance que deux exemplaires – a bien sûr servi pour écrire les aventures romancées de Louis Fronsac. Les mémoires manuscrits et divers courriers qu'Aurore La Forêt avait pieusement conservés ont également été très utiles. Ces documents peuvent être consultés aux Archives nationales (Ancien Régime, Ville de Paris sous la cote KX titre XVII : KX 12221 à 123367).

Grâce à tous ces textes, l'importance du rôle de Louis Fronsac sous les règnes de Louis XIII et Louis XIV commence enfin à être reconnue par les historiens. Il faut s'en réjouir. On consultera ainsi avec bonheur la thèse récente soutenue à l'École des chartes : *Louis Fronsac, un logicien au service de la justice*, 1997.

Jean d'Aillon

Louis Fronsac naquit à Paris en 1613, dans une ancienne ferme fortifiée de la rue des Quatre-Fils. Son père, Pierre Fronsac, notaire au Châtelet et ancien échevin de la ville, lui donna une éducation conforme à l'état auquel il le destinait en l'inscrivant à onze ans au collège de Clermont, le fameux établissement parisien tenu par les Jésuites. Clermont était réservé à l'aristocratie et à la haute bourgeoisie car l'enseignement et la pension y étaient fort coûteux malgré des conditions d'étude particulièrement sévères. Levés à quatre heures le matin dans des chambres partagées à plusieurs, les élèves travaillaient jusqu'à huit heures du soir le latin, le grec, l'italien, la philosophie, le droit et les mathématiques avec une messe pour seule et unique distraction. La nourriture y était médiocre et parcimonieuse, le chauffage minime, les maîtres exigeants, usant parfois du fouet pour faire entrer le savoir dans la tête de leurs étudiants. Quant aux punitions, fréquentes et souvent humiliantes, elles frappaient indifféremment pauvres et riches, nobles ou roturiers.

L'un des compagnons de chambrée de mon beau-père était un garçon orphelin envoyé là par son tuteur et grand-oncle, le prieur de l'abbaye de

Coulombs. Promis à la prêtrise, chacun jugeait qu'il ferait un bien mauvais religieux avec son caractère agressif et sa franchise brutale. Il se nommait Gaston de Tilly et ses parents étaient morts en 1617 alors qu'ils se rendaient chez le duc de Sully au sujet d'une importante affaire criminelle ; le père de Gaston étant prévôt.

Malgré la différence de leur état – l'un pauvre et aristocrate, l'autre aisé et roturier –, Gaston et Louis s'étaient liés à la fois d'amitié et pour se défendre contre une faction de nobles rejetons cherchant à les brimer. Ayant battu en duel leurs provocateurs, ils avaient été sévèrement punis mais avaient aussi obtenu l'estime de plusieurs de leurs compagnons, parmi lesquels Paul de Gondi, dont ils devaient conserver l'amitié[1], et le jeune comte de Moret, fils naturel d'Henri IV.

Durant ces années de pensionnat, ils avaient vécu de palpitantes aventures, déjouant même un complot de jésuites espagnols et ultramontains qui visait à ruiner la confiance entre la France et l'Angleterre, au risque de broyer la reine de France. Pour prévenir Anne d'Autriche, Louis et Gaston avaient plusieurs fois risqué leur vie et demandé l'aide d'un brigand de la terrible bande des Rougets et des Grisons[2].

L'année suivante, alors que le collège de Clermont s'agrandissait en rachetant les collèges voisins du Mans et de Marmoutiers, ils avaient découvert que le Grand prieur, Alexandre de Vendôme, bâtard royal, entreposait des armes dans ces bâtiments abandonnés. Il s'agissait d'une conspiration conduite contre le cardinal de Richelieu par les fils

---

1. Le futur cardinal de Retz.
2. Voir, du même auteur, *Les ferrets de la Reine*.

de Gabrielle d'Estrée et dans laquelle s'était compromis le père d'un élève du collège. Louis et Gaston devaient parvenir à prévenir le cardinal de ce qui se tramait contre lui, mais pas à empêcher l'exécution de plusieurs des conjurés dont Henri de Talleyrand, comte de Chalais, jeune gentilhomme aimant un peu trop les duels et qui avait d'ailleurs occis Roger de Daillon[1].

Leurs études terminées, Louis était devenu notaire assermenté au Châtelet de Paris et Gaston avait refusé de prononcer ses vœux. Contre l'avis de son tuteur, mais avec l'accord de son oncle, le jeune homme avait choisi de rejoindre un régiment dans lequel, par sa naissance, il pouvait devenir sous-officier comme l'avait été son frère aîné, mort en Valteline, mais plus certainement se faire tuer.

Les années de collège et le soutien sans faille de M. Fronsac père avaient forgé une amitié si fraternelle entre les deux jeunes gens que le père de Louis avait demandé à la municipalité de soumettre à Isaac de Laffemas la candidature de Gaston comme enquêteur auprès d'un des commissaires de quartier. Le jeune homme, leur avait-il assuré, connaissait non seulement les lois mais possédait aussi la ténacité et la force physique nécessaires pour une telle besogne.

Isaac de Laffemas, lieutenant civil nommé par le cardinal de Richelieu pour rétablir la sûreté dans Paris, examinait lui-même les candidats aux offices de police. Après s'être entretenu avec Gaston pour vérifier ses connaissances de juriste et avoir observé son caractère opiniâtre, il l'avait retenu et M. Fronsac avait avancé la somme nécessaire à l'achat de la charge.

---

1. Voir, du même auteur, *Le collège fantôme*, à paraître.

À Clermont, puis à la Sorbonne, Louis Fronsac avait étudié le droit par nécessité mais son inclination naturelle le portait vers les mathématiques. Il avait eu pour précepteur un disciple de Philippe Lansbergius, un mathématicien allemand défenseur de Copernic et de Galilée. Ce maître, qui n'utilisait pas les étrivières pour faire entrer le savoir dans la tête de ses élèves, lui avait fait aimer la logique et prendre conscience d'une aptitude singulière qu'il maîtrisait admirablement. Il possédait une curieuse capacité à trouver intuitivement la juste solution des problèmes qui se présentaient à lui s'il disposait des prémisses correctes. Il pouvait aussi assembler en de claires évidences des faits ou des observations si ténus ou si différents qu'ils n'auraient jamais attirés l'attention du commun des mortels. Il avait d'ailleurs plusieurs fois résolu de stupéfiantes énigmes au sein même du collège.

Voici ce que lui avait déclaré quelques années plus tard son ami Blaise Pascal au sujet de son remarquable talent :

« La providence vous a fait un cadeau dont elle est économe, monsieur. Vous avez un esprit fin, capable de voir ce qui échappe à d'autres, et en même temps un esprit de géomètre qui vous permet de raisonner fort justement. C'est très peu courant ; j'ai observé que souvent les géomètres ont une mauvaise vue et les esprits fins sont incapables de plier leur vue vers les principes de géométrie. »

Ce don était associé à un certain goût du risque et de l'aventure qu'il tenait de son grand-père. Celui-ci, le père de Mme Fronsac, ne ressemblait guère à son gendre. Autant Pierre Fronsac, le père de Louis, était éternellement inquiet et timoré, autant ce grand-père maternel était hardi et belliqueux. Il racontait souvent à son petit-fils les aventures qu'il avait vécues à la fin du siècle précédent au côté d'un provençal valeureux, Yohan de Vernègues, et d'un autre parisien, proche du roi, nommé Olivier Hauteville. Tous trois avaient combattu la Ligue et la dictature des Seize. Ils avaient aussi découvert la vérité sur l'effroyable loup-garou qui terrorisait le quartier des Saints-Innocents[1].

Le jeune Louis ne se lassait jamais de ces récits héroïques dignes de Chrétien de Troyes et il se promettait, dans son for intérieur, de connaître un jour d'aussi palpitantes péripéties.

Mais à la sortie du collège, c'est l'austère vie d'un notaire du Châtelet qui l'attendait.

Son père procédait souvent à de longues recherches pour rédiger des actes de filiation ou de donation. Pour cela, il utilisait des commis qu'il rémunérait à la tâche mais qui manquaient souvent de compétence ou de jugement. Un jour, lassé des erreurs et des maladresses commises par leurs agents habituels, Louis avait proposé de procéder lui-même aux investigations les plus délicates. Comme notaire, avait-il déclaré à son père, le premier clerc Jean Bailleul pouvait parfaitement le remplacer. Et comme enquêteur, il était certain d'être plus scrupuleux que ceux qu'ils utilisaient.

Pierre Fronsac, ancien échevin et bourgeois de Paris, s'était opposé à ce que son fils effectue

---

1. Voir, du même auteur *La bête des Saints-Innocents*, à paraître. Sur Yohan de Vernègues, on pourra lire, du même auteur, *Nostradamus et le dragon de Raphaël*, et sur Olivier Hauteville, la trilogie de *La guerre des trois Henri*, *Récits cruels et sanglants* et *Dans les griffes de la Ligue*.

de telles tâches indignes de l'état de leur famille. Mais, Louis n'en avait pas démordu et, finalement, le notaire avait dû céder, au moins à titre d'expérience.

Il n'avait pas eu à le regretter. Avec son fils pour agent enquêteur, l'étude avait gagné une notoriété considérable pour débrouiller les affaires complexes ou délicates. Rapidement, des Grands lui confièrent leurs dossiers difficiles ou embarrassants. Non seulement Louis Fronsac utilisait son talent de déduction pour clarifier les problèmes les plus inextricables qu'on lui présentait mais il était discret et ne portait aucun jugement de valeur. Difficultés financières, familiales, ou autre, il trouvait toujours une solution et parvenait à rédiger les actes juridiques adéquats.

Cinq années après que Louis Fronsac eut choisi de se charger lui-même des tâches d'investigation de l'étude, sa réputation de finesse d'esprit et d'intégrité était devenue telle que le Parlement et les principales institutions de justice faisaient désormais régulièrement appel à lui.

C'est à l'occasion d'un de ces travaux, en l'occurrence un inventaire des biens du duc de Vendôme, qu'il avait été mêlé à une étrange affaire[1].

Bâtard par sa mère, Gabrielle d'Estrée, et demi-frère de Louis XIII, le duc restait persuadé de ses droits à la couronne de France et avait conduit plusieurs complots visant à renverser le roi. D'ailleurs, Louis avait été impliqué dans l'un d'eux quand, à l'âge de treize ans, il avait découvert des conjurés dans le collège mitoyen de celui de Clermont.

En mars 1642, les biens du duc de Vendôme avaient été saisis. Cependant plusieurs ouvrages

---

1. Voir, du même auteur, *Le mystère de la Chambre Bleue*.

d'une immense valeur avaient disparu de sa bibliothèque. Pour les récupérer, Louis avait dû demander à son ami Gaston de l'aider à faire avouer celui qu'il suspectait du vol.

À ce moment-là, Gaston s'intéressait à l'assassinat inexplicable d'un domestique de la marquise de Rambouillet, une grande dame de la Cour dont Louis fréquentait le salon. Tout naturellement, puisque Gaston lui portait assistance, lui-même avait accepté de l'aider en le présentant à la marquise.

C'est que Louis Fronsac ne passait pas tout son temps sur les affaires juridiques de l'étude. Comme beaucoup de jeunes gens de cette époque, il fréquentait des cercles de qualité et principalement le plus brillant, celui d'Arthénice, la *Chambre Bleue* de la marquise de Rambouillet.

C'était un client de l'étude notariale qui l'avait introduit dans ce milieu. Vincent Voiture était le poète le plus réputé de la Cour et, lors de visites à l'étude des Fronsac, il avait sympathisé avec Louis. Découvrant avec intérêt la bibliothèque de livres rares du jeune notaire, il lui avait proposé de l'emmener à une réception dans la Chambre Bleue. L'intelligence et la culture de Louis avaient séduit la marquise et le jeune Fronsac était devenu un habitué apprécié du salon.

Interrogée par Gaston de Tilly, la marquise de Rambouillet avait assuré ne rien savoir au sujet de l'assassinat de son domestique, mais mon beau-père devait vite percer la vérité : l'un des livres disparus du duc de Vendôme avait bien été volé, puis revendu, et enfin offert à la marquise ! Or ce livre contenait un secret : dans la reliure se cachait une lettre qui pouvait changer le cours de l'histoire de France. C'est pour la connaissance de ce pli que le valet avait été occis.

M. Fronsac entra en possession de cette lettre grâce à la nièce de la marquise, Julie de Vivonne. Malheureusement, du jour où certains intrigants surent qu'il la détenait, sa vie devint un enfer. Pour lui reprendre la missive, on tenta de l'assassiner et on l'emprisonna. Il se heurta violemment au cardinal de Richelieu, au duc de Vendôme, au Grand Écuyer – le marquis d'Effiat – et surtout à un être maléfique, le marquis de Fontrailles, qui rêvait de devenir le Cromwell français en renversant la royauté pour construire à sa place une république dont il aurait été le premier consul.

C'est ainsi que le jeune Fronsac fut mêlé à la conspiration de M. de Cinq-Mars. Il ne dut son salut qu'à la protection de Giulio Mazarini, un prélat italien tortueux au service du cardinal de Richelieu qui fréquentait également la Chambre Bleue sous le surnom de Colmarduccio.

La conspiration déjouée, grâce à mon beau-père, Mgr Mazarin parvint par une habile manœuvre à faire se réconcilier le roi et la reine. Sa Majesté récompensa le prélat devenu cardinal en lui demandant d'être le parrain de son jeune fils, et Louis Fronsac en l'anoblissant dans l'ordre de Saint-Michel et en lui offrant une seigneurie royale abandonnée, Mercy, située non loin de l'abbaye de Royaumont.

Peu de temps après, le cardinal de Richelieu trépassa et chacun en France s'interrogea pour savoir qui deviendrait le nouveau favori du roi et le chef de son conseil.

Louis Fronsac ne s'y intéressait guère. Anobli, il pourrait désormais épouser Julie de Vivonne et cela suffisait à son bonheur. En attendant, il vivait toujours à Paris dans son petit logement, espérant qu'un jour la fortune frapperait à sa porte.

Gaston de Tilly venait alors de recevoir la charge de commissaire à poste fixe du quartier de Saint-Germain-l'Auxerrois et sa première enquête s'avérait insensée : un commissaire de police avait été assassiné dans une chambre close ! Ne sachant que faire pour résoudre cet invraisemblable mystère, il avait encore fait appel à son ami.

M. de Tilly était très différent de M. Fronsac, tant physiquement que par le caractère. Alors que le jeune Fronsac était plutôt grand, brun, avec des traits fins et réguliers, le commissaire au Grand-Châtelet était trapu, de taille médiocre. Son cou massif était surmonté d'une tête carrée envahie par une chevelure rougeâtre qui poussait comme de la mauvaise herbe.

S'il avait un physique de taureau, M. de Tilly en avait aussi le caractère hargneux et coriace. Il fonçait, tête baissée, devant toutes les difficultés qu'il rencontrait et n'abandonnait jamais. C'était pourtant un homme merveilleux et attachant, sans doute un des meilleurs que j'aie rencontrés.

Au cours de cette nouvelle enquête, Louis Fronsac découvrit avec effroi une machination, conduite comme tant d'autres par le marquis de Fontrailles, visant à assassiner le roi en l'empoisonnant. Mais cette fois, il fut mis en échec et Louis XIII trépassa dans d'effroyables souffrances, ce que beaucoup de gens ignorent encore !

Après le décès du roi, et alors que le jeune Louis XIV n'avait que cinq ans, ceux que Mme Cornuel – une amie de la marquise de Rambouillet – surnommait les *Importants*, avaient tenté de prendre le pouvoir. Leurs chefs de file étaient le duc de Beaufort, qui aspirait à devenir l'amant de la reine, et la venimeuse duchesse de Chevreuse.

M. Louis Fronsac, protégé par le duc d'Enghien, s'était opposé à eux et avait réussi à déjouer leur infâme tentative visant à éliminer son protecteur, le cardinal Giulio Mazarini, qui commençait à se faire appeler Jules Mazarin. C'est lors de cette périlleuse aventure qu'il rencontra pour la première fois le père Niceron, un moine minime qui devait lui sauver la vie et rester son ami, mais que Dieu, hélas, rappela à lui bien trop tôt.

C'est encore à cette occasion que mon beau-père renforça ses liens d'amitié avec le banquier Gédéon Tallemant, futur seigneur des Réaux, qui habitait rue des Petits-Champs[1], ainsi qu'avec le poète Vincent Voiture que je n'ai pas connu car il est mort trop jeune.

Durant ces investigations, Louis Fronsac démasqua un épouvantable criminel, le *Tasteur*, qui égorgeait des femmes dans Paris. Il fit également – ce qu'il regretta longtemps – condamner à mort la jolie, mais trop perverse, Anne Daquin, la maîtresse du marquis de Fontrailles.

On prétend que Mazarin voulut alors faire de Louis Fronsac, qui lui avait sauvé la vie, un de ses officiers. Heureusement, pour ceux qui lui confièrent plus tard leurs affaires et leurs difficultés, mon beau-père eut le courage de refuser ce poste

---

1. Pas facile de s'y retrouver aujourd'hui entre la rue des Petits-Champs et la rue Neuve-des-Petits-Champs. L'actuelle rue des Petits-Champs est, plus ou moins, l'ancienne rue Neuve-des-Petits-Champs où habitait Particelli d'Emery. En revanche, la rue des Petits-Champs, où se trouvait la banque Tallemant, est devenue la rue Croix-des-Petits-Champs !

honorable de fonctionnaire. Si ce fait est vrai, il fait également honneur au Cardinal d'avoir accepté ce refus sans rancœur ou amertume.

Titré et possesseur d'un fief, Louis Fronsac épousa Mlle Julie de Vivonne et partit vivre dans sa seigneurie. Le feu roi avait érigé la terre de Vivonne en marquisat pour récompenser le père de Julie qui était mort au service d'Henri IV. M. Fronsac pouvait donc espérer devenir marquis si le parlement enregistrait un jour ses lettres patentes, ce qui n'était pas certain, car bien des magistrats jugeaient que s'appliquait toujours l'édit de 1579 imposant qu'un marquisat soit composé de trois baronnies.

Vers la fin de l'année 1643, le ministre de la Guerre Michel Le Tellier et Henri-Auguste de Loménie de Brienne, le secrétaire d'État aux Affaires étrangères, se rendirent dans la seigneurie de Mercy pour demander à mon beau-père de démasquer un espion travaillant au service du Chiffre. Une fois de plus, M. Fronsac dut affronter le marquis de Fontrailles et parvint à le vaincre, non sans avoir risqué sa vie et souffert d'effroyables tortures[1].

Il était très âgé lorsqu'il me conta cette histoire, qui avec le recul du temps, l'amusait. Il m'avait expliqué dans un rire qu'à l'époque, il avait bien failli – ainsi que son ami Gaston – succomber aux charmes généreux de Françoise de Chémerault, surnommée la Belle Gueuse, la plus jolie femme de la Cour mais également une redoutable espionne dont on disait qu'elle était d'une vertu commode. Elle était alors au service du marquis de Fontrailles, tout comme son frère, Charles de Barbezière, un sinistre spadassin, ancien chevalier

1. Voir, du même auteur, *La Conjecture de Fermat*.

21

de Malte, dont le cadet François devait être condamné à mort après la Fronde.

Mon beau-père croisa à cette occasion plusieurs membres des services secrets du Saint-Siège dirigés par Fabio Chigi. Il se fit aussi de véritables amis comme le père Marin Mersenne, un religieux de grand renom appartenant à l'ordre des minimes, Blaise Pascal, si talentueux dans les mathématiques, et Claude de Mesmes, le comte d'Avaux, qui disparaîtra trop tôt.

Il se lia également avec la sœur du marquis de Fontrailles ainsi qu'avec son amie, Julie de Lespinasse.

Après un long voyage à Toulouse où il rencontra Pierre de Fermat, un conseiller au parlement réputé pour sa science des nombres, mon beau-père parvint à mettre en échec le réseau d'espionnage qui sévissait au Palais-Royal et il proposa même à Loménie de Brienne et à Antoine Rossignol, le chef du bureau du Chiffre, un nouveau code secret inviolable.

Cette aventure terminée, M. Fronsac revint à Mercy pour soigner ses blessures et pour s'occuper de son domaine.

C'est que, en deux ans, il avait affronté bien des périls et avait été gravement blessé. Il n'aspirait plus désormais qu'à se reposer et à profiter de la vie au côté de sa chère épouse dans sa seigneurie.

Ce fief de Mercy, constitué d'un hameau misérable, de terres abandonnées, de bois et d'un château en ruine, lui avait été remis par l'avare Louis XIII car il était totalement sans valeur. Avec les gratifications que lui avait données Mazarin pour ses services, et grâce à l'aide de son intendante Margot Belleville et de son mari le charpentier Michel Hardoin, Louis avait pu – en partie – remettre la seigneurie en état.

J'ai connu Margot Belleville et son époux alors qu'ils avaient passé la cinquantaine. Mon beau-père et sa femme les aimaient beaucoup, et avec raison. Qu'auraient-ils fait sans eux ? Hardoin, charpentier exceptionnel, savait tout construire. Quant à Margot, elle s'occupait des gens et des dépenses du domaine avec un admirable dévouement et conseillait même M. Fronsac quand il achetait des livres. Elle était en effet la fille de ce libraire qui avait volé quelques livres précieux au duc de Vendôme pour se rembourser de ce qu'il lui devait. Le pauvre homme avait payé cher ses rapines puisque Vendôme l'avait fait assassiner. Se sentant indirectement responsable de ce meurtre, mon beau-père avait obtenu le remboursement de la dette du libraire et l'avait remise à Margot avant de lui proposer, à elle et son mari, de travailler pour lui. Il n'avait jamais eu à le regretter.

Grâce à eux, le château avait été reconstruit et les terres mises en culture. Pourtant, il y avait tant à faire pour faire reculer la misère des habitants que, parfois, le découragement envahissait le seigneur de Mercy.

Pour gommer sa mélancolie, Julie son épouse lui proposait alors de passer quelques jours à Paris où ils rendaient visite à Mme de Rambouillet et à leurs amis, Gaston de Tilly, le banquier Gédéon Tallemant, le poète Vincent Voiture ou encore la caustique Mme Cornuel.

Ils allaient souvent au théâtre, un divertissement qu'ils appréciaient. C'est ainsi qu'ils avaient rencontré M. Poquelin et qu'ils avaient gagné son amitié.

C'est lors d'un de ces séjours, au printemps 1644, que Paul de Gondi, alors coadjuteur de Paris, vint demander son aide à M. Fronsac.

M. de Gondi était son condisciple à Clermont et, bien qu'ils ne se soient pas liés d'une amitié aussi solide que celle qu'il avait avec M. de Tilly – Paul de Gondi était bien trop grand seigneur pour devenir l'ami d'un fils de notaire –, ils s'étaient appréciés pour leurs talents réciproques : la finesse de l'esprit et la capacité de déduction pour mon beau-père ; le savoir, la grandeur d'âme et le goût des belles lettres pour M. de Gondi. Les dons de celui qui devait devenir le cardinal de Retz étaient malheureusement bafoués par son génie de l'intrigue.

Le coadjuteur de Paris avait entendu parler des succès de Louis Fronsac lors d'investigations qu'il avait conduites pour Mgr Mazarin. Il souhaitait son aide pour retrouver une précieuse lettre qu'on lui avait volée.

M. Fronsac y parvint, non sans reprocher à Paul de Gondi de ne pas lui avoir révélé toute la vérité – mais le coadjuteur pouvait-il avouer son terrible secret ? C'est durant cette enquête que, pour la première fois, le marquis de Vivonne croisa la route de celui qui allait devenir pendant la Fronde un de ses plus rudes adversaires, le frère de Nicolas Fouquet.

Un mois plus tard, alors que mon beau-père revenait à Paris pour assister à la cavalcade de la Trinité – un défilé auquel participaient tous les clercs et les magistrats du Châtelet –, ce furent deux minimes, son ami le père Niceron et le père Marin Mersenne, qui vinrent le supplier de faire une enquête pour leur ordre. Un voleur, se faisant passer pour un religieux, avait emporté un rare livre de Nicolas Flamel appartenant au couvent.

À cause de cette enquête, Gaston de Tilly faillit perdre sa charge de commissaire, et même être embastillé, pour s'être attaqué à un financier influent. Quant à M. Fronsac, il découvrit bien des choses incroyables sur l'alchimie. Tous deux devaient surtout beaucoup apprendre tant sur la méchanceté humaine que sur l'ingratitude et la jalousie des Grands[1].

Peu après ces dernières affaires, Louis Fronsac résolut d'utiliser son talent pour en faire un métier. Ce fut le duc d'Enghien qui lui proposa le premier de mettre son génie de l'investigation au service des autres moyennant pécunes.

Le prince de Condé était son voisin – Chantilly se situant à une lieue de Mercy – et depuis que Louis de Bourbon avait vu Louis et Gaston combattre courageusement à ses côtés à Rocroy – et même lui donner la victoire ! – il leur avait accordé sa protection.

Dans cette première enquête pour laquelle Louis travailla contre une gratification financière, le prince de Condé – qui n'était encore que duc d'Enghien – souhaitait qu'il apportât la preuve que le jeune Tancrède de Rohan, fils présumé de la duchesse de Rohan, n'était qu'un imposteur.

Tant le duc que mon beau-père ignoraient que, dans l'ombre, un trouble personnage s'intéressait aux anciens compagnons du duc de Rohan qu'il meurtrissait d'une manière effroyable. Louis Fronsac faillit lui-même être la victime de cet impitoyable vengeur, un exécuteur de la haute justice peu commun.

---

1. « L'héritier de Nicolas Flamel » dans : *L'homme aux rubans noirs*, du même auteur.

À l'issue de cette intrigue, M. de Tilly décida de vendre sa charge de commissaire pour acheter un office de procureur du roi. Sa mésentente était profonde avec Antoine de Dreux d'Aubray, le lieutenant civil qui avait succédé à Isaac de Laffemas. L'implication indirecte d'Aubray dans les assassinats des compagnons de Rohan avait bien évidemment précipité les choses.

Durant ces investigations, M. Fronsac se fit aussi un ennemi en la personne de Henry de Massuez, marquis de Ruvigny, un redoutable duelliste qui deviendrait le beau-frère de M. Tallemant.

Ruvigny, promu député général des Églises réformées, fut plus tard au plus proche du roi qui lui confia les entreprises les plus secrètes et quelquefois les plus ignobles de sa diplomatie. Malgré sa fidélité sans faille, il dut pourtant s'exiler en Angleterre après la révocation de l'Édit de Nantes.

Je me suis peu étendue sur la seigneurie de Mercy où je vis désormais. C'est un beau domaine à six heures de Paris, abandonné cependant depuis des lustres quand le roi l'offrit à mon beau-père. Il comprenait alors cent cinquante arpents de bois giboyeux et des terres délaissées avec un pont en ruine sur l'Ysieux auquel était rattaché un vieux droit de péage. À présent, agrandi et mis en valeur, le domaine rend plus de vingt mille livres par an. Les forêts sont bien exploitées avec une scierie sur la rivière et un bel étang qui nous livre des poissons à profusion.

Le village – le hameau en vérité – de Mercy n'était avant l'arrivée de mon beau-père qu'un regroupement de masures en torchis et en bois. Une population de miséreux en guenilles y survivait, quasiment comme des animaux, sans espérance ou avenir, dans la crasse, la misère et souvent la famine.

Avec les gratifications offertes par Mazarin pour avoir démasqué le réseau d'espionnage du bureau du Chiffre, M. Fronsac avait pu amener l'eau de l'Ysieux jusqu'à son château. Avec ce que lui remit le prince de Condé, il avait pu se livrer à de nouveaux travaux. Le pont de bois sur la rivière, construit provisoirement par Michel Hardoin, l'époux de Margot Belleville, l'intendante du château, fut remplacé plus tard par une arche de pierre. Hardoin avait également construit une scierie – que nous utilisons toujours – et de nouvelles terres avaient été achetées à l'abbaye de Royaumont. Quant aux habitants de Mercy, tous avaient trouvé du travail soit au château comme garçons d'écurie, laquais ou servantes, soit comme ouvriers à la scierie, soit à la ferme du domaine.

Du jour où mes beaux-parents habitèrent le château, chacun mangea à sa faim. M. et Mme Fronsac veillaient particulièrement à ce qu'il n'y ait pas de gens dans la misère sur les terres de la seigneurie.

Plus tard, une chapelle fut construite à Mercy ainsi qu'une école. Il ne faut pas seulement nourrir le corps de nos gens, répétait souvent Julie de Vivonne, nous devons autant nous occuper de leur esprit et de leur salut.

De nouveaux chemins furent tracés et les aménagements du château furent enfin terminés. Michel Hardoin installa notamment les boiseries de la grande salle qui font toujours l'admiration de nos visiteurs.

Mais la reconstruction du pont qui permettait autrefois le passage vers le village de Luzarches facilita une nouvelle circulation des gens et des marchandises en reliant le château et Mercy au chemin du *roy Dagobert* comme on nomme toujours la route de Paris à Amiens. Plus tard, l'empierrement des sentiers qui traversaient la forêt de Royaumont vers Chantilly et la prolongation du chemin suivant l'Ysieux permirent de rejoindre directement la route vers Paris.

Jusque-là, le hameau de Mercy était situé au fond d'une vallée close, sans autre issue que le chemin vers Royaumont, sinon des sentiers à travers les bois. Toutes ces nouvelles facilités de déplacement eurent malheureusement des conséquences néfastes pour le hameau qui se dépeupla rapidement. Ses habitants qui ne logeaient pas dans le château ou la ferme partirent vivre à Luzarches. Pour ne rien arranger, le village fut incendié deux fois durant la Fronde et beaucoup de maisons ne furent pas reconstruites après la guerre civile.

Le château prit peu à peu l'allure qu'il a aujourd'hui avec sa cour et ses deux nouvelles ailes latérales – chacune haute de deux étages en brique rouge et en pierre – qui flanquent la partie ancienne où se trouve toujours la grande salle. Les appartements de M. et Mme Fronsac se situaient dans l'aile gauche. Mon beau-père avait le sien au premier étage et ma belle-mère au second où logeait également la nourrice de Marie et de Pierre. Des dispositions que nous avons conservées.

Dans l'autre aile, un appartement était réservé aux parents de M. Fronsac et le second étage comprenait deux logis, un pour les visiteurs et un pour Bauer. C'est là qu'habitent nos amis et serviteurs Aragna et Cougourde.

Lorsque la lourde grille forgée est fermée, le château est bien protégé. Il pouvait même l'être encore plus car Michel Hardoin avait prévu des trous carrés dans les murs extérieurs permettant de glisser facilement des solives capables de soutenir une galerie de bois en encorbellement ; des sortes de hourds qui faciliteraient la défense en cas de siège du château.

Cette précaution s'avéra bien utile durant la Fronde où le château fut plusieurs fois pris d'assaut par des pillards. Moi-même, je vécus une dernière attaque lorsque M. de Blainvilliers tenta de nous réduire au silence par la force[1].

Mon beau-père s'occupait beaucoup des gens des villages environnants. Le dépeuplement progressif de Mercy au profit de Luzarches le désolait mais il ne pouvait l'empêcher.

Il disposait d'un droit de basse justice et, plusieurs fois, il résolut des affaires criminelles, rendant ainsi service au bailli de Senlis. La plus connue est certainement celle du forgeron de Luzarches assassiné par des inconnus de passage. En enquêtant à la demande de M. de Champlâtreux pour sauver la vie de la fille du forgeron accusée de parricide, il s'aperçut que cet homme avait été flétri comme brigand, et en se plongeant dans les archives du Grand-Châtelet, il découvrit les raisons pour lesquelles on l'avait tué. Il n'eut ensuite aucun mal à retrouver les assassins, qui étaient hélas des gens fort proches de lui.

Mes beaux-parents possédaient aussi un logis à Paris dans lequel vécut mon époux avant de me connaître. En vérité, c'était une toute petite maison qu'ils avaient fait aménager par Simon Guillain, un sculpteur et maître maçon qui avait sauvé la vie de M. Fronsac. L'entrée en était située dans une impasse de la rue des Blancs-Manteaux.

---

1. Voir, du même auteur, *Le captif au masque de fer*.

Le rez-de-chaussée était organisé de sorte que l'on pouvait serrer deux ou trois chevaux ainsi qu'un petit carrosse. Et en cas de besoin, l'écurie de *La Grande Nonnain qui Ferre l'Oie* n'était pas loin.

Un escalier très raide et très étroit permettait d'accéder aux deux étages, puis aux galetas situés sous les combles de la toiture. Chaque niveau disposait d'une salle, d'une chambre et d'un bouge sans lumière mais – confort inouï ! – M. Fronsac avait fait installer un siège d'aisance dans un cabinet en saillie accroché à la façade de l'impasse. La fosse était placée sous le sol de l'impasse et vidée chaque semaine. Je rapporte ce détail car il illustre un trait de comportement de M. Louis Fronsac qu'il tenait de sa mère : son extrême propreté. L'étude familiale disposait d'une importante réserve d'eau dans une citerne et le premier chantier important conduit à Mercy avait été d'amener l'eau de l'Ysieux jusqu'au château par des conduites d'argile et une grande roue. Mes beaux-parents veillaient aussi à ce que leurs domestiques s'épouillent régulièrement.

Le logement parisien pouvait recevoir – chacun étant, certes, à l'étroit – toute la famille du marquis, ses domestiques, ainsi que ses gardes du corps.

Ces derniers jouaient un rôle non négligeable dans les investigations que conduisait mon beau-père. Dans son métier d'enquêteur, il affrontait bien des périls et avait dû plusieurs fois souffrir dans sa chair. Il portait d'ailleurs une cicatrice, heureusement cachée sous ses cheveux, marque d'un cheval qui l'avait piétiné. C'était un homme fort courageux mais cependant jamais intrépide, contrairement à M. de Tilly. Bon tireur au pistolet mais n'aimant pas les armes, il utilisait donc, en cas de besoin, des hommes habitués à l'art de la guerre, expliquant qu'ils sauraient mieux se battre que lui !

J'ai peu approché les frères Guillaume et Jacques Bouvier, tous deux anciens piquiers au régiment de Picardie, qui travaillaient à l'étude familiale. Leur besogne consistait apparemment à nettoyer la cour du fumier et du crottin des montures des visiteurs mais, en vérité, ils étaient là pour assurer la défense de la maison et de ses habitants. Ils avaient d'ailleurs été recrutés par M. Fronsac père, alors que son fils était à Clermont, à la suite d'une agression de truands contre l'étude. Les frères Bouvier furent bien utiles durant la Fronde ! Louis Fronsac m'avait raconté que c'étaient eux qui lui avaient appris à tirer au pistolet. Ils lui avaient également inculqué un précepte que je partage : dans les batailles, il n'y a jamais d'honneur. Tous les moyens sont bons, il faut tuer le premier, sinon on est mort.

Ces deux frères qui étaient, disait-il en riant – mais c'était la vérité –, d'effroyables brutes, lui avaient aussi transmis quelques sauvages ruses de guerre qu'il n'avait que rarement utilisées.

Quand j'ai épousé Pierre, Jacques Bouvier habitait encore l'étude et Guillaume vivait avec son épouse Antoinette dans deux minuscules pièces d'une maison en torchis un peu plus loin dans la rue. Les deux frères se ressemblaient étrangement ; aussi, pour se distinguer, Guillaume était contraint de porter une barbe et Jacques une énorme moustache. Lorsque je l'ai connu, Guillaume conservait l'habitude de garder un pistolet à rouet dans la ceinture et un coutelas glissé dans une de ses bottes.

Je l'ai dit, M. Fronsac était fin tireur au pistolet grâce à l'enseignement des deux soldats. Il possédait d'ailleurs plusieurs armes à silex et un étrange mousquet à air comprimé qui avait appartenu à l'un des hommes de main de Richelieu, un nommé Rochefort. Cette arme avait été fabriquée par le père Diron, un moine mathématicien du couvent des Minimes, et tirait, dans le silence le plus total, de mortelles billes de fer.

Les deux premiers gardes du corps – en vérité des compagnons pour M. Fronsac – étaient Gaufredi et Bauer.

Je n'ai jamais rencontré Gaufredi qui a été rappelé à Dieu à l'heure qu'il est mais j'ai l'impression de l'avoir toujours connu tant on me l'a souvent décrit. C'était un vieux reître de la guerre de Trente Ans, maigre et noué par les ans, tout couturé de cicatrices. Moustache en crocs, toujours couvert du même justaucorps de buffle barré d'un baudrier soutenant une lourde épée de fer à poignée de cuivre, bottes à revers jusqu'aux cuisses et éperons tintinnabulants, il avait tout d'un capitan de la comédie italienne tel que les bateleurs le présentaient sur le Pont-Neuf. Mais un capitan mortellement dangereux.

Il aimait, m'a-t-on rapporté, s'enrouler dans un manteau écarlate qui lui tombait aux chevilles et se coiffer immuablement d'un feutre ramolli qui lui descendait aux épaules. Il avait également la désagréable habitude de faire sonner ses éperons de cuivre et de rayer volontairement les parquets lorsqu'il marchait.

Le second garde du corps de M. Fronsac s'appelait Friedrich Bauer et j'ai eu beaucoup d'amitié pour lui. C'était un géant bavarois qui avait longtemps été l'aide de camp et même l'ami du marquis de Pisany. À la mort du fils de la marquise de Rambouillet, à Nordlinghen, il avait décliné la proposition du duc d'Enghien de rejoindre sa maison pour rester au service de M. Louis Fronsac qu'il appréciait plus que Louis de Bourbon.

Taciturne, loyal, et indifférent à tout sauf – dans l'ordre – à la famille Fronsac, à s'alimenter et à se battre, cet homme provoquait partout où il passait le respect et la crainte.

C'est que Friedrich Bauer possédait une taille extravagante. Il dépassait les sept pieds et pesait trois cents livres. Quand il pénétrait dans une pièce, même très vaste, chacun avait l'impression que l'air allait manquer. Pourtant c'était un homme d'apparence agréable. Il tenait de son père, lansquenet en Bavière, le goût des beaux costumes surtout quand ils étaient voyants et multicolores. Il s'accoutrait généralement de trousses de cuir rouge et noir et de jarretières sang et or en partie couvertes par des bottes de cuir écarlate à larges revers, qui lui montaient jusqu'aux cuisses. Très coquet, il portait sa barbe grise tressée de part et d'autre de son visage et était toujours coiffé d'un grand chapeau d'où virevoltaient des masses de plumes.

Bauer ne se déplaçait que lourdement armé. Ce qui frappait chez lui au premier abord, c'était son espadon, cette longue épée à deux mains des lansquenets suisses qu'il gardait attachée sur le dos, par-dessus son manteau. Il suspendait également, sur son baudrier argenté, une épée à l'espagnole toute ciselée ainsi que quelques coutelas. En voyage, il portait sur son épaule un canon à feu, une arme terrible où quatre gueules d'acier tournantes pouvaient tirer à tour de rôle de la grenaille.

Après mon mariage, nous avions pris l'habitude de faire des assauts à l'épée durant lesquels il se montrait d'une étonnante agilité pour son poids et sa taille.

Pasquale Verrazano, le troisième garde du corps de M. Fronsac, venait d'entrer à son service quand le prince de Condé m'a proposé le marquis de Vivonne comme compagnon pour faire évader mon frère du Château d'If. Verrazano était génois et corse. Il ne ressemblait en rien à Bauer ou à Gaufredi. C'était un homme filiforme de petite taille, sec comme un olivier, le visage noirci et tanné par le soleil et le vent. Son nez cassé était bizarrement tordu, ses cheveux, très longs et légèrement frisés, étaient tressés en une dizaine de nattes graisseuses. Il était généralement vêtu d'une sorte de pantalon lavande avec des chaussures sans boucle et d'un gilet noir, sans manche, sur une chemise douteuse. Il portait aussi un large chapeau noir enfoncé jusqu'au dos. Il avait été capitaine de navire corsaire. Le large baudrier de cuir marron, rayé et déchiré, qui lui barrait la poitrine portait un sabre qu'il maniait comme un spadassin.

Mon frère avait participé à la tentative d'évasion du surintendant Fouquet à Pignerol et avait été condamné à être pendu. M. Louvois avait finalement commué sa peine en le faisant enfermer à Marseille.

Avec M. Fronsac et M. de Tilly – sans oublier Bauer et Verrazano – nous nous rendîmes dans la cité phocéenne pour tenter de le libérer. C'est là que je fis connaissance avec deux fidèles de Verrazano qui devaient rester au service de M. Fronsac, puis au mien et à celui de mon époux.

Palamède Pescarie, surnommé Aragna, était trapu et large d'épaules. Ses cheveux noirs emmêlés tombaient sur ses grands bras à l'épaisse pilosité. Son visage, même rasé, était toujours sombre de sa barbe du jour. Il ne portait guère que des oripeaux délavés par la mer et le soleil. Sa culotte, large et trop courte, laissait voir des jambes tout aussi velues que ses bras. Ses pieds étaient généralement nus. En vérité, Aragna ressemblait à une de ces monstrueuses tarentules qui hantent les abords de la Méditerranée. Ce mimétisme était encore accentué par ses longues dents jaunes.

Il avait aussi de l'araignée l'incroyable capacité de grimper aisément sur n'importe quelle façade ou falaise, ignorant totalement le vertige. Mais c'était un tueur implacable, toujours armé de longs couteaux corses. Pour ses amis, il était un homme d'une loyauté inébranlable.

Honora Fossati, appelé Cougourde, était très différent de son ami Aragna. C'était un petit bonhomme rondelet et grassouillet. Tout en lui faisait penser à une poire ou, plus exactement, à un gros cornichon. Un cornichon qui aurait été chevelu et rubicond. Mais malgré son visage jovial, ses cheveux attachés en catogan et ses défroques de marin, il n'était nullement un paisible pêcheur de sardines. Un pistolet à rouet était souvent glissé dans sa ceinture de toile rouge et un baudrier de cuir noir fatigué ciré au suif barrait perpétuellement son torse. Il y pendait une courte épée mauresque recourbée.

Sans me vanter, je suis bonne tireuse à l'épée mais je dois reconnaître que je n'ai que rarement touché le petit homme cornichon tant il maniait avec dextérité son minuscule sabre.

Cette galerie des compagnons de M. Fronsac serait incomplète si je ne mentionnais le fidèle Nicolas, secrétaire et cocher. Souvent craintif bien qu'il soit le fils de Jacques Bouvier, mais toujours loyal et, malgré sa peur, prêt à tout pour son maître.

Ma belle-mère fut grosse au début de l'année 1645. L'accouchement de l'héritier des Fronsac eut lieu à la fin octobre et ce fut une héritière que l'on prénomma Marie. Comme le duc d'Enghien l'avait demandé, ma belle-sœur – pour qui j'ai beaucoup d'affection – fut baptisée à Chantilly et Louis de Bourbon fut son parrain.

En janvier 46, Gédéon Tallemant épousa sa cousine, une toute jeune fille de quatorze ans. Louis et Julie furent bien sûr invités à la noce à laquelle assistèrent tous les huguenots de Paris – Tallemant étant protestant – mais également bien des financiers et des magistrats éminents. C'est à cette occasion que Louis rencontra Mathieu Molé, le président du parlement, qui le supplia de retrouver un enfant naturel qu'avait eu une de ses filles, Anne-Gabrielle, novice à Saint-Antoine-des-Champs, qui avait fauté avec un inconnu. Ce nourrisson avait été déposé par une servante de l'abbaye aux Enfants-Trouvés, devant l'Hôtel-Dieu, en plein hiver. Le fils de Mathieu Molé, Jean-Édouard de Champlâtreux, avait tenté de le retrouver mais le nourrisson avait été vendu à des inconnus comme c'était souvent le cas lorsqu'il y avait trop d'enfants à la maison de la Couche. C'était une quête impossible car les nouveau-nés ainsi abandonnés étaient souvent achetés par des mendiants qui les martyrisaient afin d'attirer la pitié. Sinon, ils mouraient de froid ou de faim quand des sorcières ne les sacrifiaient pas durant des messes sataniques.

M. Fronsac accepta pourtant d'essayer de retrouver l'enfantelet. Pour y parvenir, il pénétra dans l'effrayant royaume des gueux et retrouva, dans la Cour des miracles, un vieil ennemi devenu roi d'Argot. Une fois de plus, il faillit perdre la vie et être supplicié comme un pendard et il ne dut son salut qu'à un être fruste qui ne l'avait pas oublié. Malgré les périls encourus, il ne devait pas regretter cette aventure puisqu'elle lui permit de comprendre ce qu'était devenu le pauvre enfant abandonné[1].

Julie de Vivonne fut à nouveau grosse en février et mes beaux-parents durent impérativement trouver une nourrice pour Marie. De retour à Paris au printemps, avec la nourrice, M. et Mme Fronsac, qui s'étaient rendus un après-midi au théâtre de l'Hôtel de Bourgogne, y firent une curieuse rencontre. Françoise de Chémerault, la *Belle Gueuse*, l'ancienne espionne de Richelieu qui avait épousé le trésorier de l'Épargne, Bertrand Massé de La Bazinière, s'approcha de M. Fronsac pour le saluer, et également s'incliner fort respectueusement devant Julie.

Elle les supplia de bien vouloir la recevoir pour un entretien privé. Françoise de Chémerault était alors la maîtresse de Michel Particelli d'Emery, le contrôleur général des Finances, un homme à la pire réputation qui soit et qui avait la haute main sur les impôts puisque les deux surintendants des Finances, Claude de Mesmes et Nicolas Le Bailleul, ne s'occupaient guère de leur charge.

Michel Particelli d'Emery avait été sauvagement battu et, craignant pour la vie de son amant,

---

1. « L'enfançon de Saint-Landry », dans *L'homme aux rubans noirs*, du même auteur.

Françoise de Chémerault voulait en connaître les causes.

Louis Fronsac apprit que M. d'Emery s'était rendu chez Mme de Vervins, la terrible fouetteuse comme la surnommait son ami Tallemant. À cette occasion, il découvrit à quel point il pouvait être hasardeux pour les charlatans de faire appel aux démons. Mon beau-père parvint pourtant à vaincre le maléfice qui tourmentait M. d'Emery et celui-ci lui en sut gré plus tard[1].

En octobre 1646, ce fut la naissance de Pierre – mon cher époux –, le second enfant de Louis et Julie dont M. de Tilly fut le parrain. C'était l'époque où Gaston, procureur au Châtelet, avait pour maîtresse Mme Durier, une riche et jolie aubergiste qui possédait l'hostellerie du *Loup et du Porcelet*.

Peu de temps après, M. de Tilly fut chargé de nouvelles attributions. Le garde des Sceaux lui demanda de travailler à harmoniser les jurisprudences criminelles afin d'imposer par des arrêts et des ordonnances la suprématie de la justice royale.

Au début de l'année 1647, tandis que Julie et Louis assistaient à une réception donnée par Mme de Rambouillet, un mystérieux visiteur entré par l'escalier de service demanda à la marquise que l'on conduise Louis Fronsac près de lui.

Ce visiteur, c'était le cardinal Mazarin, le Premier ministre de France qui était venu secrètement à l'Hôtel de Rambouillet pour rencontrer mon beau-père. Il s'était même couvert le visage d'un masque pour que les valets ignorent sa visite.

---

1. « La malédiction de M. d'Emery », dans *L'homme aux rubans noirs*, du même auteur.

Le comte d'Alais, le gouverneur de Provence, venait de le prévenir que de fausses lettres de provision pour des offices de conseiller au parlement circulaient dans la ville d'Aix où elles étaient proposées à la vente. Ces lettres étaient signées de son nom et de son sceau et comme seul son frère, l'archevêque de la ville, disposait d'un sceau similaire au sien, le ministre était persuadé que celui-ci avait été entraîné dans une sordide affaire. Cette hypothèse était renforcée par le fait que le Cardinal ministre venait de lui accorder des lettres patentes permettant de construire un nouveau quartier sur les jardins de l'archevêché que l'on appelait le clos Mazarin.

L'opération permettrait de doubler la surface de la ville et, grâce à cet accroissement, de justifier la création d'une chambre ou deux au parlement avec une cinquantaine d'offices de conseillers, et d'engendrer ainsi une rentrée fiscale plus que lucrative.

Or, l'archevêque d'Aix venait de revendre ce droit à construire à vil prix. Mgr Mazarin était persuadé que son frère faisait l'objet d'une menace d'extorsion de fonds et il ne faisait confiance qu'à M. Fronsac pour le sauver.

Mon beau-père, Gaston, Bauer et Gaufredi partirent pour le midi en avril. Ils s'absenteront durant deux mois[1].

Le voyage fut aussi difficile que celui que Louis avait fait quelques années plus tôt pour se rendre à Toulouse. En chemin, ils subirent des attaques de brigands et sauvèrent du déshonneur deux jeunes comédiennes qui rejoignaient la troupe de Poquelin à Toulouse. Gaston, comme à son

_____
1. Voir, du même auteur, *L'énigme du clos Mazarin*.

habitude tomba immédiatement amoureux de l'une d'elles, Armande de Brie, oubliant bien vite Mme Durier !

À Aix, une ville sale et moyenâgeuse, ils se heurtèrent à d'incroyables obstacles. À mesure qu'ils avançaient dans leurs investigations, ceux qu'ils voulaient interroger étaient assassinés. Ils en vinrent donc vite à soupçonner le comte d'Alais – le gouverneur de Provence –, le président de la chambre des Requêtes, et surtout, l'homme fort de la ville : M. de Forbin-Maynier. Un notable qui haïssait Mazarin.

Mais l'assassin qui agissait contre eux ne pouvait savoir à quel point M. Fronsac était perspicace. Non seulement ceux qui tentaient d'impliquer les deux frères Mazarin dans une manœuvre de prévarication furent démasqués mais Gaufredi, le vieil ami et garde du corps de mon beau-père, retrouva dans la ville son amour de jeunesse et son petit-fils !

Louis Fronsac rentra à Paris en mai, enrichi de plus de vingt mille livres. C'est avec cette somme qu'il put faire reconstruire le pont sur l'Ysieux, cette fois en pierre, ainsi que la chapelle dans le village de Mercy. Il parvint aussi à meubler enfin correctement sa maison.

Quelques mois après l'affaire du clos Mazarin, alors que Paris grondait contre les nouveaux impôts imposés par M. d'Emery, Louis Fronsac et Gaston de Tilly firent chacun, le même soir, une rencontre mémorable.

On était à l'automne de l'année 1647 et mes beaux-parents, accompagnés de Gaston et de Mme Durier, se trouvaient dans une loge de l'Hôtel de Bourgogne quand un grand diable au nez proéminent fit un scandale dans le parterre, menaçant l'un des acteurs de mort s'il ne jouait pas mieux.

Ce forcené se nommait Savinien de Cyrano. C'était un ancien cadet aux gardes qui se piquait de théâtre et de littérature. En me contant cette histoire, M. Fronsac m'avait expliqué qu'il avait assisté, deux ans plus tôt, à la représentation d'une de ses pièces, *Le Pédant joué*, en compagnie de Poquelin qui s'apprêtait alors à fuir Paris et ses créanciers avec sa troupe.

M. de Cyrano, qui se faisait parfois abusivement appeler de Bergerac, une terre qu'il ne possédait pas, fut quelques jours plus tard accusé d'avoir assassiné le comédien qu'il avait menacé. M. Fronsac, qui s'était pris d'amitié pour lui, vint à son secours et découvrit d'abord avec stupéfaction, ensuite avec effroi, l'existence d'une redoutable société secrète : la confrérie de l'Index, qui s'était donnée pour tâche de faire disparaître tous les écrits des auteurs libres penseurs comme Cyrano.

Ayant mis en échec le grand maître de la confrérie qui se réunissait dans les souterrains du Pont-Neuf, un grand maître d'ailleurs fort proche de Savinien, M. Fronsac put innocenter M. de Cyrano et retrouver le manuscrit qui lui avait été volé par cette société secrète durant son emprisonnement : *L'Histoire comique contenant les états et empires de la Lune*.

Ce même soir où mon beau-père faisait la connaissance de M. de Cyrano, Gaston retrouvait la femme qui allait changer sa vie. J'ai mentionné qu'il avait alors pour maîtresse Mme Durier, la tenancière du *Loup et du Porcelet*. J'ai rapporté aussi que, durant leur voyage à Aix, MM. Fronsac et Tilly avaient sauvé du déshonneur deux jeunes comédiennes de l'*Illustre Théâtre* dont la voiture venait d'être attaquée par des brigands, Armande de Brie et sa cousine Angélique de l'Étoile. Gaston avait d'ailleurs pendu les marauds sur l'heure et sans jugement.

Or, après l'incident du théâtre, durant lequel M. de Cyrano avait menacé un acteur, la pièce avait repris son cours, M. de Cyrano ayant quitté les lieux à la suite d'une intervention de Gaston.

Chacun connaît l'histoire de *L'Illusion comique* de M. Corneille : Pridamant est un père désespéré par la disparition de son fils Clindor. Un magicien fait alors dérouler la vie de son enfant disparu : ce dernier est au service d'un matamore et va finalement s'enfuir avec la jolie Isabelle.

Lorsqu'Isabelle apparut sur la scène, le cœur de Gaston s'arrêta brusquement de battre. La comédienne était Armande de Brie !

Allant la voir après le spectacle, il découvrit que l'amour qu'il avait cru éprouver pour elle était bien réel. Mme Durier, qui l'accompagnait, constata avec dépit la situation. Durant les jours qui suivirent, la jolie aubergiste aida pourtant fidèlement Gaston et Louis à vaincre la Confrérie de l'Index, tout en sachant qu'elle perdait son amant. Elle lui annonça donc finalement qu'elle lui rendait sa liberté, ce que M. de Tilly accepta avec une profonde émotion et une immense gratitude. Ils restèrent pourtant très proches et elle n'hésita pas à lui venir en aide plusieurs fois durant la guerre civile.

En novembre de cette même année, Gaston de Tilly épousa Armande de Brie[1].

---

1. « La confrérie de l'Index », dans *L'homme aux rubans noirs*, du même auteur.

C'est également durant cette année 1647 que se produisit un fâcheux incident qui devait avoir de funestes conséquences.

À l'Hôtel de Rambouillet, beaucoup de changements avaient eu lieu. Julie d'Angennes, fille de la marquise, la princesse Julie dont Vincent Voiture était éperdument amoureux, avait finalement épousé le marquis de Montauzier et accouché d'une fille. Une délivrance fort difficile pour laquelle l'intendant, Jean Chavaroche, avait dû aller chercher la ceinture de sainte Marguerite à l'abbaye de Saint-Germain, une relique réputée pour faciliter les accouchements.

Après cette naissance éprouvante, la marquise n'avait plus eu le cœur à réunir ses amis dans la Chambre Bleue. Seul Voiture restait un familier de l'Hôtel mais, en vérité, il ne venait que parce qu'il avait jeté son dévolu sur une sœur de Julie d'Angennes, Angélique Clarisse qui deviendra un motif de querelle avec Jean Chavaroche, lui aussi amoureux de la jeune femme. Effectivement, un soir, les deux hommes se battirent en duel dans le jardin de l'Hôtel.

Vincent Voiture eut la cuisse percée et son valet, pour le venger, poignarda Chavaroche.

Dès lors, le poète fut interdit à l'Hôtel.

Était-ce à cause de cette interdiction ? Ou des suites de sa blessure qui s'était mal refermée ? Ou bien de la goutte comme on le rapporta ? Quoi qu'il en soit, Voiture resta longtemps malade, fiévreux, et, à peine âgé de cinquante ans, il décède en mai de l'année suivante.

L'année 1648 et les quatre autres qui suivirent restent encore dans tous les esprits par la sauvagerie des événements qui s'y déroulèrent. Pour ma part, étant un enfançon à cette époque, je n'oserai prétendre en être un bon témoin mais M. Fronsac et M. de Tilly m'en ont si souvent parlé que j'ai l'impression d'avoir vécu cette période.

Ils avaient d'ailleurs été tellement marqués par ces années que c'était un des sujets qu'ils abordaient le plus souvent avec moi. Aussi serai-je sans doute trop longue pour relater cette guerre civile et j'espère que le lecteur me le pardonnera.

On sait que depuis des années le parlement, qui avait enregistré à contrecœur quantité d'édits ruineux pour le peuple, protesta enfin au mois d'août de l'année 1647 contre l'édit du Tarif. Un nouveau règlement qui taxait fortement toutes les denrées entrant dans Paris.

Dans la ville, l'agitation était aussi considérable que l'était la misère des pauvres gens. Le 9 janvier de l'année suivante, alors que la reine assistait à la messe à Notre-Dame, deux cents femmes l'interpellèrent pour lui demander justice. La reine, pourtant si bonne, les ignora et cette indifférence devait lui coûter cher.

Le surintendant des Finances, M. Particelli d'Emery, ignorait tout autant les cris du peuple. Pressé par un Mazarin toujours à la recherche d'argent, il proposait sans cesse de nouveaux expédients pour remplir les caisses de l'État. Après avoir inventé l'impôt du Toisé et la taxe des Aisés, il décida en janvier de mettre à la vente douze nouvelles charges de maître des requêtes.

Cette fois, ce fut le Parlement qui, à l'unanimité de ses membres, s'y opposa. La régente décida alors que se tiendrait un lit de justice durant lequel le jeune roi imposerait sa volonté.

La session se déroula le 15 janvier 1648. Omer Talon, l'avocat général du parlement de Paris, y condamna la politique menée par la monarchie et, chose extraordinaire, pour la première fois dans notre histoire, les magistrats repoussèrent la décision royale.

Qui plus est, toutes les chambres et les compagnies judiciaires (le Grand Conseil, qui réglait les problèmes administratifs, la Chambre des comptes qui jugeait des affaires financières, et la Cour des aides, qui contrôlait la fiscalité) décidèrent de délibérer en commun sur la réforme de l'État.

Le roi cassa cette délibération appelée l'arrêt d'Union qui allait, selon lui, au-delà des prérogatives parlementaires. Les magistrats repoussèrent la décision royale en continuant à se réunir afin de donner une Constitution à la France.

Devant une telle détermination soutenue à la fois par une partie de la noblesse et surtout par le peuple de Paris qui grondait et s'agitait, la régente Anne laissa faire.

C'est durant cette période de désordre que Gaston de Tilly et Louis Fronsac firent la connaissance de Roger de Rabutin, comte de Bussy et cousin de Marie de Rabutin-Chantal.

M. de Rabutin était entré dans la carrière des armes à seize ans et, à trente ans, il était devenu un des principaux capitaines du prince de Condé. Il aurait pu atteindre les plus hautes charges militaires de l'État s'il n'avait porté une fâcheuse réputation d'arbitre des élégances et de coureur de jupons, surtout auprès des femmes mariées. En outre, s'il possédait un réel talent littéraire, l'impertinence de ses écrits lui portait souvent préjudice.

Quand il n'était pas en campagne ou sur ses terres de Bourgogne, il logeait au sein de l'enclos du Temple, dans un appartement que le grand prieur de France, son oncle, lui laissait.

À la fin de l'année 1647, celui-ci lui avait proposé une petite maison très ancienne non loin de l'église du Temple. En surveillant les travaux, M. de Bussy distingua, un matin très tôt, une croix templière sur une pierre. Il la fit dégager pour découvrir un vieux coffret contenant quelques pièces d'or et un parchemin recouvert d'un texte sibyllin.

Il fut dès lors persuadé d'avoir découvert des éléments pouvant le conduire au trésor du Temple.

Une légende courait alors dans Paris – elle court toujours ! – sur cet incroyable trésor qui avait échappé à Philippe le Bel.

Le 13 octobre 1307, Guillaume de Nogaret et ses gens d'armes avaient fait irruption dans l'enclos du Temple pour se saisir des cent cinquante chevaliers qui étaient présents. La même opération avait eu lieu dans toutes les maisons templières de France. C'est que la fortune des templiers était gigantesque et le roi de France ne voulait pas qu'elle lui échappe. Pourtant, malgré une fouille minutieuse, peu d'or et encore moins de documents furent découverts.

Les tortures n'y firent rien, ni Jacques de Molay ni ses compagnons ne parlèrent.

On raconta plus tard que, la veille, le 12 octobre, secrètement prévenu de l'opération du roi, Molay avait fait partir de l'enclos du Temple trois gros chariots apparemment emplis de paille. Mais que sous les foins se trouvait dissimulé dans une cinquantaine de coffres de fer le trésor du Temple, tant en or qu'en archives et en objets précieux[1].

---

1. Ce point a été confirmé par le templier Jean de Chalon devant le pape en juin 1308. Dans *Archives secrètes du Vatican*, register Aven N° 48 Benedicti XDII, tome 1, folio 448.

Bussy avait grande confiance en son oncle et il lui narra sa découverte, tout comme il le fit à son frère. Seulement, jugeant la trouvaille sans intérêt puisqu'il n'y avait dans le coffret qu'un galimatias incompréhensible, tous deux en parlèrent à leurs amis.

L'oncle raconta l'histoire au prince de Conti et le frère à l'abbé Basile Fouquet.

Conti, frère du prince de Condé, était un être jaloux des lauriers de son aîné et fâché contre lui par l'insistance qu'il avait à vouloir le faire cardinal, afin surtout de ne pas avoir à partager avec lui l'héritage de leur père. C'était un petit jeune homme contrefait que beaucoup trouvaient méchant et sot. Son frère le comparait à un singe et Paul de Gondi le qualifiait de « zéro qui ne multipliait que parce qu'il était prince du sang ». Quant à Basile Fouquet, le frère de M. de Bussy, il ignorait qu'il était l'un des chefs des services secrets de Mgr Mazarin, position qu'il partageait avec MM Zongo Ondedei et le gantier Tomaso Ganducci.

Ces deux imprudentes confidences allaient entraîner de fâcheuses conséquences.

M. de Bussy était bien décidé à percer le sens du message écrit sur son parchemin pour enfin, l'espérait-il, voir disparaître ses incessantes difficultés financières. Comme il avait une grande confiance et beaucoup d'affection pour sa cousine, Marie de Rabutin-Chantal, qui avait épousé le marquis de Sévigné, il se confia à elle. Elle lui suggéra de s'adresser au seul homme en France capable de faire jaillir la lumière au sein de faits obscurs : M. Fronsac, marquis de Vivonne.

En décembre de l'année 1647, Mme de Sévigné aborda le sujet avec mon beau-père chez la marquise de Rambouillet et lui présenta son cousin. Chose amusante, Louis Fronsac se souvint l'avoir connu au collège de Clermont bien que M. de Bussy eût cinq ans de moins que lui.

Ils se rendirent ensemble à l'enclos du Temple et M. Fronsac étudia longuement le parchemin, mais il n'y comprit goutte.

À peu près à cette époque, M. d'Aubray sollicita l'aide de Gaston de Tilly pour une affaire qui fâchait fort M. Mazarin et qu'aucun commissaire ne parvenait à démêler. Un inconnu, se faisant passer pour un chevalier de Malte, défiait des gentilshommes et leur proposait un assaut près des moulins situés non loin de l'enclos du Temple. Une des victimes avait survécu au duel et, malgré une horrible blessure à la gorge, elle avait raconté que son adversaire, particulièrement fin escrimeur, touchait d'abord son adversaire au bras ou à la cuisse, puis lui faisait renier Dieu, en lui promettant la vie en échange.

Après cette abjuration, il l'égorgeait pour avoir le plaisir, disait-il, de tuer à la fois l'âme et le corps.

Gaston de Tilly, qui connaissait tous les crimes extraordinaires perpétrés à Paris, avait aussitôt fait le rapprochement avec un homme agissant selon le même procédé quelques années auparavant. Il se nommait Jean d'Andrieux et avait tué ainsi en duel plus de soixante-dix personnes avant d'être pris.

Pour commencer ses investigations, M. de Tilly se rendit au Temple pour interroger le Grand prieur. Dans l'enclos, il croisa M. de Bussy, qu'il ne connaissait pas, et, pour un motif futile, les deux hommes se querellèrent. Gaston, qui réprouvait les duels, lui proposa une rencontre dans la salle d'armes de la rue du Jour. Il fut battu lors d'un assaut au carrelet[1], ce qui provoqua chez lui un profond ressentiment contre son adversaire.

De leur côté, le prince de Conti et l'abbé Basile cherchaient tous deux un moyen de s'approprier l'or des Templiers. Pour y parvenir, Basile avait décidé d'acheter la maison de l'enclos afin d'y effectuer des fouilles mais, comme M. de Bussy ne voulait pas la céder, il s'était mis en tête de faire éliminer le gêneur par un bravo. Seulement, il n'avait pu trouver un spadassin suffisamment intrépide pour s'attaquer à un duelliste aussi réputé, aussi avait-il préparé un stratagème pour perdre le cousin de la marquise de Sévigné en s'appuyant sur ses faiblesses : son appétit des femmes et ses incessants besoins d'argent.

En mai, M. de Bussy, alors en campagne dans le Nord, reçut un surprenant courrier provenant d'un moine de la rue du Temple. Ce dernier expliquait être l'intercesseur d'une riche veuve, Mme Marie Bonneau de Miramion, laquelle était éperdument amoureuse de lui depuis qu'elle l'avait aperçu dans la rue du Temple. Elle souhaitait de tout cœur l'épouser, sachant qu'il était veuf, mais sa famille, à qui elle avait parlé de cette alliance, s'y opposait. Aussi proposait-elle qu'il l'enlève et qu'il en fasse sa femme par une simulation de violence ; le mariage devenant ainsi inévitable[2] !

M. de Bussy avait tant l'habitude des bonnes fortunes qu'un tel courrier le flatta alors que n'importe qui s'en serait méfié.

_____

1. Fleuret de section carrée.
2. Cette histoire invraisemblable est bien sûr absolument authentique et rapportée par Bussy lui-même ainsi que par Tallemant des Réaux.

À Paris, durant le mois de juin, les chambres se réunirent à nouveau sous le nom de Chambre de Saint-Louis et proposèrent à la Cour une Constitution de vingt-sept articles qui assurerait le contrôle des dépenses de l'État. Paul de Gondi, le coadjuteur de Paris qui briguait la charge de Mgr Mazarin, entretenait en même temps l'agitation populaire, seule arme dont il disposait pour arriver à ses fins.

De quelque côté qu'elle se tournât, la régente Anne d'Autriche ne voyait aucun secours. Seul le prince de Condé aurait pu réduire ces troubles mais son armée bataillait dans le Nord et Mazarin le craignait autant que les Parisiens. Les Grands qui avaient soutenu la cabale des Importants, voyant la reine et le ministre affaiblis, rappelèrent leurs exigences, d'autant que le duc de Beaufort, l'artisan principal de la cabale, celui qui avait tenté de tuer le cardinal Mazarin sur le pont dormant du Louvre le 30 août 1643, venait de s'évader du fort de Vincennes où il était enfermé[1] en utilisant tout simplement une corde attachée à sa fenêtre.

Voici d'ailleurs comment Mme de Motteville raconte son évasion :

« Le jour de la Pentecôte, 1er du mois de juin, le duc de Beaufort, prisonnier depuis cinq ans, s'échappa de sa prison environ sur le midi. Il trouva le moyen de rompre ses chaînes par l'habileté de quelques-uns des siens qui le servirent fidèlement. Il était gardé par un officier des gardes du corps, et par sept ou huit gardes qui couchaient dans sa chambre. Il n'était servi que par des officiers du roi, et, par-dessus tout cela, Chavigny gouverneur de Vincennes, n'était pas son ami. »

_____
1. Voir, du même auteur, *La conjuration des Importants*.

À peu près à la même époque, Louis Fronsac s'était rendu à Paris pour les obsèques de son ami Vincent Voiture mort à la fin du mois de mai. Le service funèbre avait eu lieu à Saint-Germain-l'Auxerrois et la mise en terre à Saint-Eustache. M. Fronsac était ensuite allé rendre visite à Antoine Rossignol, le chef du bureau du Chiffre, au secrétariat aux Affaires étrangères – un homme capable de décoder n'importe quelle écriture secrète – pour lui donner un rébus que nul ne pouvait déchiffrer : le parchemin découvert par M. de Bussy. Un tel défi aurait fait traverser les enfers à M. Rossignol qui se mit aussitôt à l'œuvre. En moins d'une journée, il déchiffra et interpréta le texte des templiers.

Seulement le résultat était tout aussi abscons pour M. Fronsac qui se rendit pourtant dans l'enclos du Temple afin d'étudier à nouveau les lieux. Il acheta également au libraire Sébastien Cramoisy deux livres anciens sur l'ordre du Temple.

En août, M. de Bussy demanda son congé au prince de Condé et revint à Paris pour organiser avec son frère l'enlèvement de Mme de Miramion. Le rapt eut lieu au début du mois. La pauvre femme ignorant tout de cette entreprise, elle se débattit, sanglota puis menaça son ravisseur. Bussy comprit qu'il avait été joué et la libéra immédiatement avec ses excuses. Cependant, les violences avaient eu lieu et Mme de Miramion, qui se considérait comme déshonorée, demanda des poursuites judiciaires auprès de la Tournelle[1].

---

1. La chambre criminelle du parlement dans laquelle les magistrats siégeaient *à tour de rôle* pour ne pas s'habituer à condamner à mort.

M. de Bussy risquait dès lors la prison, les galères, et même la peine de mort. Ce crime étant particulièrement délicat compte tenu de la vieille noblesse des Bussy, son instruction et la préparation de l'acte d'accusation en furent confiées à Gaston de Tilly qui, en tant que procureur, avait été plusieurs fois chargé des affaires criminelles concernant les Grands du royaume.

M. de Tilly se rendit au Temple pour entendre M. de Bussy, mais celui-ci n'était pas chez lui. En quittant l'enclos, il fut bousculé par un individu portant l'habit des chevaliers de Malte. Après un échange de mots assez vifs, celui-ci lui proposa de vider leur querelle sur-le-champ. M. de Tilly devina être tombé sur le duelliste assassin qu'il recherchait. Trop confiant dans sa science de l'escrime, il accepta et suivit l'homme jusqu'aux moulins. Là, après une brève passe d'armes, il ne put se dégager assez rapidement et fut touché au bras. Il lâcha son épée et le faux chevalier de Malte lui demanda ironiquement de recommander son âme à Dieu.

M. de Tilly se sut perdu.

À cet instant surgit Bussy qui avait aperçu Gaston sortir de l'enclos et qui avait tenté de le rattraper. D'un regard, Bussy comprit la situation et s'interposa. Étant le meilleur escrimeur de France, il tua son adversaire dans un battement renversé après une succession de parades de tierce.

En me racontant cette histoire, M. de Tilly m'avait avoué combien il s'était senti honteux après cet engagement. Venu pour interroger cet homme qu'il n'aimait pas, prêt à le mettre volontiers en accusation, celui-ci venait de lui sauver la vie en risquant la sienne. M. de Tilly avait, nous l'avons dit, quelques défauts, mais il était homme d'honneur et savait reconnaître un véritable gentilhomme. Il tomba dans les bras de son sauveur et les deux hommes se promirent de rester les meilleurs amis du monde.

On était alors fin août et les échauffourées devenaient de plus en plus fréquentes dans Paris. Des troupes de bourgeois, mêlés à la canaille, avaient pris possession des rues et des places et demandaient le départ de Mazarin. L'agitation était attisée par le conseiller Broussel, un vieux parlementaire qui s'était toujours considéré comme le tribun du peuple et qui rêvait d'une république romaine.

Le 26 août, alors que le prince de Condé venait de remporter une importante victoire à Lens, la reine décida l'arrestation de Broussel. Le lendemain, Paris se couvrit de barricades et ses habitants prirent les armes. Des bandes de forcenés vomissant mille imprécations s'attaquèrent aux soldats que la Cour avait fait venir, en tuèrent quelques-uns, et réclamèrent la libération du conseiller.

Le parlement et le coadjuteur Paul de Gondi prévinrent la reine que le tumulte allait s'étendre et que Paris serait mise à feu et à sang si M. Broussel n'était pas libéré. La régente, humiliée, dut céder et ordonna finalement l'élargissement du parlementaire.

Les échauffourées se poursuivirent cependant tout l'automne. M. de La Rochefoucauld et sa maîtresse, la duchesse de Longueville – la propre sœur du prince de Condé – appuyaient secrètement les revendications des parlementaires et du coadjuteur auquel s'était rallié le marquis de Fontrailles qui voyait enfin arriver la grande révolution dont il rêvait.

Pourtant, le seul ciment entre tous ces malcontents et le peuple était leur haine envers Mgr Mazarin.

Seul le prince de Condé, bien que détestant le ministre plus que tous les autres, avait refusé de se joindre aux rebelles et de participer à ce qu'il appelait avec mépris une « guerre de pots de chambre ».

Heureusement pour M. de Bussy, ces troubles empêchèrent son affaire d'avancer devant la justice. Il fut cependant approché par le prince de Conti. Le frère du duc d'Enghien se faisait fort d'obtenir des parlementaires, qu'il disait ses amis, l'annulation de toute poursuite contre lui s'il lui révélait ce qu'il avait trouvé dans la cassette de fer. M. de Bussy, bien que prêt à une telle transaction tant sa situation était gravissime, avait finalement décliné la proposition du prince après avoir appris que l'influence réelle de Conti sur les parlementaires n'était nullement celle dont il se flattait.

Il rejoignit donc son régiment en espérant que le prince de Condé le protégerait.

Pendant ce temps, à Paris, Gaston de Tilly enquêtait sur le religieux qui avait envoyé à Bussy la lettre lui conseillant d'enlever Mme de Miramion ; il remonta ainsi jusqu'à l'abbé Basile. Il ne parvint cependant pas à savoir si l'abbé avait agi de son propre chef ou sur ordre de son maître, le cardinal Mazarin.

À Mercy, mon beau-père était très inquiet au sujet des émeutes qui éclataient dans la capitale. Il aurait souhaité se rendre à Paris pour vérifier que l'étude familiale et sa maison des Blancs-Manteaux étaient bien protégées, mais il était retenu par les moissons et les récoltes à terminer puis à rentrer. Les pluies étaient incessantes et il fallait rapidement entreposer les blés pour éviter la famine.

Secrètement, m'avait-il rapporté plus tard, il aurait surtout voulu vérifier dans l'enclos du Temple ce qu'il avait découvert dans ses lectures.

Tout l'automne, dans le Paris enflammé par le coadjuteur et les parlementaires les plus hostiles au Cardinal, une chansonnette connut un grand succès. Elle avait été composée par M. Barillon, le fils d'un président de chambre au parlement, ami de M. de Gondi, qui avait été enfermé à Pignerol après la cabale des Importants et qui en était mort. Voici son refrain :

> *Un vent de Fronde*
> *S'est levé ce matin*
> *Je crois qu'il gronde*
> *Contre le Mazarin.*

Soutenus par des bandes armées, les parlementaires frondeurs devinrent les maîtres du pavé parisien. La révolte s'étendit aux provinces et certains voyaient déjà arriver une révolution similaire à celle qui se produisait en Angleterre où le parlement avait déposé le roi et instauré une république.

La reine jugea alors avec justesse que céder encore, c'était faire perdre le trône à son fils. Elle demanda au prince de Condé de faire revenir son armée du Nord et fit entrer en France des mercenaires allemands pour mater la sédition dans le sang. Mais une guerre ouverte n'était pas dans les méthodes de Mgr Mazarin. Comme il l'expliqua à la régente : « Il n'y a pas d'inconvénient à promettre ce qu'on n'envisage pas de tenir ! »

La reine feignit donc d'accepter les articles de la chambre de Saint-Louis sur la réforme de l'État. La tranquillité revint quelque temps. L'accalmie était illusoire mais elle permit au Cardinal ministre de faire parapher ce magnifique traité de Westphalie qui concluait les négociations de Münster et donnait définitivement à la France l'Alsace et les Trois-Évêchés. Mazarin utilisa aussi cette brève période d'apaisement pour préparer la fuite de la famille royale.

Le 6 janvier 1649, jour des Rois, à trois heures du matin et sous la protection du prince de Condé, la reine s'enfuit de Paris avec ses enfants, quelques fidèles et M. le duc d'Orléans accompagné de sa fille. La petite Cour se réfugia à Saint-Germain où, le château n'étant pas meublé, chacun dormit sur la paille.

Dès les jours suivants, le prince commença le siège de la capitale ne doutant pas de vaincre rapidement ces Parisiens rebelles qui n'étaient que des robins et des marchands ignorant tout de la science des armes.

Il se trompait. Très vite, les défections gagnèrent la Cour. Sa sœur Longueville et son frère Conti rejoignirent les parlementaires, entraînant avec eux M. de La Rochefoucauld qui se proposait d'assurer la défense de la ville contre le prince de Condé, pourtant son ami ! Il faut dire que M. de Marcillac était l'amant de la sœur du prince et que, pour ses beaux yeux, il assurait à chacun qu'il était prêt à faire la guerre à son roi !

D'autres Grands les suivirent comme Frédéric-Maurice, le duc de Bouillon, qui avait été dépouillé de la ville de Sedan par Richelieu, et bien sûr le duc de Beaufort qui se cachait jusque-là.

Malgré l'opposition de quelques magistrats honorables, comme Mathieu Molé ou le président de Mesmes, qui ne souhaitaient pas devenir des rebelles, les parlementaires levèrent une milice pour défendre la ville. Chaque porte cochère dut fournir un cavalier ou cent cinquante livres, et chaque maison ordinaire un fantassin ou trente livres. On taxa encore plus les fidèles de

Mazarin et parmi eux les financiers protestants dont la liste était publiée dans un *Catalogue des partisans*. La banque Tallemant dut verser deux mille six cents livres et Antoine Rambouillet, le beau-père de Gédéon, paya deux mille livres.

Conti nommé généralissime, les ducs de Beaufort, de Bouillon et de Longueville se placèrent sous ses ordres.

Les semaines qui suivirent ne furent plus qu'épouvante tant dans la capitale que dans les campagnes. Il n'y avait plus de loi ou d'ordre, plus de police ou de justice. À la recherche d'or ou d'argent, les rebelles rançonnaient les proches de Mazarin sans avoir de compte à rendre.

Les éléments, eux-mêmes, ne suivaient plus les lois naturelles : la Seine avait débordé et noyé la plupart des rues. Elle charriait les cadavres des miséreux et les corps des séditieux que le prince de Condé jetait, pour s'amuser, dans la rivière glacée.

Dans la ville, les plus démunis, affamés, pillaient les habitations abandonnées et si les frondeurs tenaient le haut du pavé le jour, assassinant parfois ceux qui restaient fidèles au roi, des milliers de truands sortis de la Cour des miracles faisaient la loi la nuit. Ceux-là écorchaient et meurtrissaient sans préférence politique. On était revenu à l'époque de la Ligue, lorsque les Seize faisaient régner la terreur.

Comme les périls devenaient de plus en plus brûlants pour son épouse et ses gens, Gaston décida de les conduire à Mercy. Armé et équipé, accompagné de La Goutte, un archer qui lui était fidèle, et de François Desgrais, un exempt du Châtelet, ainsi que de quelques solides laquais, il loua un gros carrosse où prirent place Armande, sa femme de chambre, ainsi que quelques domestiques sûrs. Ils partirent de nuit mais furent bloqués à plusieurs portes de Paris où la milice bourgeoise ne les laissa pas sortir. Ils se dirigeaient vers la porte Saint-Honoré pour tenter un nouveau passage, lorsqu'ils assistèrent à un assaut conduit par la canaille sur l'église Saint-Roch. Ce n'étaient heureusement que des gueux qu'ils mirent en fuite avec quelques coups de pistolet et d'épée.

Ils découvrirent alors dans l'église deux pauvres femmes à moitié lapidées et qui auraient subi les derniers outrages si Gaston et La Goutte n'avaient pas abattu leurs agresseurs. C'étaient Mme de Motteville, dame de compagnie de la reine, et sa sœur, qui avaient tenté de rejoindre la régente à Saint-Germain et avaient été reconnues, puis poursuivies par une populace déchaînée.

Gaston les prit sous sa protection et les fit raccompagner chez elles ; les deux femmes préféraient rester enfermées dans leur appartement plutôt que de courir le risque d'une nouvelle expédition. Ayant réussi enfin à sortir de la ville, le convoi de M. de Tilly arriva finalement à Mercy après une altercation qui faillit mal tourner avec un peloton de chevau-légers.

Avant son départ, Gaston avait pris des nouvelles de l'étude Fronsac. Le notaire lui avait assuré que l'étude ne risquait rien. Pour cela, M. Fronsac père avait d'ailleurs engagé quelques solides gaillards.

M. de Tilly s'était également rendu rue des Blancs-Manteaux où Germain Gautier, le domestique qui s'occupait de la maison de mes beaux-parents avec sa sœur, lui avait déclaré avoir suffisamment de provisions. Il avait renforcé toutes les fermetures et il lui paraissait préférable de rester sur place pour éviter que le logis ne soit saccagé comme l'étaient toutes les maisons abandonnées dans Paris.

Le château de Mercy avait été transformé pour soutenir un siège. Tous les habitants des environs s'y étaient réfugiés. Des hourds avaient été dressés au niveau des fenêtres des étages et une épaisse barricade de bois doublait la grande grille d'entrée. Les celliers débordaient de provisions et de fourrage qui permettraient de tenir des semaines.

Il faut savoir qu'une grande partie des mercenaires que Mazarin et la régente avaient fait entrer en France n'étaient payés qu'irrégulièrement. Ils vivaient donc sur le terrain, pillant les fermes et les châteaux, violant femmes et filles en toute impunité.

C'est dire si le renfort de Gaston et de ses hommes fut apprécié. Certes, c'étaient des bouches supplémentaires à nourrir et il fallut encore un peu plus se serrer mais, face à un régiment décidé à prendre la place, chaque mousquet supplémentaire serait utile.

Durant les jours qui suivirent, Gaston raconta à son ami le mauvais pas où se trouvait M. de Bussy. Selon lui, son affaire était désespérée. Seule une intervention de parlementaires qui lui seraient favorables pourrait peut-être lui éviter d'être condamné, déchu de la noblesse, envoyé aux galères ou même pire. Malheureusement, comme Bussy était à Condé, aucun conseiller ou président de chambre ne lui viendrait en aide !

Mon beau-père, de son côté, avoua à son ami qu'il avait désormais découvert où se trouvait la cachette du trésor du Temple. Si le trésor s'y trouvait encore...

C'est vers le milieu de février, alors que la neige couvrait les campagnes et que des bandes de loups

affamés rôdaient, qu'une troupe de Croates ratta-
chée à l'armée d'Allemands appelée par la reine
attaqua le château. Leur chef promit la vie sauve
aux habitants si on leur livrait les femmes, du
fourrage et toute la nourriture qu'ils possédaient.

Gaston et Louis savaient n'avoir aucun secours
à attendre de la maréchaussée. Le prince de
Condé faisait le siège de Paris et toutes les troupes
régulières du roi étaient occupées, autour de
Charenton et des villages environnants, à empêcher l'approvisionnement de la capitale.

Il y eut plusieurs assauts sanglants. Les Croates
possédaient même un canon qui fit de gros dégâts
et, sans un audacieux coup de main de Bauer, le
château aurait été pris.

Finalement, la troupe de mercenaires ayant
perdu trop d'hommes abandonna le siège.

Le reste du mois s'écoula dans l'angoisse et
la terreur. Au début de mars, un homme en
guenilles se présenta aux grilles du château. Il
n'avait rien mangé depuis vingt-quatre heures.
C'était Guillaume Bouvier, porteur d'une lettre de
M. Fronsac père.

Devant un copieux repas arrosé de pots de vin,
le vieux soldat fit un récit hallucinant de ce qui
se passait à Paris. Il avait réussi à quitter une ville
sous la coupe des frondeurs et des miliciens du
duc de Beaufort. La maison de Louis avait été forcée et saccagée. Germain Gautier et sa sœur
s'étaient réfugiés à l'étude Fronsac mais leur situation y était maintenant tout aussi dramatique.

— Les maisons sont taxées, fouillées, avait-il
expliqué avec de grands gestes de rage. Plus personne n'est en sûreté. Les gens sont battus et volés
par des coquins. Chaque jour aggrave le danger
d'arrestation ou d'exécution sommaire. En outre,

les vivres manquent et, sous quelques jours, la famine sera là, assurait-il.

Devant une situation aussi sombre, M. Fronsac père avait demandé à Guillaume de traverser les lignes de l'armée royale et de gagner Mercy pour demander à son fils de leur venir en aide.

— Il ne m'a fallu que quarante-huit heures à pied ! avait déclaré Guillaume, un rien bravache.

Dans sa lettre, M. Fronsac confirmait ses dires et y ajoutait force détails. Les perquisitions étaient journalières chez ceux qu'on appelait les *mazarins*. L'étude avait été taxée de mille livres et il avait été menacé par les gens de Beaufort qui le savaient père de celui ayant fait échouer les manœuvres du roi des Halles pour se débarrasser de Mazarin. Lors de la dernière perquisition, on avait même abattu des murs et brisé leurs meubles pour trouver de l'or caché. Heureusement, toutes les valeurs se trouvaient à l'abri dans un coffre bien dissimulé. En revanche, la vaisselle d'argent de Mme Fronsac avait été confisquée.

— Et encore, avait renchéri Bouvier, votre père n'est pas le plus à plaindre, j'ai appris qu'ils ont volé deux cent cinquante mille livres à un contrôleur des gabelles, toute la vaisselle de M. d'Emery et la plupart des bijoux des femmes des *mazarins*. Les forcenés et les coquins font la loi et les délateurs ont même droit à dix pour cent des prises !

Dans sa lettre, M. Fronsac père demandait à son fils d'organiser leur fuite de Paris. Il lui affirmait qu'il pourrait obtenir de l'aide du président du parlement, Mathieu Molé, et du président de Mesmes, le frère du comte d'Avaux. Certes, tous deux, comme la plupart des parlementaires et des bourgeois parisiens, avaient approuvé les initiatives du parlement visant à un meilleur contrôle des finances du royaume mais, désormais, ils voulaient que cesse cette rébellion contre leur roi qui allait ruiner la ville.

Or, justement, ces officiers avaient été désignés par le parlement pour conduire une négociation avec la Cour.

En vérité, les deux présidents n'étaient pas isolés dans leur désir de renouer avec Mazarin. Le procureur général, M. Fouquet, les soutenait ainsi que quelques magistrats fidèles et surtout beaucoup de cyniques craignant de trop perdre dans ce conflit qui perdurait.

Les gens raisonnables, expliquait M. Fronsac père dans sa missive, devinaient que si les frondeurs étaient battus par l'armée de Condé, la ville serait livrée à la soldatesque qui la pillerait. Quant au cas improbable où les rebelles l'emporteraient, ce serait non seulement la fin de la royauté mais surtout le début d'une guerre civile interminable entre des factions qui pour l'heure ne s'accordaient que sur leurs griefs envers Mazarin.

La résolution de Louis Fronsac fut vite prise. Il devait porter secours à ses parents. Mais comment pénétrer dans cette ville assiégée ? Après une longue discussion avec Gaston, Bauer, et Guillaume Bouvier, il décida de partir pour Saint-Germain escorté seulement de l'ancien soldat. Là-bas, il prendrait langue avec Mathieu Molé qu'il connaissait depuis qu'il avait retrouvé sa petite-fille quelques années plus tôt.

Cette idée déplaisait fortement à Julie mais elle savait quel était le devoir de son époux. Et puis Gaston, secondé par Bauer, protégerait sans peine le château qui disposait maintenant d'une cinquantaine d'hommes en armes.

Mon beau-père parvint sans trop d'encombre à Saint-Germain et obtint du secrétaire de Mazarin un laissez-passer pour entrer ou sortir de la ville. Il rencontra ensuite Mathieu Molé qui accepta de le prendre avec lui, sans pouvoir toutefois lui garantir sa sécurité. Lui-même, plaisantait-il, n'était qu'un mort en sursis depuis qu'on l'avait accusé d'avoir trahi le parlement. Il lut d'ailleurs à M. Fronsac une mazarinade que mon beau-père a conservée et dont je ne peux me priver de citer ici un extrait tant elle est cocasse :

> La barbe et le menton barbu
> De Molé, juge corrompu
> Barbe sale, barbe vilaine !
> Barbe infâme, barbe inhumaine
> Qui s'offrirait pour un écu
> De serviette à torcher le cul
> Barbe pendante au vieux menton
> D'un avare et lâche poltron
> Barbe d'un laid et vieux magot,
> Barbe d'un traître et d'un bigot.
> Je voudrais, ô barbe vilaine !
> Que de merde tu fusses pleine[1] !

Malgré ces appels haineux, le président Molé, qui se trouvait avec son fils, M. de Champlâtreux, expliqua que la paix n'avait jamais été si proche. S'il n'y avait eu Gondi, Conti, Bouillon et quelques parlementaires jusqu'au-boutistes comme Broussel, la plupart des magistrats auraient déjà fait amende honorable.

_____
1. Cet extrait de la mazarinade *Satyre sur la barbe de monsieur le Président Molé* a été publié dans le *Tableau de la vie et du gouvernement de messieurs les cardinaux Richelieu et Mazarin*.

C'est que la situation était grave. En Angleterre, les révolutionnaires venaient de couper la tête à leur roi. À Paris, Conti avait demandé du secours à l'Espagne et le duc de Bouillon avait convaincu son frère Turenne, commandant de l'armée d'Allemagne, de rejoindre les rebelles. Si ces troupes et les régiments espagnols arrivaient, Condé et les royalistes seraient balayés.

Louis Fronsac se rendit chez ses parents pour les rassurer avant d'aller chez le coadjuteur de Paris. M. de Gondi était le seul capable de lui établir un laissez-passer pour que sa famille et les gens de l'étude puissent sortir de la ville.

Le coadjuteur, qui avait un grand cœur, lui remit sans barguigner le document demandé avant de lui confier avec honte et tristesse avoir appris les épreuves qu'avait subies son père. Il ajouta être intervenu directement auprès du duc de Beaufort et du marquis de Fontrailles pour les avertir que la famille Fronsac se trouvait désormais sous sa protection et que s'en prendre à eux, c'était s'en prendre à lui.

Selon lui, les événements tournaient en défaveur des frondeurs. Avec une ironie désabusée, il lui expliqua que les Parisiens avaient seulement gagné dans cette guerre le droit de mourir de faim et d'entendre des promesses. Ce n'était pas ce qu'il avait voulu. Il ne croyait guère que Turenne parvienne à entraîner l'armée d'Allemagne derrière lui. Quant à Longueville ou La Trémouille qui juraient être capables de lever des troupes fraîches, il était certain de ne jamais rien voir venir.

En vérité, Paul de Gondi était las et aurait été prêt à négocier avec Mazarin pour réduire les souffrances de ses ouailles s'il n'y avait eu l'opposition farouche du généralissime de la Fronde,

Armand de Bourbon, et de sa sœur Longueville. Il avait eu une grimace ironique en utilisant ce terme de généralissime et avait ajouté dans une boutade dépitée que si les troupes espagnoles étaient vaincues, il n'aurait finalement que la possibilité de devenir aumônier d'un général espagnol, ce à quoi il n'aspirait guère.

Louis sentit une ouverture dans cette confession. Il se fit conduire auprès du prince de Conti pour lui faire une proposition : il lui confierait ce qu'il avait découvert sur le trésor des templiers, sans aucun engagement que ce trésor existe, si le prince ne faisait pas obstacle à la paix. Conti s'empressa d'accepter tant, lui aussi, il souhaitait la fin de ce conflit, pour autant qu'il y gagnât quelque chose !

Fronsac revint ensuite à Saint-Germain avec M. de Champlâtreux où il put rencontrer M. de Bussy. Celui-ci accepta d'abandonner le trésor des templiers si on arrêtait la procédure criminelle intentée contre lui.

Mon beau-père dut encore négocier avec le prince de Condé, ainsi que le cardinal Mazarin en présence de M. de Champlâtreux qui était porteur d'ultimes propositions de paix.

Peu à peu, un texte acceptable par toutes les parties se dessina. Un article secret fut négocié : il concernait les poursuites contre M. de Bussy. Le 12 mars, Mathieu Molé signait la paix.

Cette décision fut aussitôt violemment contestée par une foule de Parisiens forcenés, prêts à écharper le premier président en l'accusant de trahison. Mais M. Molé leur fit face avec le courage tranquille du Juste et, dès le lendemain, le parlement accepta les grandes lignes du traité. Entre-temps, le prince de Conti avait écrit aux Espagnols pour leur annoncer que les frondeurs et lui-même s'étaient accommodés avec le roi.

Le Jeudi-Saint, Louis Fronsac conduisit le prince de Conti au Temple. Celui-ci était accompagné de plusieurs gardes du corps, de maçons et d'un prêtre. Des fouilles furent alors entreprises sur les indications de mon beau-père.

Ce n'est pourtant que plusieurs mois plus tard que Louis Fronsac découvrit une partie du véritable trésor du Temple[1].

Durant l'été de l'année 1649, un calme apparent revint dans Paris et le prince de Condé se réconcilia avec son frère et sa sœur. Mais le peuple grondait toujours et avec le pillage de la soldatesque, la misère s'était étendue dans les campagnes. Chaque jour Paris accueillait de nouveaux miséreux venus quêter la charité. Quant à la noblesse, elle restait divisée entre partisans et adversaires de Mazarin ; les insultes et les provocations, d'une rare violence, étaient incessantes.

Le prince de Condé, qui avait toujours été d'une extrême insolence envers chacun, se considérait comme le sauveur de la royauté et traitait le cardinal Mazarin avec le plus grand mépris. Ce dernier, soutenu par Anne d'Autriche qui craignait désormais la toute-puissance du prince, lui faisait payer ses insolences en lui refusant matoisement les récompenses qu'il réclamait.

Un prochain conflit paraissait donc inévitable, d'autant plus que le prince ne se privait pas de déclarer regretter de ne pas s'être rangé du côté des frondeurs.

---

1. Voir, du même auteur, *Le secret de l'enclos du Temple*.

C'est alors que Gaston de Tilly reçut une lettre inattendue d'un notaire de Tilly, la ville de sa naissance. Son oncle venait de mourir et la lettre contenait un pli de sa main.

Les Tilly venaient d'une des plus anciennes familles de France. Leur ancêtre était Philippe d'Harcourt, lui-même descendant d'Enguerrand d'Harcourt, compagnon de Guillaume le Conquérant. Gaston avait perdu ses parents quand il n'avait que quatre ans. Son père, lieutenant dans la compagnie du prévôt général des maréchaux de Rouen, avait épousé la fille d'un conseiller au présidial de Chartres, orpheline depuis que sa famille avait été décimée par une épidémie de petite vérole. Magistrat, comme tous les lieutenants de prévôt des maréchaux, M. de Tilly pouvait rendre la justice en dernier ressort sur le bailliage de Vernon qui dépendait du présidial d'Andeli. Cela représentait une vingtaine de paroisses.

En avril 1617, alors qu'il se rendait à Paris accompagné de sa femme et d'un valet de chambre, leur voiture avait versé dans un ravin. Les passagers et le cocher avaient été retrouvés le corps brisé.

Le prieur de l'abbaye de Coulombs, son grand-oncle, était devenu le tuteur de Gaston et avait demandé à sa nourrice de rester dans la vieille demeure familiale où les Tilly avaient toujours vécu pour y élever l'orphelin dont le frère aîné était alors en campagne avec son régiment.

Le père de Gaston avait aussi un frère, Hercule, un soldat de fortune qui était revenu à Tilly quelques années plus tard, après avoir perdu un bras sur un champ de bataille. Cet oncle s'était un peu occupé de son neveu, lui apprenant la stratégie, l'escrime et l'art du combat avant d'accepter la décision du prieur qui voulait que l'enfant devienne prêtre. C'est ainsi que Gaston avait été envoyé en pension au collège de Clermont.

Hercule était mort quelques années plus tard et Gaston n'avait que rarement revu son oncle. Au fond de son cœur, il considérait que le vieil homme l'avait abandonné en le laissant partir à Clermont, aussi sa mort n'aurait guère dû l'affliger. Mais la lettre qu'il lui avait écrite était bouleversante. Il expliquait à son neveu qu'après une longue enquête, il était persuadé que son frère et sa belle-sœur – les parents de Gaston – avaient été assassinés alors qu'ils se rendaient chez M. de Sully.

Il ignorait qui les avait tués mais ses soupçons portaient sur l'actuel lieutenant de prévôt de Vernon, M. de Mondreville. Fidèle du duc de Longueville et du prince de Condé, cet homme corrompu tenait le pays sous son joug. Quant à son fils, il était redouté pour son arrogance et sa malfaisance. La lettre se concluait par ces mots :

« ...Je n'ai pas eu le courage d'aller plus loin, mon neveu. Sache que je t'ai aimé et fais ce que tu dois. »

Gaston sentit alors tout un passé douloureux lui revenir par vagues. Il montra la lettre à Armande et lui expliqua qu'il devait partir pour Tilly. Ce qu'il fit dès le lendemain.

Les jours et les semaines passèrent sans qu'il donnât signe de vie.

Finalement Armande, folle d'inquiétude, prévint mon beau-père de la disparition de Gaston et lui parla de la lettre reçue. Malgré les périls des voyages en cette période trouble, Louis partit aussitôt pour Tilly avec Bauer, laissant le château à la garde de son épouse.

Là-bas, personne ne semblait avoir rencontré M. de Tilly mais visiblement les habitants avaient peur. Gaston était-il mort ? M. Fronsac ne savait que faire et le désespoir le gagnait.

C'est Bauer qui résolut le problème en interrogeant avec une rudesse certaine le fils de M. de Mondreville. Ils délivrèrent ensuite rapidement Gaston du cul de basse-fosse où il avait été jeté par le prévôt.

Commença alors une longue et difficile recherche sur des événements qui s'étaient déroulés trente ans auparavant. Sully avait démissionné en 1611 lorsque Concino Concini lui avait ravi tous les pouvoirs. L'Italien, favori de la régente Marie de Médicis, avait alors été nommé maréchal d'Ancre et gouverneur de Normandie. Or, avant sa mort, le père de Gaston enquêtait sur un vol particulièrement audacieux, celui du produit des tailles de Normandie transporté par bateau sur la Seine.

Louis Fronsac remarqua que l'accident du père de Gaston s'était produit huit jours avant l'assassinat du maréchal d'Ancre par Luynes, sur ordre de Louis XIII. Or, le jeune roi avait reçu un peu plus tôt une lettre de Sully, le meilleur ami de son père, le mettant en garde contre la « maraude étrangère et l'aventurier parvenu par turpitude et vilenie ».

Mon beau-père découvrit ainsi en quoi la mort des parents de Gaston expliquait l'assassinat de Concini. Mais le passé éclairait aussi le présent et M. Fronsac devina la véritable raison pour laquelle Gaston avait été emprisonné par Mondreville.

L'histoire se répétait. Un nouveau vol des tailles de Normandie se préparait alors que le duc de Longueville, le beau-frère du prince de Condé, visait à devenir gouverneur de Pont-de-L'arche, clé du passage entre Rouen et Paris. Le prince se trouvait-il derrière cette entreprise de brigandage ou tentait-on de l'impliquer ? M. Fronsac lui demanda audience pour le prévenir.

L'entrevue fut épouvantable et Louis de Condé chassa mon beau-père, l'accusant de mensonges. Mais quelques jours plus tard, ayant écouté une proposition du duc de Beaufort, il devina combien il s'était fourvoyé.

Un second conciliabule eut lieu, en présence du duc et de Paul de Gondi qui reconnurent vouloir se saisir des tailles de Normandie. M. de Beaufort se justifia par le besoin de disposer de fortes sommes afin de lever des troupes contre Mazarin.

Gondi eut alors un mot malheureux en ajoutant que, dans les mêmes circonstances, le duc de Guise n'aurait jamais hésité. Condé se hérissa avant de leur déclarer d'un ton cinglant qu'il était d'une naissance à laquelle la conduite du Balafré ne convenait pas.

Cet incident était révélateur, m'avait rapporté M. Fronsac, de l'état d'esprit du prince tout au long de cette guerre civile. Toujours prêt à en découdre pour devenir le maître, mais refusant de s'abaisser à n'être qu'un chef de guerre rebelle. « Je m'appelle Louis de Bourbon et je ne veux pas ébranler la Couronne », répétait-il à l'envi.

Le cardinal Mazarin n'avait jamais eu de tels états d'âme et c'est pour cette raison qu'il l'avait emporté !

Le prince de Condé ayant abandonné Mondreville à la justice de Gaston de Tilly, celui-ci et mon beau-père enrôlèrent une troupe avec laquelle ils se saisirent de la maison forte de Mondreville. C'est après cet assaut que M. Fronsac comprit la signification de la malédiction proférée sur l'échafaud par Léonora Galigaï, l'épouse du maréchal d'Ancre.

Il crut aussi mettre fin ce jour-là à la carrière du roi d'argot de Paris, le Grand Coesre, mais ce ne fut qu'une illusion. Par contre, la façon dont Gaston avait rendu la justice, même accomplie sur ordre du roi, entraîna le dépôt d'une plainte par des officiers du parlement de Rouen. Un procès s'ensuivit dans lequel MM. Fronsac et Tilly échappèrent de peu aux galères et peut-être à une mort infamante.

À la fin du mois de septembre 1649, une réconciliation de façade se fit entre le prince de Condé et Mgr Mazarin qui offrit finalement le gouvernement de Pont-de-l'Arche au duc de Longueville.

Mais la France était ruinée et, ce même mois, les rentes de l'Hôtel de Ville, principale ressource de ceux qui plaçaient leurs économies en faisant confiance à l'État, furent mises en faillite. Cette ruine accrut le ressentiment contre le cardinal Mazarin jugé responsable d'avoir détourné l'argent déposé tandis que Condé, qui cherchait à nouveau la querelle, s'opposait au mariage du duc de Mercœur avec une des nombreuses nièces du Cardinal. Le prince annonçait même publiquement que ces *mazarinettes* n'étaient bonnes qu'à épouser des valets ! Il ne se doutait pas que son propre frère Conti épouserait bientôt Anne-Marie Martinozzi, l'une d'entre elles !

Dans ce climat de haine et de suspicion, un double attentat se déroula le même jour. Le 14 décembre, le syndic des rentiers de l'Hôtel de Ville, un proche du coadjuteur, reçut un coup de pistolet tiré par un inconnu. Le soir, quelques cavaliers assemblés sur la place Dauphine s'en prirent à leur tour à la voiture du prince de Condé, blessant un serviteur.

Qui était responsable de ces attentats ridicules (le carrosse du prince était vide et le syndic ne fut qu'égratigné) ? Était-ce le Cardinal ou le coadjuteur comme on l'accusa ensuite dans un procès retentissant ?

Mon beau-père, connaissant la vérité, l'utilisa au mieux pour sauver son ami Paul de Gondi, à son tour menacé des galères ou d'une exécution publique.

Cependant le prince de Condé resta persuadé que Mgr Mazarin était responsable ou complice du crime contre sa personne. Dès lors, il alla partout injuriant publiquement le Cardinal et favorisa la distribution de mazarinades insultantes envers la reine et le ministre. Un jour, il lui tira même la barbe en se moquant de lui !

Constatant que Louis de Bourbon, incontrôlable, devenait dangereux, la reine, humiliée au plus profond d'elle-même par les ordures répandues sur sa personne, décida de renouer avec ceux qui l'avaient combattue[1] pour se débarrasser de Condé. La duchesse de Chevreuse, qui venait de rentrer d'exil et qui paraissait s'être rangée des complots, s'était rapprochée d'elle. Il est vrai qu'à cinquante ans, la beauté de Marie de Rohan avait bien flétri et c'était désormais sa fille Charlotte

---

1. Pour avoir une idée de la violence des pamphlets circulant contre la régente et le cardinal Mazarin, voici une mazarinade parmi les moins outrageuses :
> *Quand Son Eminence apparut,*
> *La reine le dos lui tourna,*
> *Mais ayant un reste de rut,*
> *Le cardinal vous l'enc...*

qui attisait les passions. En vérité, la duchesse aurait éprouvé du plaisir à poursuivre les intrigues qu'elle menait contre le cardinal Mazarin, après avoir combattu de la même façon Richelieu, mais elle était trop lucide pour ne pas s'être rendu compte que les temps avaient changé. Le règne des cardinaux tout puissants s'achevait. Le jeune roi était aimable, poli et prévenant, mais elle avait perçu combien il pouvait être dur, violent, impitoyable et intransigeant. Elle avait deviné que dans quelques mois, quelques années, cet adolescent deviendrait un maître oppressif et vindicatif. La douce époque de la régence libertine, intrigante et frivole se terminait. Il était temps de se ranger du côté du pouvoir. Elle proposa à la reine de mettre Charlotte dans le lit de Paul de Gondi pour en faire un pantin. Rien ne serait plus facile tant le coadjuteur aimait les femmes et Charlotte la galanterie.

Ce plan réussit à merveille et Paul de Gondi, esclave de sa maîtresse, devint le fidèle serviteur de Mgr Mazarin et de la régente. Or, le coadjuteur tenait le parlement. Avec son soutien, il fut possible d'arrêter les princes de sang, Condé et son frère Conti, ainsi que leur beau-frère Longueville. Cette arrestation eut lieu en janvier 1650 et fit grand plaisir à la Chevreuse qui se vengeait ainsi des humiliations qu'elle avait subies après la cabale des Importants. Quant à Monsieur, qui adorait les trahisons, il déclara avec jubilation quand les trois hommes furent saisis : « On vient de prendre un lion, un singe et un renard ! »

Les princes furent enfermés au château de Vincennes tandis que la princesse de Condé s'enfuyait à Bordeaux dont le Parlement venait de se soulever contre le gouverneur. Toute la

Guyenne prit alors les armes en se rangeant dans le parti des princes. De son côté, la duchesse de Longueville, en utilisant ses charmes, convainquit Turenne de rejoindre le camp de son frère. Mais les troupes royales écrasèrent ces deux rébellions et, à la fin de l'année 1650, Mgr Mazarin parut définitivement victorieux.

La France comptait alors trois partis de puissance inégale. Celui de la Cour, loyal à Mazarin et à la reine, celui des princes, qui venait d'être écrasé, et celui du coadjuteur qui entraînait derrière lui la plupart des parlementaires et la bourgeoisie parisienne ainsi que le duc de Beaufort. Seulement ce tiers parti s'appuyait sur le peuple dont la haine envers le Premier ministre était toujours aussi puissante. Le Sicilien aurait donc dû renforcer cette alliance tant sa situation était précaire. Au lieu de cela, il traita Paul de Gondi en ennemi et s'acharna sur lui, refusant même qu'il reçoive un chapeau de cardinal promis par la reine. Cela suffit pour provoquer un nouveau renversement d'alliance et le coadjuteur, appuyé par Gaston d'Orléans qui trahit une nouvelle fois la royauté, entraîna les anciens frondeurs parlementaires vers le parti des princes. Ce fut l'Union des Frondes et, en janvier 1651, Paris se souleva à nouveau contre Mazarin.

Cette fois, le Premier ministre céda. Il mit les princes en liberté et s'exila de France. Installé près de Cologne, il conserva pourtant d'étroites relations épistolières avec la reine. M. de Bussy, qui avait abandonné Condé pour rester fidèle à son roi, rencontra plusieurs fois le Cardinal là-bas et me rapporta un jour que Mazarin lui avait confié qu'il y gouvernait la France aussi bien que s'il eût été à la Cour !

Tandis que s'étendaient ces nouveaux désordres, mon beau-père fut sollicité par Mme de Sévigné. Selon notre ami Tallemant, la marquise était une des plus aimables et des plus honnêtes personnes de Paris. Pourtant, bien que jeune marié, son époux Henri, homme dissipé et galant, la ruinait en femmes et en jeux. Il venait de se battre pour sa maîtresse, Mme de Gondran, et son adversaire, le chevalier d'Albret, l'avait tué. La jeune veuve, soupçonnant autre chose qu'un duel amoureux voulait connaître la vérité, au moins pour ses deux enfants en bas âge. Cette enquête occupa M. Fronsac tout le mois de février 1651 alors que le prince de Condé rentrait triomphalement dans Paris.

Durant le printemps, le prince fut d'une rare insolence envers chacun et ne ménagea ni les frondeurs qui l'avaient aidé contre Mazarin, ni la reine qui travailla adroitement à le brouiller avec le coadjuteur. La régente se rapprocha ainsi à nouveau de M. de Gondi et du duc de Beaufort, les deux alliés de la duchesse de Chevreuse. À mi-voix, on parlait d'emprisonner une nouvelle fois le prince et de voir renaître l'alliance de la Cour et du parlement.

Mais Condé, averti qu'on méditait de l'arrêter, entra en négociation avec les Espagnols et se réfugia à Saint-Maur où ses partisans le rejoignirent pour exiger le renvoi des secrétaires d'État, Servien, Lionne et Le Tellier, créatures aux ordres de Mazarin !

L'été de cette année 1651 vit s'affronter les Condéens et les parlementaires soutenant la Cour. Finalement, en octobre, le prince, sa sœur et son frère furent déclarés criminels de lèse-majesté par le parlement. Condé quitta alors

Paris pour Bordeaux tandis que Mazarin rentrait en France en décembre à la tête d'une armée allemande.

En décembre justement, un fait divers attira l'attention de Gaston de Tilly. On avait découvert le cadavre d'un financier dans le cul-de-sac Saint-Sauveur, cette venelle qui communiquait avec la Cour des miracles. C'était étonnant car les gens riches ne s'aventuraient guère dans des endroits aussi dangereux, surtout compte tenu du chaos qui régnait. Mais le commissaire qui enquêta quelque temps sur le crime ne le résolut pas et l'affaire fut rapidement oubliée. Il faut dire que la capitale demeurait en proie à un effroyable désordre. Jamais la situation économique n'avait été aussi dégradée. Les finances de l'État étaient exsangues, et seuls les expédients permettaient de remplir provisoirement les caisses. Dans une telle situation, traitants et financiers s'enrichissaient rapidement s'ils arrivaient à satisfaire les besoins de la Cour qui dépensait sans compter pour lever des armées. Dans le cas contraire, leur ruine était tout aussi rapide. Dès lors, un règlement de comptes entre un débiteur insolvable et un créancier exigeant était le plus vraisemblable pour expliquer ce crime.

L'année 1652 allait être la plus funeste de cette guerre civile. Elle commença pourtant par une faveur : en février, pour le remercier de son allégeance à la reine, le coadjuteur Paul de Gondi, fut nommé cardinal de Retz.

Mais ceci ne changeait rien à la misère des pauvres gens et, au printemps, les mouvements populaires reprirent contre Mazarin. À l'issue de l'une de ces émeutes, on trouva un cadavre qui s'avéra être celui d'un partisan, receveur général des tailles.

À ce moment-là, plusieurs des commissaires au Châtelet avaient quitté la ville pour se mettre à l'abri. Dreux d'Aubray et le procureur général, M. Fouquet, se trouvaient près du roi et de la régente à Saint-Germain. Les archers du guet n'intervenaient plus en cas de troubles à l'ordre public et les exempts n'enquêtaient pas davantage.

Deux financiers morts dans des circonstances douteuses ne pouvaient que piquer la curiosité de Gaston qui décida de mener sa propre investigation. Il se rendit auprès de M. Tallemant pour tenter d'en savoir plus sur ces deux hommes.

Le banquier ne les connaissait guère mais il lui expliqua qu'en cette période de pénurie d'argent, les relations entre les financiers et la noblesse s'enchevêtraient d'une fâcheuse façon. Certes, de tout temps, il y avait eu des alliances entre ces deux classes, l'une apportant la fortune et l'autre le titre ; c'est ce que la noblesse appelait : *fumer ses terres* ! Mais désormais, les brassages d'argent étaient ouvertement mercantiles. Les riches financiers permettaient à des gentilshommes où à des bourgeois visant la noblesse d'acheter des charges en leur en avançant leur prix. Si les créanciers ne pouvaient rembourser leur dette assortie de forts intérêts, l'office leur revenait. À l'inverse, bien des traitants n'étaient que des prête-noms utilisés par des membres des riches familles du royaume. Ceux-là faisaient crédit au roi en lui avançant de l'argent mais restaient dans l'ombre. Évidemment, ils ne prêtaient leurs écus qu'avec de fortes garanties et au denier dix, ou parfois même cinq[1] ! Le paradoxe était que ces bailleurs de fonds se trouvaient souvent dans le camp des adversaires de la Cour. Tallemant cita ainsi M. de Longueville, Mme de Chevreuse, ou encore Monsieur, l'oncle du roi, qui finançaient ainsi des armées contre la cause de leurs partenaires !

Quant à Mgr Mazarin et à la reine, en remboursant leurs préteurs au prix fort, ils enrichissaient leurs ennemis et les rendaient plus puissants. Ce cynisme déroutait Gaston qui regrettait de ne pas avoir son ami Louis avec lui. Il aurait bien eu besoin de sa froide logique car lui-même n'y voyait goutte dans ces embrouillaminis.

Il devina pourtant que l'assassin mystérieux des deux financiers pouvait être aussi bien un traitant endetté qui profitait des troubles pour se débarrasser de ses créanciers, qu'un gentilhomme ou un parlementaire à qui les deux victimes auraient prêté de l'argent et qui ne voulait pas les rembourser.

Mais tant de papiers et de lettres de change circulaient qu'il était impossible d'identifier le bénéficiaire. Avec l'aide de Tallemant, M. de Tilly parvint pourtant à établir une liste de financiers, de gens de robe et d'aristocrates ayant des relations d'affaire avec les deux victimes. Tallemant lui rappela que, dès le début de la guerre civile, les traitants partisans de Mazarin avaient été désignés à la vindicte populaire et taxés d'office par les parlementaires rebelles. Leurs maisons et leurs Hôtels avaient été les premiers pillés par la populace même si, depuis, ils s'étaient remboursés en

---

1. Le terme denier était utilisé pour définir le rendement annuel d'une somme totale. Le denier vingt signifiait un rendement d'un vingtième.

avançant des fortunes à la Cour à des conditions exorbitantes.

Il lui signala également quelqu'un qui semblait nager au milieu de ce monde interlope de la finance, de la magistrature et de la riche aristocratie. Gaston le connaissait : c'était l'abbé Basile, le frère du procureur général Nicolas Fouquet dont peu de gens savaient qu'il dirigeait les services secrets de Mazarin. C'est lui qui apparemment négociait entre les financiers et le Premier ministre. En outre, son riche frère, le procureur général, prêtait discrètement des fortunes empruntées on ne sait où à ses fidèles pour acheter des charges et des offices.

M. de Tilly observa que Basile fréquentait assidûment l'Hôtel de Chevreuse. La duchesse recevait beaucoup et restait en relation avec toutes les parties, à l'exception des gens du prince de Condé. Sa fille Charlotte rayonnait auprès d'elle. Le cardinal de Retz restait son amant mais on murmurait que l'abbé Basile profitait aussi des faveurs de la belle. On avait un temps parlé d'un mariage entre M. Mancini, le neveu de Mazarin, et Charlotte, mais il ne s'était pas fait. De la même façon, l'année précédente, la duchesse avait espéré que sa fille épouserait le prince de Conti. Or, Condé s'y était opposé. Ce refus avait d'ailleurs attisé la haine que la duchesse vouait au prince.

Celui-ci, battu dans le Midi par les loyalistes, venait justement de traverser la France sous un déguisement pour rentrer dans Paris où Beaufort et son beau-frère Nemours, vaincus eux aussi par l'armée royale, s'étaient réfugiés.

Seulement, la bourgeoisie et le parlement de Paris, craignant à juste titre une nouvelle guerre civile dans la ville, refusèrent de laisser entrer dans leurs murs l'armée des princes. De même, Gaston d'Orléans et le coadjuteur tentaient de demeurer neutres dans le conflit qui opposait désormais la Cour au prince de Condé.

Malgré tout, la haine des Parisiens, et de beaucoup des parlementaires, envers le Cardinal facilita la prise de pouvoir du prince de Condé dans la cité. Ses seuls adversaires étaient les échevins et les bourgeois des corps marchands de l'Hôtel de Ville qui souhaitaient le retour au calme alors que la ville comptait plus de soixante mille miséreux réfugiés des campagnes. Ces gens du néant formaient une armée de gueux prête à tout saisir !

Beaufort recruta parmi eux quelques milliers d'hommes de sac et de corde complétés par des prisonniers de droit commun sortis de la Conciergerie. Encouragée par les violents discours du duc appelant au pillage des maisons des ennemis du peuple, cette populace donna vite libre cours à ses plus bas instincts. Les échevins et les magistrats municipaux, ainsi que les fidèles au roi, devinrent leurs principales cibles. Chaque jour, des partisans de Mazarin, ou des gens accusés de l'être, étaient molestés, volés, tués sans que les archers du guet puissent intervenir.

Un nouveau financier présent sur la liste de Gaston fut alors découvert sans vie, assassiné lui aussi.

Il restait encore au prince de Condé à unir les bandes de truands de Beaufort à l'armée de ses partisans qui guerroyait dans les faubourgs contre les troupes de Turenne. Pour cela, Louis de Bourbon attendait le renfort de mercenaires du duc de Lorraine, Charles IV, que l'Espagne payait. Il s'agissait de soldats redoutés pour leur sauvagerie, pire que celle de la soldatesque habituelle. La

rumeur circulait que lorsqu'ils attrapaient des reli-
gieuses, après leur avoir fait subir le sort que l'on
devine, ils les faisaient bouillir en potage pour les
manger !

Charles IV, qui avait perdu son duché après le
traité de Westphalie, fut reçu à Paris par les chefs
des factions pour discuter de la façon dont il uti-
liserait ses troupes contre l'armée royale.

La duchesse de Chevreuse, toujours en étroite
relation avec la reine, parvint alors secrètement à
convaincre le duc de Lorraine d'abandonner la
partie. Puisqu'il avait déjà été payé, il n'avait plus
aucun intérêt à se battre contre Turenne qui risquait de tailler en pièces son armée.

Le 2 juillet, Condé et son armée se trouvèrent
finalement acculés sans alliés dans le faubourg
Saint-Antoine, contre les portes fermées de Paris
que Gaston d'Orléans et les échevins refusaient
d'ouvrir. Ce fut une effroyable tuerie pour les
troupes rebelles.

La défaite du prince aurait été totale si Mademoiselle, la cousine du roi, n'avait donné l'ordre
de laisser entrer l'armée vaincue dans la ville.
À peine la porte Saint-Antoine ouverte, les soldats
de Condé se précipitèrent à l'intérieur et, comme
les royalistes de M. de Turenne les suivaient de
près, Mlle de Montpensier fit tirer le canon de la
Bastille sur ces derniers, puis sur le camp royal
qui surveillait les opérations.

Avant la guerre civile, Mademoiselle caressait
l'espoir d'épouser un jour son royal cousin. « Voilà
un coup de canon qui vient de tuer son mari ! »
déclara Mazarin avec ironie quand il apprit la
nouvelle.

Le lendemain de cette épouvantable boucherie
où ses meilleurs amis et officiers avaient été blessés

ou tués, Condé se présenta à l'Hôtel de Ville pour demander des comptes aux échevins. Auparavant, il avait fait cerner le lieu par son armée de gueux et, en sortant, il déclara à la foule assemblée sur la place :

— Ce sont des *mazarins*, faites-en ce que vous voulez !

C'était l'ordre du massacre. Aussitôt, la populace tira contre les fenêtres et pénétra de vive force dans l'Hôtel de Ville où elle massacra plus de cinquante magistrats municipaux avant d'incendier en partie le bâtiment et de courir sus à tous ceux suspectés de soutenir le Cardinal.

Le soir de cette sanglante émeute, on compta des dizaines de morts parmi lesquels on retrouva encore un financier.

Beaufort fut nommé gouverneur de Paris et Condé généralissime. Débutèrent alors des tueries et des crimes comme on n'en avait jamais connu depuis le début de la guerre civile. Le prince, qui avait pourtant déclaré qu'un général qui a défait trente mille Suisses ne s'abaisse pas au niveau des barricades, était désormais le capitaine d'une armée de pillards, de coquins et d'émeutiers.

Les Hôtels des partisans de Mazarin, ou réputés tels, furent mis à sac. Chaque jour, des bandes de gueux et des compagnies bourgeoises s'affrontaient dans des combats de rue, abandonnant nombre de cadavres sur les pavés.

Dans ces effroyables circonstances, Gaston de Tilly apprit qu'un autre financier de sa liste avait été retrouvé mort.

Mais lui-même n'était plus en sûreté. Il habitait à cette époque une maison rue Hautefeuille qui était pourvue d'une tourelle d'angle, une sorte d'échauguette bien pratique pour se défendre. Puisque des milliers de Parisiens avaient abandonné la ville, un logis de sa rue était désormais vide. Il y installa quelques archers du Grand-Châtelet avec La Goutte à sa tête. Il put ainsi plusieurs fois tenir tête à des assauts de gueux menés contre lui et ses biens.

La présence de hordes de soldats désœuvrés dans la région parisienne entraînait également des ravages inouïs dans les campagnes. Déserteurs, brigands ou troupes régulières, tous vivaient sur le pays. Ils laissaient sur leur passage châteaux brûlés, villages pillés, femmes forcées, bois coupés et récoltes détruites. Louis Fronsac, échaudé par l'assaut des Croates, avait acheté deux couleuvrines à une troupe de mercenaires rentrant en Allemagne et renforcé les défenses et les provisions de Mercy.

En mai étaient arrivées les troupes de Charles de Lorraine qui venaient en principe pour soutenir Condé et ses amis. Composées de soldats expérimentés et endurants, elles étaient les plus redoutables.

Un de leurs régiments s'installa devant le château de Mercy. Leur étendard portait leur devise : *Frappe fort ! Prends tout et ne rends rien !*

Les souffrances des paysans capturés par la soldatesque durant ce siège, qui dura un mois, dépassent l'imagination. Ceux qui n'avaient pu se mettre à l'abri se cachaient dans les bois, disputant leur subsistance aux bêtes sauvages. Le village de Mercy fut brûlé mais tous les assauts contre le château échouèrent.

Finalement, une négociation fut conclue et les mercenaires partirent contre quelques milliers de livres en or.

Dans un Paris dépeuplé d'un bon tiers de ses habitants, les massacres des gens de Condé avaient éteint la haine des notables envers Mazarin. Les parlementaires étaient désormais prêts à tout accepter pour que le roi revienne les protéger !

Le prince de Condé, ne pouvant plus ni négocier ni combattre, prit l'ultime parti de se jeter dans les bras des Espagnols tandis qu'une députation de la milice parisienne venait supplier le jeune roi de rentrer dans la capitale. Pour faciliter la pacification, Mazarin avait feint de quitter son ministère et s'était à nouveau retiré en Allemagne.

À la fin du mois d'août, le roi accepta une amnistie pour les rebelles. Le 13 octobre, Louis de Bourbon s'enfuit de Paris pour les Pays-Bas espagnols. Huit jours plus tard, Louis XIV rentra dans sa capitale, au milieu des acclamations populaires. Le lendemain, il convoqua un lit de justice durant lequel il interdit aux parlementaires de se réunir sans y être invités et de se mêler des affaires d'État ou de finance.

Ce fut le début de cette royauté autoritaire que nous subissons depuis tant d'années.

Au milieu du mois de novembre, en début d'après-midi, alors que Mercy pansait ses plaies, un petit carrosse noir entra dans la cour du château après que celle-ci eut été ouverte et que quelques solides gaillards eussent vérifié que la voiture n'était pas suivie par une troupe de drilles.

Louis Fronsac travaillait dans sa chambre lorsqu'il entendit le véhicule. Il se mit à la fenêtre et, m'a-t-il rapporté en me contant cette histoire, son cœur s'arrêta de battre un instant.

Louis d'Astarac, vêtu de soie noire et enroulé dans un manteau également doublé de soie, descendait lentement du carrosse. Pour quelle raison le marquis de Fontrailles, son pire ennemi, celui qui l'avait torturé dans l'Hôtel de Guise et tenté de l'assassiner tant et tant de fois, venait-il le voir ?

S'étant ressaisi, mon beau-père le reçut dans la bibliothèque en compagnie de Bauer, par prudence armé jusqu'aux dents.

Astarac venait simplement demander de l'aide.

Il n'était cependant qu'un intercesseur. S'il s'humiliait ainsi, c'était, expliqua-t-il, par amitié et par fidélité envers Mme de Chevreuse. On venait d'empoisonner sa fille Charlotte et elle suppliait mon beau-père de trouver l'assassin.

M. Fronsac jugea la duchesse sincère et, malgré ses appréhensions, ne se déroba pas. Accompagné de Bauer, il partit pour Paris dans le carrosse du marquis qui lui donna quelques détails sur la fin tragique de la jeune fille.

L'enquête s'avérait difficile. Charlotte était morte en quelques heures, son beau visage noirci par le poison. Avait-elle été tuée par un amant jaloux ? Ses galants étaient nombreux, à commencer par Basile Fouquet et Paul de Gondi. Mais M. Fronsac ne rejetait pas l'idée que le crime ait été une punition envers sa mère pour avoir trahi la cause de la Fronde. Une autre rumeur accusait la duchesse d'être elle-même la criminelle et d'avoir châtié Charlotte pour son indocilité. Mais dans ce cas, pourquoi la duchesse aurait-elle fait appel à lui ?

Les investigations furent conduites avec M. de Tilly et ce fut lui qui apporta la solution de l'énigme lorsqu'il parla à son ami des cinq financiers assassinés. Dès lors, Louis Fronsac relia facilement les faits dont il avait connaissance, lesquels conduisaient immanquablement au criminel.

Le meurtre de Charlotte n'était finalement qu'une affaire d'argent ! Louis Fronsac démasqua l'assassin le 18 décembre et, le lendemain, le cardinal de Retz fut arrêté et incarcéré à Vincennes.

Quelques mois après, en février 1653, Mgr Mazarin revenait de son exil volontaire. Le roi, accompagné des officiers de la couronne, alla au-devant de lui en grande pompe. Tous les magistrats vinrent à leur tour lui présenter leurs hommages. M. Fouquet, qui était présent, me dit plus tard que le Cardinal ressemblait à un souverain rentrant paisiblement dans ses États.

Les mazarinades changèrent alors de ton :

> *Tel qui disait : Faut qu'on l'assomme !*
> *Dit à présent : Qu'il est bon homme !*

La Fronde n'avait duré que quatre ans mais le coût de cette guerre civile où les intérêts égoïstes des Grands avaient prévalu sur ceux du royaume était vertigineux. La population de la France avait diminué, des villages entiers avaient brûlé et les campagnes étaient abandonnées. Mon beau-père ne pouvait effacer de son esprit la misère qu'il avait rencontrée, ces femmes et ces enfants violentés par la soldatesque, ces hommes torturés et pendus, ces malheureux morts de faim et de froid, ces odeurs de cadavre qui empestaient les villages incendiés. Désormais, les idées républicaines de Louis d'Astarac ne lui paraissaient plus autant immorales. Le peuple avait été affamé, pillé, martyrisé et trompé par une noblesse qui n'avait de noble que le nom.

Le paradoxe était que cette guerre civile avait été conduite contre Mgr Mazarin, pour l'affaiblir et le chasser, et que celui-ci la terminait *aussi puissant que Dieu le Père quand le monde avait commencé.*

Pour les Fronsac, le coût de la fronderie avait été élevé. L'étude notariale avait perdu de grosses sommes d'argent et le domaine de Mercy lourdement souffert des maraudeurs. Le village avait brûlé, quantité de ses habitants étaient morts et les récoltes avaient été détruites. Mais pour mon beau-père, le débours le plus lourd n'était pas d'ordre financier, il se trouvait dans le regard qu'il portait désormais sur les hommes.

Bien sûr, M. Fronsac savait depuis longtemps que les factieux préféraient se présenter comme des *gens généreux* et les menteurs comme des personnes *habiles*. Mazarin et les aventures qu'il avait connues l'en avaient instruit. Mais trop de ceux qu'il appréciait avant cette rébellion avaient eu un comportement indigne. La guerre civile avait révélé bien des noirceurs d'âmes. Mon beau-père avait constaté à quel point la fidélité pouvait être fragile devant les intérêts personnels. Malgré les principes dont il se prévalait, le prince de Condé s'était allié à l'Espagne, notre ennemi, contre son roi. Paul de Gondi, pourtant homme de cœur et de grand esprit, avait fait passer ses ambitions avant l'intérêt du pays. Tant d'autres que M. Fronsac avait estimés avant la Fronde n'avaient pas hésité à trahir, à mentir et à renier leur roi pour obtenir charge, honneurs, prébendes ou simplement faveurs galantes. Il me parlait souvent avec amertume de la vénération qu'il avait eue dans sa jeunesse envers Geneviève de Bourbon, si belle et si spirituelle, qui n'avait pourtant pas hésité à vendre son corps afin de satisfaire ses passions. La princesse de Condé elle-même l'avait déçu. Certes, Claire-Clémence de Brézé avait été une épouse fidèle mais pour s'y tenir, elle s'était révoltée contre son roi, un crime que son oncle Richelieu ne lui aurait jamais pardonné.

Enfin, restait l'attitude cynique du roi et de Mazarin qui avaient choisi d'absoudre les chefs de guerre responsables de la ruine du royaume et d'oublier ceux qui leur étaient fidèles.

Fidélité ! Voilà un mot auquel mon beau-père attachait sans doute trop d'importance, m'avait-il confié avec une ironie désabusée. Et pourtant, qu'était la noblesse sans la fidélité ?

Heureusement, beaucoup étaient restés loyaux à la couronne, tel M. de Bussy qui avait préféré abandonner le prince de Condé pour rester au côté de son roi, ou encore Henry de Massuez, le marquis de Ruvigny et beau-frère de Tallemant, que pourtant M. Fronsac n'aimait pas. Ses vrais amis non plus ne l'avaient pas déçu. M. de Montauzier était resté loyal, Gaston, bien sûr, n'avait jamais fléchi, tout comme Tallemant, les Rambouillet ou Charles de Baatz, seigneur d'Artagnan.

Cependant, comme pour compenser ses désillusions, sa renommée était désormais à son apogée. Les princes du royaume, les ministres, les plus hauts parlementaires, ceux qui avaient été ses adversaires comme ceux qui étaient restés ses amis, même des frondeurs comme M. de La Rochefoucauld, la duchesse de Chevreuse ou encore Louis d'Astarac, tous le considéraient avec respect et admiration alors qu'il n'avait que quarante ans.

Après la Fronde, la notoriété de M. Fronsac était devenue telle que beaucoup de grands personnages du royaume venaient à Mercy solliciter son aide. Il repoussa pourtant nombre des recherches qu'on lui proposait, soit qu'elles relevassent de la basse police, soit parce qu'il s'agissait de disputes familiales ou de voisinage auxquelles il ne souhaitait pas se mêler. En outre, il aspirait désormais à s'occuper de l'éducation de ses enfants. Marie avait huit ans et Pierre sept. Durant les troubles, c'est surtout Julie qui s'était occupée d'eux. À partir de 1653, les deux enfants suivirent un enseignement à l'abbaye de Royaumont car, à douze ans, Pierre, mon cher époux, devait entrer au collège de Clermont comme son père.

Pourtant, sa renommée devait l'empêcher de rester un gentilhomme campagnard ordinaire. Dès le printemps de l'année 1653, le fils du président Molé lui ayant demandé son aide, sa perspicacité lui permit de percer les raisons de l'assassinat du forgeron de Luzarches, de rendre un fils à sa mère et de sauver une pauvre fille du déshonneur et de l'échafaud.

Hélas, quelques semaines plus tard, le malheur frappa à Mercy. Plusieurs domestiques tombèrent malades, puis ce furent Julie et Pierre. Un médecin venu de Senlis diagnostiqua la petite vérole. Louis resta au chevet de sa femme et de son fils durant plusieurs jours, tous deux étant entre la vie et la mort. Deux domestiques trépassèrent. Julie elle-même parut en grand péril, mais enfin la petite vérole sortit et la fièvre baissa. Par chance, il n'y eut pas de nouvel accès et les beaux visages de ma belle-mère et de mon futur époux ne restèrent pas marqués. Ce ne fut pas le cas d'une femme de chambre qui demeura entièrement défigurée.

Durant l'été et l'automne de cette même année, M. Fronsac déjoua une nouvelle tentative d'assassinat contre Mgr Mazarin. Mon beau-père avait été consulté par un de ses voisins, M. Georges Digby, comte de Bristol chassé d'Angleterre par la révolution. M. Digby, par ailleurs gouverneur de Mantes, était un personnage extravagant, en quête de la pierre philosophale et inventeur d'une poudre de sympathie qui guérissait en un instant n'importe quelle maladie incurable. Tout au moins c'est ce qu'il assurait. Parmi ses traitements, il avait nourri sa femme de chapons gorgés de chair de vipère afin qu'elle garde une belle carnation. La malheureuse en était morte et Digby la regrettait beaucoup. D'ailleurs il avait fait peindre d'innombrables portraits la représentant dans toutes les attitudes de la vie, mais entièrement nue !

M. Digby recevait souvent chez lui Claire Angélique de Montmorency, la jolie veuve de Gaspard de Coligny, duc de Châtillon, qui vivait non loin de son château.

À seize ans, celle qu'on appelait la Belle Bouteville était prête à tout hasarder pour satisfaire la violence de ses passions. Comme sa famille refusait son mariage avec le duc de Châtillon, elle avait demandé au prince de Condé, par ailleurs son cousin, ami et amant, de la faire enlever pour que Châtillon la déshonore, ce qui avait contraint son père à accepter les noces.

Après son veuvage, elle avait été la maîtresse de M. de La Rochefoucauld qui, en échange de ses faveurs, lui avait offert le domaine où elle vivait. Condé venait secrètement la voir depuis la Belgique, où il se trouvait en exil.

Connaissant la galanterie de l'ambitieuse duchesse, Digby l'avait présentée à son roi Charles II qui attendait la disparition de Cromwell pour retrouver son trône. Par sa beauté, Claire Angélique avait facilement conquis le cœur du jeune souverain en exil. Le comte de Bristol encourageait désormais un mariage qui lui aurait apporté pouvoir et richesse en tant qu'entremetteur.

Seulement, quelques jours auparavant, il avait surpris une conférence secrète entre la duchesse et des proches du prince de Condé. Il avait entendu des paroles gravissimes et ne voulait pas se trouver complice de ce qui pourrait bien être un complot, voire un crime. M. Fronsac pouvait-il l'aider ?

Bien que réticent, car ne voulant rien faire contre le prince de Condé à qui il devait tant, Louis Fronsac accepta d'intervenir en mémoire du duc de Châtillon qui lui avait offert son amitié quand il n'était rien. Peut-être le fit-il aussi à cause du charme de la duchesse auquel, comme beaucoup d'hommes, il n'était pas insensible, mais cela, il ne m'en dit mot !

Quoi qu'il en soit, ce fut une rude aventure durant laquelle il risqua sa vie pour sauver celle de Mgr Mazarin. Il se trouva en face de deux adversaires sans scrupule. Le premier était François de Barbezière, frère de la Belle gueuse, l'espionne de Fontrailles, et aventurier de haute volée au service du prince de Condé alors général de l'armée espagnole aux Pays-Bas. Quant au second, ce n'était autre que l'abbé Basile Fouquet, devenu le chef de la police secrète du Cardinal et qui brûlait d'avoir sa revanche contre M. Fronsac. Il s'avéra que l'abbé, toujours en appétit d'une luxure jamais assouvie et cherchant lui aussi les faveurs de la duchesse, accompagnait les conjurés plutôt qu'il ne luttait contre eux. Ce fut l'étrange ressemblance entre Mme de Châtillon et Armande de Tilly qui permit à mon beau-père de triompher de ces infâmes manigances.

C'est pendant l'été de l'année 1654 que Louis Fronsac et Gaston de Tilly réalisèrent pour la première fois une entreprise à l'encontre de Mgr Mazarin. Ce fut une si grave affaire que mon beau-père ne m'en parla qu'à mots couverts car, si le roi l'avait apprise, nul ne doute que sa vindicte aurait frappé notre famille.

L'ancien camarade de collège de Louis et de Gaston, Paul de Gondi, devenu cardinal de Retz, était depuis trois ans emprisonné dans le château des ducs de Bretagne à Nantes. Certes Gondi avait été frondeur, mais il n'avait jamais commis de crime de sang et, à plusieurs reprises, il avait tout de même sauvé la royauté. Seulement, le cardinal Mazarin le haïssait et l'aurait gardé prisonnier sa vie durant si mon beau-père et Gaston n'avaient décidé de le sortir de sa geôle. Ce fut une incroyable aventure dont je ne connais pas tous les détails. Je sais seulement que Gaston et trois gentilshommes du cardinal attendaient près de la Loire où ils faisaient semblant de laisser abreuver leurs chevaux, comme avant une partie de chasse. Pendant ce temps, le Cardinal, un bâton entre les jambes, glissait le long d'une corde attachée en haut des murailles. Pour détourner l'attention des gardes, son valet de chambre leur avait porté du vin mais surtout il leur montrait un jacobin qui se noyait dans la Loire ! L'incident amusa tellement les sentinelles qu'elles prirent des paris sur la survie du moine.

Or, ce malheureux frocard, c'était Louis Fronsac, qui hurlait à l'aide, tout en ne risquant rien car la rivière asséchée par place était fort basse. Celui que les Parisiens appelaient affectueusement Don moricaud de Corinthe parvint ainsi à rejoindre Tilly et à s'enfuir avec les cavaliers. L'évasion aurait été une complète réussite si Mgr de Gondi n'était tombé de cheval et s'était brisé l'épaule, une blessure qui devait le faire souffrir tout au long de sa vie.

Trois ans plus tard, mon beau-père croisa à nouveau le chemin de François de Barbezière qui avait enlevé un financier fermier des gabelles proche de Mazarin. L'aventurier sera finalement capturé, condamné à mort pour ses crimes et les expiera en place de Grève.

Durant la quinzaine d'années qui suivit la fin de la Fronde, Louis Fronsac résolut ainsi quantité d'affaires, parfois sordides, fréquemment épouvantables, quelquefois grotesques. Mon beau-père ne me les a pas toutes racontées mais je sais que ces enquêtes l'emmenèrent souvent sur les routes de France, principalement en Bourgogne et en Normandie. L'une des plus extraordinaires le conduisit pourtant à nouveau à Aix.

Tout avait commencé en 1658 quand M. Henry de Forbin-Maynier, le premier président du parlement de Provence, était venu à la Cour. Il avait logé quelque temps à Mercy et je crois qu'il était devenu un véritable ami pour mon beau-père. L'année suivante, M. Fronsac reçut une lettre pressante de Paul de Gondi alors réfugié à Bruxelles depuis son évasion. Le cardinal de Retz le suppliait de se renseigner sur un de ses parents, moine char-treux vivant à Aix qui avait disparu. M. Fronsac ne pouvait s'en charger car il travaillait sur l'affaire des espions anglais du capitaine Brett qui avaient tenté d'enlever un diplomate et il avait fort à faire avec le marquis de Ruvigny. Il écrivit donc à M. de Forbin-Maynier en lui demandant de conduire une enquête. Ce fut finalement Gaufredi, son ancien garde du corps, qui s'était installé à Aix où vivait son petit-fils, qui résolut cette dérou-tante intrigue. À cette occasion, Gaufredi parvint à réduire la sédition conduite par les frères Chas-tueil contre le premier président, sédition attisée par un vaudois qui souhaitait venger les atrocités commises par le grand-père de M. de Forbin, le baron d'Oppède[1], contre ceux de sa religion.

Mais l'année suivante, mon beau-père retrouva le jeune roi venu à Aix pour châtier la ville de Marseille qui avait soutenu l'insurrection aixoise[2]. Louis XIV avait disparu dans un souterrain tandis que le prince de Condé arrivait dans la capitale de la Provence pour demander sa grâce après ses années de rébellion. Le cardinal Mazarin était per-suadé de la culpabilité du prince dans l'enlève-ment du roi. M. Fronsac, en levant le voile sur cette étonnante disparition, découvrit à cette occa-sion la véritable nature du nouveau maître de la France.

Un an plus tard, Mazarin quittait notre monde, laissant à son filleul le plus puissant royaume de la chrétienté. Louis XIV décida alors de régner autoritairement et sans partage en censurant toutes les libertés.

---

1. Voir, du même auteur, *Le disparu des Chartreux*.
2. Voir, du même auteur, *L'enlèvement de Louis XIV*.

Mgr Mazarin avait profondément marqué M. Fronsac. C'est lui qui lui avait sauvé la vie et qui l'avait anobli. C'est à lui qu'il devait tout. Pourtant, le cynisme de ce prélat l'effrayait encore même après sa mort. Les aphorismes et les règles de vie qu'il professait étaient à l'opposé de ceux que suivait mon beau-père même s'il reconnaissait que ce Sicilien avait été plus dévoué à la France que beaucoup de Français.

Durant ces années où l'autorité du roi s'affirma, M. Fronsac ne s'occupa guère d'affaires concernant la Cour. Il avait peu d'amis là-bas et son voisin, le prince de Condé, avec qui il avait renoué, ne fréquentait pas plus Versailles. Mon beau-père se consacrait à ses terres et à la mise en valeur de Mercy. Il fit construire une nouvelle ferme et des écuries. Il traita simplement quelques affaires familiales proposées par des parlementaires, des marchands ou des financiers.

Le cardinal Mazarin avait disparu depuis deux mois[1] quand un chapelain de la reine l'aborda à la sortie de l'office. C'est Michel Le Tellier qui lui avait conseillé de s'adresser à M. Fronsac pour retrouver un bourgeois de Paris, financier de son état, qui avait disparu. Mon beau-père retrouva le pauvre homme au fond d'un cul de basse-fosse où ses ennemis l'avaient jeté pour obtenir de lui qu'il leur cède sa fortune. Il découvrit surtout les pratiques de l'intendant de Mazarin qui allait devenir un de ses adversaires : Jean-Baptiste Colbert.

Il résolut également l'étrange affaire de cette jeune femme masquée qui avait tenté d'étrangler le président de Mesmes dans la galerie du Palais

---

1. Mai 1661.

et qui, enfermée à la Bastille, refusait de parler et de donner son identité. Il s'intéressa aussi, avec M. de Tilly, à cet homme nommé Morin qui affirmait être le Christ revenu sur terre et annonçait l'alliance entre Dieu et le Diable par l'intermédiaire de sa maîtresse, laquelle se disait sorcière. L'homme fut brûlé en 1663 mais ses disciples restèrent longtemps persuadés qu'il avait ressuscité.

À l'occasion de ces investigations, Louis Fronsac parcourut plusieurs fois les provinces du royaume, souvent avec ses amis Gaston et Bauer. C'est ainsi qu'il découvrit la vérité sur la mort du marquis de Fors, assassiné avec ses gens par quatorze hommes masqués qui découpèrent atrocement son cadavre[1].

Le 6 janvier 1663 était joué au Louvre *L'École des femmes*, la nouvelle pièce de Molière. Cette même année, au mois d'avril, Hugues de Lionne devenait secrétaire d'État aux Affaires étrangères. Deux événements apparemment indépendants, et pourtant curieusement liés. C'est en effet en avril que le carrosse de M. Fronsac renversa une jeune dame. Nicolas, le cocher et secrétaire de mon beau-père, assura qu'elle s'était jetée sous les sabots des chevaux, mais M. Fronsac tint à la ramener chez elle. Peu après, il s'aperçut qu'elle l'avait dépouillé de sa bourse.

Fâché, mais en même temps amusé par les talents de la voleuse, il entreprit de la retrouver. M. de Tilly, lui, poursuivait une enquête sur un habile faussaire qui procurait, contre pécunes, toutes sortes de faux documents de la chancellerie, que ce soit des lettres de provision, d'anoblis-

---

1. Cette abominable histoire se déroula en 1663.

sement, de rémission des galères et même de faux actes du conseil royal. Il s'avéra que les deux affaires n'en faisaient qu'une, que la jeune femme se nommait Anne Lupin et que le faussaire était son père.

Mais quand Anne Lupin fut enlevée par un agent secret anglais à la solde de Charles II, quand M. Colbert envoya des espions fouiller la maison de mon beau-père et quand M. le marquis de Louvois fit passer des menaces à M. de Tilly, M. Fronsac devina être entraîné dans une entreprise d'une tout autre envergure que celle qu'il avait imaginée.

C'est ainsi qu'il découvrit le secret des rois de France, un secret perdu à la mort d'Henri IV, celui-ci n'ayant pu le transmettre à son successeur alors qu'Henri III avait eu le temps de le lui faire connaître sur son lit de mort.

Ce secret, c'était la connaissance d'une vaste caverne au bord de l'océan, face à l'Angleterre, et dont il ne voulut jamais me révéler le lieu. Cette immense roche creuse, qui avait été utilisée comme cachette par Jules César et Charlemagne, constituait un véritable château fort naturel. Jusqu'à Henri IV, tous les rois de France l'avaient connue, certains y ayant même entreposé quelques coffres de pièces d'or et d'argent. Charles II d'Angleterre avait appris son existence, Colbert et Le Tellier aussi, mais seulement les Lupin connaissaient une partie du secret depuis ce jour, à la veille de la bataille d'Arques, où leur aïeul avait espionné le roi de France venu examiner les lieux avec Sully et deux fidèles serviteurs.

Après avoir visité l'immense caverne aménagée sur plusieurs étages, mon beau-frère et M. de Tilly décidèrent de garder secrète son existence. Ils ne devaient la révéler à Hugues de Lionne que bien plus tard.

Anne Lupin fut arrêtée l'été suivant pour une autre affaire mais Louis parvint à la faire libérer. Quant à son père, son trafic de faux documents mis à jour, il fut condamné aux galères et non roué et pendu comme ses complices, Tilly étant intervenu pour obtenir sa grâce. Une fois aux galères, l'habile faussaire confectionna un faux ordre d'élargissement et disparut.

L'âge commençait à peser et l'activité que préférait M. Fronsac restait le théâtre, surtout depuis que son ami Poquelin était revenu à Paris. Il fréquentait aussi le salon de Mme de La Sablière où l'avait introduit son ami Gédéon Tallemant. Mme de La Sablière était mariée au fils de Nicolas Rambouillet[1] dont Tallemant avait épousé la fille. Dans ce salon, il retrouvait avec bonheur ses amis M. de La Fontaine et M. Poquelin, et surtout l'esprit, la légèreté et l'ironie qui régnaient chez la marquise de Rambouillet.

C'est à cette époque qu'il aida Gédéon Tallemant, depuis quelques années seigneur des Réaux. La banque Tallemant était une des premières de France et avait été durant vingt ans de toutes les opérations d'adjudication et de concession des grandes Fermes. Malheureusement, des opérations frauduleuses d'un commis avaient entraîné une quasi-faillite de l'établissement. Mon beau-père parvint à innocenter Gédéon et son frère mais ne put empêcher la Chambre de Justice, créée

---

1. Je rappelle au lecteur que Nicolas Rambouillet était un financier, frère de la mère de Gédéon Tallemant, et qu'il n'avait aucun rapport familial avec la marquise de Rambouillet.

pour rechercher les malversations de Fouquet, de taxer forfaitairement leur banque de quatre cent mille livres !

Tallemant des Réaux n'était qu'actionnaire dans sa banque, pourtant le Parlement le condamna à participer au paiement d'une faillite qui devait le ruiner.

Monsieur de Bussy-Rabutin fut embastillé par lettre de cachet en avril 1665 pour un de ses écrits qui déplaisait au roi.

En vérité, s'il reconnaissait être l'auteur de *L'Histoire amoureuse des Gaules*, livre où il se moquait avec causticité de la Cour, il assurait que les passages qu'on lui reprochait n'étaient pas de lui. Malheureusement, il ne pouvait se défendre car son manuscrit lui avait été subtilisé !

Il faut dire que M. de Bussy, bien qu'un des plus fidèles gentilshommes de la Cour, n'était pas aimé de Sa Majesté. Cela tenait à son ironie mordante qui ne respectait rien, à son impiété cynique, et surtout à une soirée à laquelle il avait participé avec d'autres libertins, en 1659, au château de Roissy. S'y trouvaient Louis de Mortemart, le neveu de Mazarin Philippe Mancini, Le Camus, aumônier du roi, le comte de Guiches et quelques autres jeunes gens dissipés. On avait rapporté au roi que s'était déroulée une messe noire en présence de femmes se disant sorcières et que les participants y avaient baptisé un porc avant de le manger.

Mon beau-père, averti de l'affaire par Mlle de Montpensier, avait demandé des explications à M. de Bussy qui avait tout nié et expliqué que c'était mille sottises répandues par une femme avec laquelle il était brouillé. Il lui avait avoué pourtant qu'il y avait bien eu débauche de certains, mais qu'il ne se trouvait pas avec ces gentilshommes-là et que, pour sa part, il avait simplement soupé et écouté des violons sans se mêler à leur bacchanale.

À la Bastille, l'état de santé de M. de Bussy s'était vite dégradé. Ne parvenant pas à obtenir sa grâce et craignant pour sa vie, son épouse vint à Mercy demander secours à M. Fronsac qui accepta de l'aider.

Mon beau-père se rendit donc à Paris pour rencontrer le lieutenant criminel Jacques Tardieu qui avait été chargé des interrogatoires du prisonnier. Le jour même où il devait parler au policier, qu'il connaissait bien, celui-ci était assassiné chez lui avec son épouse[1].

Ce double crime ne pouvait être une coïncidence. Poursuivant ses investigations, M. Fronsac mit alors la lumière sur une machination inouïe ordonnée par un proche du roi et conduite par un homme fort adroit qui dirigeait le cabinet noir du marquis de Louvois. Ce maître espion se nommait Joachim d'Alancé. Je l'ai moi-même rencontré pour la première fois, il y a deux ans, lorsqu'il est venu me prévenir que notre château de Mercy allait être attaqué et pillé pour faire taire définitivement ceux qui connaissaient le dernier secret de Richelieu !

C'est peu après la libération de M. de Bussy, au mois de mai 1666, année funeste pour l'Angleterre, que l'ambassadeur M. Hollis vint solliciter l'aide de M. Fronsac pour retrouver le saphir bleu du

---

1. Le 24 août 1665.

roi Charles qui avait disparu avec les autres joyaux de la couronne d'Angleterre.

Sa demande émanait de Mme la duchesse d'Orléans, fille de Charles I. C'était une affaire délicate car si on ignorait qui avait commis le vol, bien que des suspects aient été détenus deux ans à la Bastille, on savait parfaitement qui avait acheté les bijoux : c'était le cardinal Mazarin.

Sur la piste du receleur, mais ignorant que Joachim Alancé les surveillait dans l'ombre, mon beau-père et M. de Tilly se rendirent à Londres à la fin de l'été, à contrecœur il est vrai puisque la peste avait sévi l'année précédente dans cette ville en tuant des milliers d'habitants.

Que se passa-t-il alors exactement ? M. Fronsac ne voulut jamais me le révéler tant les conséquences de son enquête avaient été gravissimes. Quant à M. de Tilly, il se fermait comme une huître quand j'abordais ce sujet. J'appris seulement par Friedrich Bauer que son maître avait été emprisonné dans la sinistre tour construite par Guillaume le Conquérant et que Gaston et lui étaient parvenus à le délivrer alors que la ville de Londres s'enflammait. On a dit depuis qu'un Français avait été responsable de ce grand incendie et qu'un autre avait été exécuté à tort. Je me suis toujours posé la question : sans ce grand feu qui réduisit en cendre la capitale anglaise durant trois jours, M. Fronsac n'aurait-il pas été exécuté ? Auquel cas, M. de Tilly n'aurait-il pas utilisé un moyen effroyable pour délivrer son ami ? Je m'efforce de rejeter un tel expédient, surtout en sachant qu'Alancé et ses hommes étaient aussi à Londres, et qu'ils auraient bien été capables d'un pareil forfait.

C'est en 1669 que j'avais eu moi-même connaissance de l'incroyable secret du roi. J'étais alors au service du surintendant Fouquet qui était devenu pour moi un second père après la mort de mes parents. Mon frère dirigeait sa police, où il avait remplacé Basile, quand le surintendant fut arrêté sous de faux prétextes et à partir de preuves falsifiées par M. Colbert. Il le suivit dans sa prison de Pignerol.

J'étais jeune mais j'avais décidé de payer ma dette à M. Fouquet. Je tentais d'abord de sauver Mme Fouquet et ses enfants de la misère. Cependant, ayant deviné que leur ruine était inévitable, je décidai d'organiser l'évasion de son mari.

L'évasion échoua et mon frère, d'abord condamné à une ignominieuse pendaison pour complicité, fut envoyé aux galères, puis emprisonné au Château d'If.

Il ne me restait qu'un recours : le prince de Condé qui avait été l'ami de M. Fouquet. Je lui demandai son aide pour, au moins, faire évader mon frère. C'est ainsi qu'il me présenta à M. Fronsac, seul à ses yeux capable de réussir une telle mission.

En vérité, Louis de Bourbon ne cherchait qu'à m'utiliser. Il poursuivait un autre dessein : connaître l'identité d'un mystérieux prisonnier enfermé à Pignerol avec M. Fouquet. M. Fronsac accepta de m'aider car il s'intéressait au même captif qu'il pensait être le duc de Beaufort, que chacun en France croyait mort, tué par les Turcs à Candie.

Je ne donnerai guère de détails ici sur notre tentative qui malheureusement ne put aboutir. M. Fronsac rencontra toutefois mon frère dans son cachot et celui-ci lui confia une surprenante information : ce prisonnier de Pignerol qui intéressait tant M. le prince, personne ne connaissait son visage car sa face était cachée par un masque de fer !

Peu à peu, la vérité se fit jour dans l'esprit de M. Fronsac, d'autant que son ami Charles de Baatz, M. d'Artagnan, lui avait fait de bien troublantes confessions. Mais mon beau-père ignorait jusqu'où ceux qui avaient la garde de ce secret étaient prêts à aller. Alors qu'il se trouvait à Marseille, son château fut pillé, ses gens battus et arrêtés ainsi que sa femme qui fut emprisonnée et qui aurait dû être vendue avec des prostituées en Amérique si Pierre, mon époux, n'avait galopé jusqu'à Marseille pour nous prévenir.

Heureusement mon beau-père et Gaston de Tilly disposaient d'une arme formidable : la connaissance du dernier secret de Richelieu et l'identité de cet homme au visage couvert de fer emprisonné à Pignerol. Ils la firent connaître au roi qui ne put qu'accepter leurs conditions.

M. Fronsac craignait fort la haine de Louis XIV après ces événements. Pourtant, quelques semaines plus tard, le premier valet de chambre de Sa Majesté faisait appel à lui pour une affaire privée concernant à nouveau la famille royale. Mon beau-père m'ayant ordonné le silence sur cet événement, je n'en révélerai rien sinon qu'il croisa, pour la première fois, la sinistre empoisonneuse La Voisin[1].

Deux ans plus tard, escorté de Bauer, Verrazano, Cougourde et Aragna, il se rendit en Italie avec Gaston de Tilly. C'était au printemps et ils furent absents trois mois. Seules Julie et Armande furent

_____

1. Voir, du même auteur, *Menaces sur le roi*.

informées de ce voyage à Rome, M. Fronsac ayant jugé plus prudent de ne le faire connaître à personne. Néanmoins, l'arrivée en France, à la fin du mois de mai de cette même année 1672, d'Hortense Mancini et de Mme Colonna, qui s'appelait dans sa jeunesse Marie Mancini, me laissa penser que ce voyage était en rapport avec la fuite de Rome des deux nièces de Mgr Mazarin.

Déjà en 1660, M. Fronsac avait sauvé la vie de Marie, à Aix. Sans doute considérait-il cet ultime secours apporté aux deux nièces comme le paiement d'une ultime dette envers le Cardinal.

À son retour d'Italie, mon beau-père vint passer quelques semaines chez nous à Paris. Pierre et moi vivions alors dans l'ancien Hôtel que M. Louvois avait donné à M. Fronsac pour compenser les torts qu'il lui avait causés. La demeure était fort vaste et mes beaux-parents y disposaient d'un appartement au deuxième étage. Pierre, mon époux, était alors conseiller maître à la Cour des aides[1].

Mon mari est très différent de mon beau-père. Il n'éprouve aucun goût pour l'aventure et il n'a aucune capacité d'observation et de déduction. Néanmoins, il est capable de jongler avec les chiffres comme personne. Ce n'est pas non plus un homme de la campagne. La ville lui convient mieux mais, maintenant qu'il vit à Mercy, il apprécie pleinement d'être loin de la Cour, de Paris, de ses fureurs et de ses jalousies.

Après ses études à Clermont, il avait travaillé quelque temps avec le conseiller Philippe Boutier, le parrain de son père, longtemps bras droit du

---

1. Cour souveraine qui réglait les litiges sur les impôts.

chancelier Séguier. Mais Pierre était à cette époque d'un tempérament indolent, aussi M. Fronsac lui avait acheté une charge de conseiller à la Cour des aides, bien que son désir profond fût que son fils le rejoigne à Mercy pour s'occuper du domaine.

C'est alors que je le rencontrai et qu'il risqua sa vie pour moi. Notre aventure renforça les liens avec son père et, lorsque celui-ci venait à Paris, c'est chez nous qu'il logeait, n'utilisant plus sa maison des Blancs-Manteaux.

La sœur de Pierre, Marie, vivait à ce moment-là en Normandie auprès de son époux, Philippe de Sérigneau, un riche traitant s'occupant de la ferme des Gabelles. Quant aux parents de mon beau-père, ils s'étaient installés à Mercy, l'étude ayant été reprise par leur autre fils, Denis.

Denis ne ressemblait en rien à son aîné. D'un naturel perpétuellement tourmenté, il était tout le portrait de son père. Les différences d'âge et de caractère entre les deux frères faisaient que l'aîné et le cadet ne se rencontraient guère. D'ailleurs, Denis désapprouvait plutôt les activités aventureuses de Louis, même s'il l'admirait sincèrement. Leurs relations étaient en fait un mélange de distance et d'affection sans passion.

Mais M. Fronsac gardait toujours beaucoup d'attachement pour son cadet et, après la mort de leur père, il lui céda tous ses droits sur l'activité notariale. En tant qu'aîné, il avait également hérité de la maison de la rue des Quatre-Fils qu'il abandonna à Denis en échange d'un faible loyer. Comme l'étude rapportait beaucoup, celui-ci put finalement la racheter au bout de quelques années.

Lorsqu'il se rendait à Paris, mon beau-père venait donc plus souvent nous voir que visiter son frère. Nous allions alors fréquemment au théâtre. En 1674, ou 75, je ne sais plus, nous étions ainsi tous réunis avec M. de Tilly et son épouse Armande lorsque notre majordome nous annonça une visite.

C'était Jean-Baptiste Colbert.

Colbert ! Un des hommes les plus venimeux que j'ai connus ! Celui qui avait contraint mon vieux domestique Pierre à me trahir, celui qui m'avait fait capturer par cet infâme Mery de Monfuron, pendu heureusement par M. de Tilly et dont j'espère qu'il brûle en enfer !

Je reçus ce monstre dans une antichambre en compagnie de mon beau-père, de M. de Tilly et de mon époux. M. Colbert avait une expression embarrassée et honteuse. Je le considérai avec toute la dureté dont j'étais capable, affichant envers lui le plus implacable mépris.

Il était seul. Les yeux baissés et le chapeau à la main, il précisa alors dans un murmure bredouillant qu'il n'était venu que sur le conseil de la grand-mère de l'époux de sa fille, Marie de Rohan, la duchesse de Chevreuse.

Mme de Chevreuse lui avait assuré que M. Fronsac était une belle âme, d'une grande clémence, capable d'aider un ennemi dans l'adversité si celui-ci regrettait ses torts.

Je l'ai écrit plusieurs fois, M. Fronsac est bon. Mais plus encore, c'est un homme empreint d'une curiosité sans borne. Ce ministre si puissant, il l'avait connu simple commis et il pressentait que les raisons pour lesquelles il venait s'humilier ainsi chez des gens à qui il avait fait tant de mal devaient être impérieuses. Il voulait donc les connaître.

Devinant que Colbert ne pourrait s'exprimer devant moi et mon époux, il lui proposa de le rencontrer seul avec Gaston dans un petit cabinet attenant à l'antichambre. La suite, il me la raconta.

M. Colbert était persuadé qu'on avait tenté de l'empoisonner à plusieurs reprises au cours des deux dernières années. Pour la première fois en la présence de mon beau-père, ce serpent laissa apparaître quelque sentiment humain : il craignait de trépasser.

M. Fronsac n'avait guère le désir de l'aider, il céda cependant quand Colbert lui décrivit l'horrible calvaire ayant précédé la mort de la duchesse d'Orléans, en 1670, après qu'elle eut bu un verre d'eau de chicorée. Selon lui, d'autres crimes se préparaient à la Cour.

Il est vrai que depuis quelques années, on ne parlait que de poison et d'empoisonneuses. Gaston de Tilly avait lui-même été mêlé de près à la plus grave de ces affaires quand, à l'été 1672, il avait été approché par François Desgrais, cet exempt au Châtelet qui avait participé à bon nombre d'aventures avec mon beau-père.

Dans une officine de la place Maubert, Desgrais avait découvert un individu qui s'était empoisonné en distillant des philtres. Le policier avait placé les biens du mort sous scellés, en particulier un coffret qui contenait une lettre. Celle-ci était adressée à la marquise de Brinvilliers, la fille d'Antoine de Dreux d'Aubray, avec lequel Gaston avait un temps travaillé. L'exempt souhaitait un conseil de la part de M. de Tilly avant de poursuivre ses investigations, la marquise exigeant que le coffret lui revienne.

Gaston lui avait suggéré de faire analyser le contenu du coffret avant de le rendre. Il y avait là des fioles contenant des liquides colorés, on en fit boire le contenu à des animaux qui moururent aussitôt.

Mme de Brinvilliers était une personne considérable. Son père, mort en 1666, était lieutenant civil à Paris. Son frère avait repris cette charge avant de décéder de façon inattendue à son tour. Après une rencontre avec M. de La Reynie, Gaston de Tilly avait conseillé de faire arrêter un serviteur de Mme de Brinvilliers. Celui-ci avait alors avoué une quantité effroyable de crimes commis sur ordre de sa maîtresse.

Selon lui, elle avait également tué à l'arsenic son père et ses frères.

Le serviteur avait été roué et la marquise condamnée à mort par contumace car elle était parvenue à s'enfuir.

Pouvait-il y avoir d'autres empoisonneuses à Paris ? s'interrogeait M. Fronsac.

Gaston de Tilly et mon beau-père commencèrent leurs investigations. Ils retrouvèrent rapidement un Aixois, un nommé Jean Barnabé Amic, qui avait tenté d'empoisonner M. Colbert, mais leur route croisa surtout un autre Aixois autrement redoutable : François de Gallaup, sieur de Chastueil, ancien capitaine des gardes du prince de Condé, maître d'œuvre de la sédition aixoise contre M. de Forbin en 1659. En fuite, Gallaup avait été corsaire, puis prieur dans un couvent des Carmes où il vivait dans le péché avec une jeune fille qu'il avait plus tard assassinée. Passé au service du duc de Savoie, il s'était tourné vers le satanisme et l'alchimie et vendait de faux lingots d'argent à la Monnaie de Paris.

Mon beau-père et Gaston furent alors témoins d'incroyables horreurs en approchant le milieu des mages, envoûteurs et alchimistes de Paris qui fournissaient leurs services et leurs philtres aux plus grands de la Cour. Chemises empoisonnées à l'arsenic, dialogues avec le Démon, meurtres de nouveau-nés, lavements vénéneux et toxiques étaient les méthodes habituelles des devineresses et des sorcières.

Quelques années après cette répugnante affaire, ce fut M. Nicolas de La Reynie qui vint à son tour trouver M. Fronsac, cette fois à Mercy, après qu'il eut rencontré discrètement M. de Tilly à Paris.

M. de La Reynie était le lieutenant général de police. Il dirigeait désormais toutes les polices de la vicomté et avait repris les charges de lieutenant civil et de lieutenant criminel.

Lors de la rencontre, tenue secrète, qu'il avait eue avec M. de Tilly, M. de La Reynie lui avait proposé une charge de maître des requêtes de la part du roi lui-même. C'était une offre considérable. La contrepartie en était que lui et son ami, le marquis de Vivonne, enquêtent sur des rumeurs concernant Françoise de Rochechouart de Mortemart, marquise de Montespan, la mère de sept des enfants royaux.

C'était une tâche impossible pour mon beau-père qui avait assisté quatre ans plus tôt à une messe noire durant laquelle Mme de Montespan, nue, avait laissé égorger un nouveau-né pour s'assurer l'amour du roi avant d'accepter de subir les immondes outrages du prêtre satanique !

Il ne put pourtant se dérober longtemps et, avec M. de La Reynie et Gaston de Tilly, il replongea dans ce milieu criminel qui devait soulever tant de boue à la Cour et souiller pour toujours le règne de notre roi. L'accumulation des crimes qu'il découvrit dépassa ce qu'il pouvait endurer et il assista à l'exécution de La Voisin avec un sincère soulagement, tout en sachant qu'il ne pourrait effacer de son esprit les horreurs qu'il avait vues.

Durant cette difficile enquête, mon beau-père ne croisa cependant pas que des criminels et dévoyés. Il rencontra également un étonnant serrurier, M. Besnier, qui avait construit une machine volante permettant à un homme de se transformer en oiseau[1]. Grâce à lui, il parvint à empêcher qu'un valet de M. de Montauzier remette au roi un placet empoisonné, sauvant ainsi à la fois la monarchie et son ami. Malheureusement, il ne put empêcher l'empoisonnement de Mme de Fontange.

C'est pour ses services, et peut-être aussi pour son silence, que M. Fronsac reçut la croix de Saint-Louis en 1693, lorsque l'ordre fut créé[2].

En 1682, ce fut La Grange qui vint le trouver. Charles Varlet, La Grange de son nom de comédien, était entré dans la troupe de Molière en 1659 et en était devenu le régisseur. C'était lui qui tenait le registre de la troupe dans lequel il notait les dates, les programmes, les recettes et les principaux événements intéressant la compagnie. Il avait une réputation d'honnête homme.

---

1. La machine volante de Besnier fut décrite dans le *Journal des Sçavans* de décembre 1678.
2. Madame La Forêt se trompe. C'est pour une tout autre enquête, qu'apparemment elle ignorait, que Louis Fronsac fut fait chevalier de Saint-Louis.

Après la mort de son maître et ami, la troupe ayant été chassée du Palais-Royal, il avait acheté une salle rue Guénégaud et conservé le répertoire et l'esprit de Molière.

En août 1680, le roi avait décidé l'union de sa troupe avec celle de l'Hôtel de Bourgogne. La Comédie Française ainsi créée comptait vingt-sept acteurs et devait donner des représentations tous les jours de la semaine. La Grange en était le doyen.

Il expliqua à mon beau-père qu'Armande Béjart lui avait remis une grosse malle contenant tous les papiers de Molière, non seulement les pièces déjà écrites mais également celles en préparation. Or cette malle, qu'il conservait pieusement au théâtre, lui avait été dérobée.

Les auteurs de ce vol étaient-ils des acteurs de l'Hôtel de Bourgogne, mécontents de leur union forcée avec la troupe de Molière ? Des comédiens italiens souhaitant monter une pièce pas encore jouée ? Ou, plus inquiétant, se pouvait-il que ce soit une action des dévots, les vieux ennemis jurés de Poquelin ? Mon beau-père songea à la Confrérie de l'Index contre laquelle il avait lutté dans le passé. Était-elle toujours aussi puissante et, si oui, quel était son grand maître ?

Ce fut une enquête étourdissante et pleine de surprises. Mais malgré ses efforts, M. Fronsac ne put retrouver la fameuse malle.

Aux dernières années de sa vie, M. Fronsac ne se déplaçait plus guère mais il recevait toujours chez lui les plus grands du royaume qui venaient le consulter. Je me souviens avoir assisté à un de ces entretiens. C'était avec le marquis d'Herbot venu lui demander conseil. Sa famille possédait un rare parchemin enroulé autour d'un sachet d'accouchement consacré à sainte Marguerite d'Antioche et que l'on se passait de génération en génération.

Chacun sait que la sainte avait été jetée en prison et torturée pour ne pas avoir abjuré et parce qu'elle refusait l'amour du préfet romain Olibrius. Le démon étant venu dans son cachot, elle l'avait mis en fuite par un signe de croix. Depuis, on la considérait comme la patronne des femmes grosses car sa victoire était l'allégorie des accouchements sans douleur. Grâce à cette sainte relique, avait expliqué le marquis, les naissances dans sa famille n'avaient jamais tourné au drame.

Or, quelques jours plus tôt, le précieux sachet et son parchemin avaient disparu du cabinet en ébène qui se trouvait dans son antichambre.

Il avait probablement été volé par un domestique mais Herbot n'avait pu savoir lequel bien que ses soupçons portassent sur une cuisinière qui justement était grosse.

M. Fronsac l'interrogea longuement sur ceux qui vivaient dans l'Hôtel, les domestiques, hommes et femmes, l'intendant et le majordome, son épouse bien sûr ainsi que sa belle-sœur.

Celle-ci avait épousé le frère du marquis, colonel de chevau-légers qui se trouvait pour l'heure avec son régiment en Hollande. C'était un mariage de raison, avait expliqué M. d'Herbot. Sa belle-sœur, âgée de quarante-six ans, était veuve et sans enfant. Son époux décédé lui avait laissé des biens considérables et elle connaissait son frère depuis longtemps. Ce dernier, aîné de la famille, n'était plus très jeune et lui avait avant tout proposé son amitié après son veuvage, puis, finalement, l'avait épousée bien qu'il ne soit guère présent auprès d'elle.

Quant à la domestique suspecte, elle avait deux autres enfants et déjà fait plusieurs fausses couches. Cette femme avait nié le vol, mais le mensonge se lisait sur son visage, assurait le marquis qui hésitait pourtant à l'accuser sans preuve.

M. Fronsac posa de nombreuses questions sur la disposition des pièces, le logement des domestiques et celui des maîtres. Ensuite, il tenta de reconstituer le déroulement de la journée durant laquelle les reliques avaient disparu.

Il apprit au fil de la conversation que la belle-sœur du marquis, fort dévote, se rendait régulièrement à l'abbaye de Saint-Germain et faisait de nombreux pèlerinages avec lui et son épouse. Le mois précédent, ils s'étaient ainsi rendus à l'abbaye d'Arlon, non loin du Luxembourg, pour boire à la source de saint Bernard l'eau miraculeuse qui faisait disparaître les douleurs de l'âge. Ce monastère possédait également de rares reliques, notamment quelques cheveux de la Très Sainte Vierge, du sang miraculeux de Notre Seigneur Jésus-Christ et même des cailloux avec lesquels saint Étienne avait été lapidé et sur lesquels on distinguait encore du sang du martyr !

— J'aurais bien besoin d'y aller, avec les douleurs que je ressens le soir, avait souri M. Fronsac. Mais ne vous inquiétez guère, M. le marquis. Vous allez retrouver vos reliques.

— Mais où sont-elles ?

— Vous auriez pu le deviner ! Arlon n'est pas qu'un lieu de pèlerinage à saint Bernard. Les femmes y viennent aussi pour vénérer sainte Marguerite car le couvent possède la véritable ceinture de la sainte. Ainsi, les futures mères la prient pour une heureuse délivrance. Lorsqu'une femme grosse touche la relique, sa délivrance sans douleur est certaine.

« J'ai parlé de la véritable ceinture car l'abbaye de Saint-Germain en possède aussi une. Mme de Rambouillet l'avait fait chercher par son intendant Chavaroche afin de faciliter la délivrance de sa fille Julie.

« Or, vous m'avez dit que votre belle-sœur se rendait souvent à l'abbaye. Ceci ajouté au pèlerinage et à la disparition de votre relique signifie simplement qu'elle est grosse. Comme elle a quarante-six ans, elle craint de trépasser à la délivrance. C'est elle qui a emprunté le sachet et le parchemin pour le garder sur son corps. Après tout, cette relique appartient à votre frère, puisqu'il est l'aîné, et elle a jugé qu'elle pouvait le prendre. Seulement elle n'a pas voulu vous en parler car elle veut annoncer sa grossesse en premier à son époux. Attendez le retour de votre frère, et la relique reviendra avec des excuses.

Quelques mois plus tard, mon beau-père me fit lire une lettre qu'il venait de recevoir du marquis. Sa belle-sœur venait d'accoucher d'un petit garçon et les reliques étaient réapparues dans le cabinet. Sa belle-sœur avait beaucoup pleuré en les lui rendant, le suppliant de lui pardonner.

Je me suis longuement étendue ici sur les aventures et les affaires qu'a traitées M. Fronsac et je n'ai guère abordé son aspect physique ainsi que son caractère. Certes, je l'ai connu au soir de sa vie mais nous avons toujours à Mercy ce magnifique portrait qu'a fait de lui Sébastien Bourdon, le représentant en chemise avec ses rubans noirs aux poignets.

À cinquante ans passés, il était resté mince et d'une taille supérieure à la moyenne. Le port noble et le teint brun, ses cheveux châtains mêlés de gris tombaient bouclés jusqu'à ses épaules. Il n'avait jamais porté ces lourdes perruques que le roi avait mises à la mode. De la même façon, alors qu'à la Cour les hommes étaient imberbes, il avait gardé une fine moustache qui lui descendait jusqu'au bas du visage, comme pour souligner son sourire ironique et son regard perçant. Sur son menton, il laissait une minuscule touffe de poils qui cachait une petite fossette.

Par goût et par habitude, il changeait rarement de tenue. Je l'ai toujours vu vêtu simplement d'une chemise blanche et d'un pourpoint de toile sombre, à l'image des hommes de loi. Plus jeune, il portait un pourpoint fendu aux manches, plus tard, ce fut un pourpoint à larges basques. Il conserva toujours cette coquetterie qui consistait à nouer des galans de soie noire à ses poignets et qui datait de l'époque du salon de Mme de Rambouillet, même lorsque la mode était devenue celle des amas de rubans multicolores. Il avait l'habitude de les nouer et de les dénouer d'une seule main, ce qui, expliquait-il, facilitait ses réflexions.

Son caractère était naturellement doux, complaisant et généreux mais avec une volonté et une force peu communes. Il était fin observateur. Néanmoins, il faisait rarement cas de ce qu'il remarquait, restant toujours discret et tolérant. Un jour, il avait ainsi déclaré à la duchesse de Rohan qui hésitait à lui parler : « Comme un confesseur, c'est mon métier d'entendre les secrets les plus effroyables et de les conserver par-devers moi. »

C'était aussi un homme de lecture et de science. Sa bibliothèque était d'une grande richesse et j'y passe toujours des heures avec plaisir. Il était l'ami des libraires et des imprimeurs à qui il rendit plusieurs fois service. Sa curiosité s'étendait aux journaux et à toutes ces feuilles distribuées par les colporteurs. Il lisait assidûment *La Gazette* de M. Théophraste Renaudot, puis ce fut *La Muse historique* et *Le Mercure galant*. Il gardait tous les numéros du *Journal des Sçavans*.

Il était animé par l'amour de la justice et avait un profond esprit critique. Quant à la religion, il avait été longtemps attiré par le jansénisme après avoir lu *De la fréquente communion*, d'Antoine Arnauld. Un livre qui lui avait été offert par la princesse de Condé. La transformation que cette doctrine avait provoquée chez certains, comme le prince de Conti, l'avait facilement convaincu de sa force morale, mais il ne pouvait accepter la sévérité de ce dogme et, il me l'avait avoué dans un rire, porter un cilice ou se donner la discipline ne faisait pas partie de ses besoins ou même de ses envies !

Il se fit sa vie durant un grand nombre de partisans mais également de redoutables ennemis, le plus vindicatif ayant longtemps été Louis XIV à qui il avait pourtant sauvé la vie. Mais ce secours était peut-être la véritable raison de la haine de ce roi qui n'aimait pas rester débiteur.

Parmi ceux qui l'appréciaient, on pouvait compter le prince de Condé qui exigeait de lui de fréquentes visites à Chantilly et qui disait trouver toujours à apprendre dans sa conversation ; le duc de La Rochefoucauld, après qu'il eut cessé de comploter contre son roi ; M. de Bussy-Rabutin, que j'aimais beaucoup pour son ironie féroce et son talent à dire des vérités bien tournées. N'était-ce pas lui qui avait déclaré à mon beau-père, avec quelque aigreur malgré tout, « déplaire au roi ou avoir tort, c'est la même chose » ?

Il y avait encore Mme de Sévigné et Mgr le cardinal de Retz après qu'il fut rentré de son exil et avec lequel il correspondait. Maintenant que Paul de Gondi s'était rangé de l'intrigue, la finesse de son esprit et son habileté faisaient l'unanimité à la Cour. Je dois également citer Mlle de Montpensier, qui avait pourtant été un temps, elle aussi, son adversaire, ainsi que M. Toussaint Rose, le marquis de Coye, secrétaire particulier de Mgr Mazarin puis du roi, et bien entendu M. le duc de Montauzier, le gouverneur des enfants royaux.

Enfin, il y avait ses plus anciens amis au premier rang desquels se trouvaient Gaston de Tilly et Gédéon Tallemant, mais aussi, jusqu'à sa mort, M. de Baatz, seigneur d'Artagnan, sans oublier l'exempt au Grand-Châtelet François Desgrais qui devait seconder M. de Tilly dans bon nombre d'enquêtes et arrêter Mme de Brinvilliers.

Mon beau-père eut également de féroces adversaires comme le marquis de Ruvigny, Basile Fouquet ou Joachim d'Alancé, ainsi que des ennemis cruels et vindicatifs tels François Michel Le Tellier, le marquis de Louvois ou encore L'Échafaud, ce terrifiant brigand devenu roi d'Argot qui croisa sa route plusieurs fois.

Mais même envers ceux qui lui avaient causé des torts, M. Fronsac savait être miséricordieux. Il se mit au service de la duchesse de Chevreuse et de Louis d'Astarac lorsqu'ils eurent besoin de son talent. Il avait agi de même avec la *Belle*

*Gueuse*. C'est un trait de caractère si peu courant dans ce siècle qu'il mérite d'être rapporté.

Il n'eut à la vérité qu'une pension de deux mille livres durant sa vie, et encore ne fut-elle que rarement payée. La fortune qu'il fit toutefois par le succès de ses enquêtes le mit en état de n'avoir rien de plus à souhaiter.

Il fit de son bien un usage noble et sage, aidant toujours les pauvres et les démunis. Il fut surtout un des esprits les plus forts de ce siècle et, sinon le plus connu, certainement le plus remarquable. J'aimerais que ce livre permette de ne pas l'oublier car, comme l'écrivait son ami Voiture :

> *Ce respect, cette déférence,*
> *Cette foule qui suit vos pas,*
> *Toute cette vaine apparence,*
> *Au tombeau ne vous suivront pas.*
> *La gloire et la renommée,*
> *Ne sont que songe et que fumée.*

# LE BOURGEOIS DISPARU

# Les principaux personnages

Anne d'Autriche, *reine mère*
Père Thomas Barey, *chapelain d'Anne d'Autriche*
Friedrich Bauer, *ancien soldat au service de Louis Fronsac*
François de Besmaus, *marquis de Monlezun, gouverneur de la Bastille*
Jean Baptiste Colbert, *intendant du cardinal Mazarin*
Collombe du Deffant, *veuve s'occupant de la maison d'Antoine Hache*
Ange Duchanin, *receveur des tailles de La Rochelle*
Louis Fronsac, *chevalier de Mercy et marquis de Vivonne*
Jean-Baptiste Hache, *barbier chirurgien de la maison du roi*
Antoine Hache, *marchand de métaux précieux, bourgeois de Paris*
Michel Le Tellier, *secrétaire d'État à la Guerre*
Jacques Luillier, *renoueur ordinaire du roi*
Antoine Picon, *trésorier du cardinal Mazarin*
Nicolas Pasquier, *cocher de louage*
Frère Nicolas de Soulat, *Carme servant la chapelle de la Bastille*
Gédéon Tallemant, *écrivain et banquier*
Gaston de Tilly, *procureur à l'Hôtel du roi, conseiller d'État par brevet*

# 1

Après la Fronde, la famille royale était retour-
née habiter au Louvre. Le cardinal Mazarin avait
retenu la leçon donnée par les émeutiers parisiens
lorsque la populace, ayant envahi le Palais-Royal,
avait contraint la reine à lui présenter son jeune
fils[1]. Bien sûr, l'ancien Palais-Cardinal était très
agréable à vivre, mais il ne pouvait être défendu
comme l'était le Louvre. De surcroît, la grande
galerie permettait d'aller jusqu'aux Tuileries sans
sortir du palais, et éventuellement de quitter discrètement la ville par la porte de la Conférence
qui débouchait hors des murailles.

Au Louvre, le jeune roi s'était installé dans les
appartements de son père, Louis le Juste ; la reine
Marie-Thérèse dans ceux d'Anne d'Autriche ; et
celle-ci, désormais reine mère, avait fait refaire
l'ancien logement de Marie de Médicis, abandonné depuis près de cinquante ans et situé au-
dessus de celui de son fils.

Le mois de mai de l'année 1661 débutait. Le
cardinal Mazarin était mort depuis deux mois et
tout avait changé dans la vie d'Anne d'Autriche.

Que Giulio Mazarini lui manquait !

---

1. Le 9 février 1651.

Évidemment, elle ne regrettait pas le vieillard teint et fardé qui, jusqu'au dernier moment avait tenté de duper son public et de tromper la mort, en faisant croire à sa bonne santé. Elle ne pleurait pas non plus le rapace qui accumulait richesses et œuvres d'art, comme s'il espérait pouvoir les emporter dans l'autre monde. Non, cet homme-là, elle préférait l'oublier. Elle ne gardait dans son cœur que le cavalier éblouissant capable des *combinazioni* les plus ingénieuses pour vaincre les adversaires du royaume, en évitant de répandre trop de sang... et trop d'argent.

Qu'allait-elle devenir sans lui ? Quel sens aurait sa vie sans son esprit ? Sans ses conseils ? Sans son ironie mordante ? Même son impiété allait lui manquer !

Bien sûr, il lui restait ses fils. Mais la relation privilégiée qu'elle avait avec son aîné, le roi, s'était elle aussi disloquée à la mort de Mazarin. Le cardinal reposait encore sur un lit de parade, dans le chœur de la sainte chapelle, à Vincennes, que son fils chéri lui avait fait savoir que désormais, elle ne ferait plus partie du conseil royal.

Le lendemain même de la mort de Mazarin, Louis avait d'ailleurs convoqué tous ses ministres autour du chancelier pour leur déclarer fort sèchement :

— Messieurs, j'ai bien voulu laisser gouverner mes affaires par feu M. le cardinal. Il est temps que je les gouverne moi-même. Vous m'aiderez de vos conseils quand je vous le demanderai.

Elle avait ainsi découvert que son fils qu'elle savait orgueilleux, égoïste, rancunier et dissimulateur, était aussi un ingrat.

Le monde qu'elle avait connu venait de disparaître. Heureusement, il lui restait Dieu. Dans la chapelle privée de ses appartements, le père Thomas Barey, l'un de ses chapelains, venait de terminer la deuxième messe de la journée et rangeait le calice dans le tabernacle.

Agenouillée sur son prie-Dieu en velours, Anne d'Autriche termina la prière qu'elle faisait à la vierge Marie pour qu'elle protège l'âme de cet homme qui avait tant aimé la France et qui avait laissé à son fils le premier royaume de la Chrétienté. Enfin, elle se signa et se leva. À quelques pas, Mme de Motteville, sa première dame de compagnie, l'attendait.

La reine allait rejoindre ses dames d'honneur quand le père chapelain s'approcha d'elle. S'inclinant avec beaucoup de déférence, il lui demanda :

— Majesté, oserais-je vous demander une grâce ?

Elle le considéra avec étonnement. Pour sa vie spirituelle, la reine avait un premier aumônier (Richelieu avait en son temps tenu ce rôle), plusieurs aumôniers ordinaires, quatre confesseurs et dix chapelains servis par six clercs. Le père Thomas Barey n'était qu'un de ses nombreux chapelains et il ne s'était jamais adressé ainsi à elle.

Elle lui sourit, malgré elle :

— Je vous écoute, mon père.

Elle fit signe à Mme de Motteville de rester.

— Majesté, je suis confus, honteux même, de m'adresser ainsi à vous. Il m'est passé tant d'incertitudes dans la gorge avant de me décider à agir ainsi... Seulement, ce n'est pas pour moi, c'est pour une de mes paroissiennes...

Il se tut un instant, comme hésitant, aussi lui fit-elle signe de continuer.

— C'est une veuve fort honorable qui est au service d'un marchand de métaux précieux. Elle se nomme Mme Collombe du Deffant. Son maître a disparu depuis presque deux ans. Malgré ses recherches, et celles de la police, on a perdu sa trace.

La reine hocha du chef. L'homme s'était sans doute enfui avec son magot, songea-t-elle.

— Je sais ce que vous pensez, Majesté, sourit tristement le chapelain. C'est aussi ce que je me suis dit. Mais voici ce qui s'est passé six mois après la disparition de son maître. C'était il y a un an. Ma paroissienne fut enlevée en voiture comme une larronnesse puis conduite de force au Palais-Royal. Là, elle fut menée auprès d'un homme se disant notaire qui lui demanda, non pas où était son maître, mais où il cachait son argent. Elle déclara l'ignorer et l'homme, accompagné de deux sbires, la battit sauvagement.

— La battit ? s'insurgea la reine avec un mouvement de recul. Dans le Palais-Royal ? Impossible !

— C'est pourtant vrai, Majesté, puis ils la transportèrent de nuit, évanouie, dans une maison où elle fut enfermée durant vingt-deux jours dans une cave. Chaque matin, l'homme du Palais-Royal venait la voir, lui demandait où était l'argent et la faisait battre. Il la laissa presque sans eau, sans nourriture et sans linge. Il la menaça même de la faire pendre ! Ignorant tout, elle ne pouvait parler et elle fut finalement jetée dans une rue.

— Qui est cet homme ? s'enquit la reine, à la fois surprise et ulcérée.

— Elle l'ignore, Majesté, mais elle pourrait le reconnaître. D'ailleurs, à quelque temps de là, le même, d'après la description qu'on lui en a faite, a approché sa fille et lui a promis trois cents livres si elle convainquait sa mère de lui dire où son maître cachait son argent.

— C'est une étrange et effroyable affaire, fit la reine en regardant Mme de Motteville qui paraissait aussi horrifiée qu'elle.

— En effet, Majesté. J'ai promis mon aide à cette femme, mais maintenant je ne sais que faire.

La reine resta silencieuse un long moment.

— Que faisait exactement son maître ? demanda-t-elle.

— Il se nomme M. Hache. Il achète et vend des métaux précieux qu'il fait venir d'Amérique pour des orfèvres. Il sert aussi de banquier en honorant des lettres de change. D'après Mme Collombe du Deffant, il avait des ennuis financiers. Un orfèvre ne lui ayant pas payé un chargement d'argent, il avait dû refuser d'honorer plusieurs lettres de crédit et il avait été mis en faillite. Mais c'est un homme d'une grande moralité qui s'était engagé à tout rembourser, si on lui laissait le temps, seulement il a disparu.

De nouveau la reine songea à une fuite. Elle resta silencieuse. Elle n'avait aucun pouvoir pour intervenir et n'allait certainement pas parler de cela à son fils. Surtout en ce moment. C'est alors qu'elle pensa à celui qu'elle avait surnommé le *Fidèle*. Il résoudrait facilement ce mystère, d'autant qu'il s'occupait de la police.

— Françoise, fit-elle à Mme de Motteville, je vais vous dicter une lettre pour M. Le Tellier.

# 2

À peine la Fronde terminée, Michel Le Tellier avait acquis avec sa femme, Elisabeth Turpin, pour la somme de cent vingt mille livres, deux maisons mitoyennes. Situées rue des Francs-Bourgeois, elles appartenaient au prieuré de Sainte-Catherine du Val-des-Ecoliers. Les corps de logis, agrandis et embellis, étaient devenus l'Hôtel Le Tellier. Le ministre y logeait non seulement sa famille, dont son fils François Michel[1] qui venait de reprendre une partie de ses attributions et qui avait obtenu la survivance de sa charge, mais aussi ses bureaux et les commis du secrétariat à la Guerre.

C'est qu'en dix ans, sous la direction de Michel Le Tellier, les attributions du secrétaire d'État à la Guerre avaient pris une extension considérable. Le ministère rassemblait désormais les affaires militaires, la maréchaussée, une partie de la police, les fortifications et la marine, sans compter les affaires des provinces qui lui étaient affectées[2]. Cette réorganisation et ce développement

1. Futur marquis de Louvois.
2. Chacun des quatre secrétariats d'État avait en charge un ensemble de provinces.

étaient bien sûr dus à la personnalité du ministre, excellent organisateur et homme d'une rare fidélité, même s'il avait paru un temps hésitant durant la Fronde.

Après la mort du cardinal Mazarin, Michel Le Tellier avait été confirmé dans sa charge par le roi et il faisait désormais partie des trois membres du conseil d'en haut, avec M. Fouquet et M. de Lionne.

À la suite de son entrevue avec la reine et du courrier qu'elle avait envoyé, le père Thomas Barey fut convoqué par le ministre quelques jours plus tard.

Michel Le Tellier le reçut debout, pour lui faire comprendre qu'il était pressé.

— Mon père, Sa Majesté, la reine, m'a demandé de vous recevoir et de vous écouter avec attention, mais je n'ai pas beaucoup de temps à vous consacrer. Je dois rejoindre mon fils afin de préparer un mémoire pour le conseil d'en haut de ce matin, et j'ai encore beaucoup à faire en tant qu'exécuteur testamentaire de Mgr Mazarin, tant ses affaires sont embrouillées, expliqua le secrétaire d'État en le recevant avec un sourire courtois, mais sans chaleur.

Le père Thomas Barey raconta à nouveau les mésaventures de sa paroissienne et de son maître. Le récit ne passionna absolument pas le ministre qui avait d'autres chats à fouetter et dont l'esprit était surtout préoccupé par le conseil qui allait se tenir un peu plus tard. Le roi marquait de plus en plus de défiance envers M. Fouquet, le surintendant des Finances. Le Tellier sentait que le conseil serait sous peu remanié. En ferait-il encore partie ? C'était sa seule préoccupation, aussi, les mésaventures d'un marchand de métaux en faillite ne l'intéressaient pas, et le père Barey le comprit parfaitement.

— Je vais répéter ce que vous venez de me dire à mon fils qui suit les affaires de police, promit le ministre quand le chapelain eut terminé. Il en parlera aujourd'hui même à M. d'Aubray et à M. Tardieu, les lieutenants civil et criminel.

— Je vous remercie, monsieur, mais je crois que M. d'Aubray est déjà informé de cette histoire. L'un de ses commissaires a même fait une enquête. Il a interrogé Mme Collombe du Deffant et l'a conduite au Palais-Royal pour lui faire reconnaître les lieux. Elle a retrouvé la petite salle où on l'avait enfermée au dernier étage de l'ancien Hôtel d'Angennes, un cabinet d'étage mitoyen au vieux donjon et habituellement inoccupé.

— Dans ces conditions, je ne sais pas ce que je pourrais faire de plus...

En écartant les bras, Michel Le Tellier laissa sa phrase en suspens.

Mais devant l'expression consternée du chapelain, il se ravisa. Il ne pouvait pas se débarrasser ainsi de cet importun. S'il agissait ainsi, la reine serait mécontente. Ce visiteur était son chapelain et elle protégeait toujours les gens de sa maison. Il en savait quelque chose ! En 1651, après qu'il eut donné ordre d'arrêter le prince de Condé à la demande de la Cour, celui-ci avait juré sa perte, et à sa libération, Condé avait exigé son renvoi. Mazarin l'aurait abandonné sans état d'âme si Anne d'Autriche ne l'avait pas défendu.

Il devait tout à la reine, donc il lui fallait agir. Par fidélité.

Mais d'un autre côté, intervenir signifiait en informer le roi. Sa Majesté le lui avait bien expliqué, il y a quelques jours : *Je vous ordonne de ne rien faire sans mon commandement.*

Comment justifierait-il auprès de lui son intérêt pour une histoire aussi ridicule ? Sans compter qu'il n'avait aucune idée sur la manière de retrouver ce Hache. Non seulement sa charge était en jeu, mais aussi celle de son fils. Il soupira, ne sachant que décider.

Voyant le ministre indécis, le chapelain se frottait les mains nerveusement. Il ouvrit la bouche comme pour dire un mot, puis se ravisa. Ce manège attira l'attention de M. Le Tellier.

— Vous avez autre chose à me dire, mon père ?

— Je... je vous demande humblement pardon, monsieur, je n'osais vous en parler. Mme du Deffant m'a aussi raconté qu'un épicier, qui avait été emprisonné il y a quelques mois à la Bastille, y aurait rencontré M. Hache...

— Quoi ?

— C'était il y a près d'un an. Cet homme épicier attendait d'être interrogé quand on a conduit un détenu en guenilles dans la pièce où il se trouvait. Celui-ci lui aurait dit s'appeler Hache et être enfermé dans un cachot humide depuis des mois. On devait le changer de cellule et il l'a supplié de prévenir Mme du Deffant.

— Et alors ?

— Elle s'est rendue à la Bastille dès qu'elle l'a su, mais on lui a dit qu'il n'y avait pas d'Antoine Hache dans la prison.

— Bien sûr qu'il n'y en a pas ! s'emporta Le Tellier. Je connais les noms de tous les prisonniers. D'ailleurs, nous allons vérifier !

Il sonna un cordon et un commis entra :

— Pierre, apportez-moi la liste des gens embastillés.

Le commis devait travailler dans un cabinet mitoyen, car il revint aussitôt avec un mémoire de quelques feuilles. Le ministre le prit et le parcourut des yeux.

— Ce document m'est envoyé chaque semaine par M. le marquis de Besmaus, le gouverneur de la Bastille, expliqua-t-il. Regardez-le !

Il le lui tendit.

— Vous le voyez, il n'y a aucun Hache. Et il y en aurait un, je le saurais. Croyez-vous qu'on puisse mettre quelqu'un là-bas et que je l'ignore ?

Le chapelain se recroquevilla sous la colère de Le Tellier. Celui-ci était encore plus contrarié par ce qu'il venait d'entendre. Qu'est ce que c'était que cet embrouillamini ! Vraiment, cette affaire ne pouvait pas plus mal tomber !

Soudain, il pensa à Louis Fronsac. La dernière fois qu'il avait vu le marquis de Vivonne, c'était à Vincennes, dans la sainte chapelle, devant le lit de mort du cardinal. Oui, M. Fronsac était certainement le seul capable de démêler tout ça ! La reine, qui l'estimait fort, serait satisfaite que ce soit lui qui règle ce problème, et Fronsac était si discret que le roi n'en saurait jamais rien.

— J'ai une proposition à vous faire, mon père. Il y a un homme dans le royaume qui peut retrouver votre bourgeois. Il se nomme Louis Fronsac, marquis de Vivonne. Il a souvent travaillé pour moi et pour Mgr Mazarin. C'est un homme très habile, très perspicace, qui a le raisonnement fort juste et un étonnant esprit de géométrie. À partir de quelques faits sans intérêt apparent, il découvre à coup sûr ce qui se cache derrière. Quand il vient à Paris, il habite rue des Blancs-Manteaux, dans une impasse en face de *La Grande Nonnain qui ferre l'Oie*. Je vais vous confier une lettre pour lui et je joindrai à mon courrier la lettre de la reine. Il trouvera votre Hache et élucidera ce mystère.

— Mais comment un homme seul pourrait-il être plus efficace que toute votre police, monsieur ?

— Vous dites cela parce que vous ne le connaissez pas, mon père, sourit Le Tellier. Si un jour, Sa Majesté disparaissait, ce diable d'homme serait bien le seul capable de la retrouver[1] !

---

1. Voir, du même auteur, *L'enlèvement de Louis XIV*.

# 3

Louis Fronsac avait appris la mort du cardinal le 11 mars. C'était son ami, le procureur du roi Gaston de Tilly, qui était venu la lui annoncer à son château de Mercy, près de Chantilly. Il s'était immédiatement rendu à Paris pour les obsèques de Son Éminence.

En ce début de juin, il était revenu dans la capitale, car le curé de l'église des Blancs-Manteaux lui avait fait savoir par un courrier qu'une messe serait dite pour le repos éternel de Mgr Mazarin, au troisième mois anniversaire de sa mort, au 9 de ce mois donc. Tous les notables de la paroisse seraient présents et Louis ne pouvait manquer d'y être.

Durant l'office, à côté de son épouse Julie et de son garde du corps, Friedrich Bauer, qui pour l'occasion avait laissé son espadon de lansquenet pour une épée de Cour, Louis Fronsac avait songé que si cette messe était utile pour le salut de l'âme du défunt, elle resterait insuffisante. C'est que Mazarin avait trompé tant de monde pour arriver à ses fins ! *Ne sois pas avare des faveurs qui ne te coûtent rien* ! répétait-il avec cynisme. Longtemps, cela avait été pour la grandeur et l'unité de la France, mais depuis quelques années, ce n'était que pour s'enrichir. *L'homme est bête sans argent*, disait-il, de plus en plus souvent.

La veille, alors que Louis achetait la Gazette à un colporteur, celui-ci lui avait glissé ce placet :

> *Par ses ruses il dupa la France,*
> *Il eût éternisé son sort,*
> *Si par finesse ou par finance,*
> *Il avait pu duper la mort !*

Les Parisiens n'étaient nullement peinés de la mort de Mazarin et ce ne serait pas eux qui prieraient pour son âme ! Il est vrai que le cardinal était déjà oublié et que désormais, c'est vers le jeune roi, et son épouse, que se portait l'intérêt du peuple. Chacun espérait un meilleur sort, moins d'impôts, plus de liberté, la fin des guerres et des disettes. La prospérité, enfin.

Louis était moins optimiste. Il avait deviné que la douce période de liberté de la Régence était terminée. D'après les courtisans qu'il avait rencontrés à Vincennes, lorsqu'il était allé s'agenouiller devant la dépouille de Mazarin, le jeune roi allait diriger le pays d'une main de fer.

Certes le cardinal n'avait pas toujours agi avec discernement durant la Fronde, mais il était parvenu à réconcilier les Français avec leur roi sans provoquer un bain de sang, tout au moins à cause de lui. Et si le pays avait été ruiné avec la guerre civile, c'était plus à cause des frondeurs que par sa politique. Durant ces dernières années, il avait rapproché les anciens adversaires et transformé la France, devenue le premier royaume de la Chrétienté. Même si celui qui s'était le plus enrichi, c'était lui !

En sortant de l'église, Louis et Julie, son épouse, restèrent un moment sur le parvis. La chaleur était accablante en cette fin d'après-midi. Nombre de paroissiens, d'officiers et de bourgeois vinrent saluer le marquis de Vivonne et échanger quelques mots avec lui. Julie s'était éloignée avec Mme Cornuel et Mme de Sévigné, toujours aussi séduisante. Toutes les femmes secouaient leur zéphyr[1] et paraissaient peu pressées de rejoindre leur chaise à porteurs dans laquelle elles étoufferaient. Le marquis allait retrouver son épouse quand il remarqua le manège d'un religieux d'une quarantaine d'années qui, tout en parlant avec le curé, n'arrêtait pas de lui jeter des regards furtifs.

Ce prêtre était le chapelain Thomas Barey. Muni de la lettre de M. Le Tellier, il s'était présenté quelques jours plus tôt chez Louis Fronsac, rue des Blancs-Manteaux, mais là un domestique lui avait dit que le marquis était dans sa seigneurie à Mercy. Par chance, il savait que son maître viendrait à Paris le 9 juin pour la messe anniversaire de la mort de Son Éminence, aussi le père Barey était-il venu à l'office où on lui avait désigné Louis Fronsac.

En sortant, il avait pourtant demandé confirmation au curé. Se pouvait-il que ce bourgeois de cinquante ans en habit sombre, sans épée et apparemment sans laquais soit le marquis de Vivonne ? Était-il possible que cet homme, dont M. Le Tellier paraissait tellement admiratif, s'habillât d'un simple pourpoint en drap de Hollande, avec comme seul apparat des petits rubans noirs noués aux poignets de sa chemise

---

1. L'éventail.

blanche, quand tous les gentilshommes devant l'église affichaient des pourpoints brodés à longues basques, avec de larges hauts-de-chausses ornés à profusion de rubans multicolores, et quand leurs femmes arboraient des *modestes*[1] trop impudiques sur des *friponnes*[2] qui portaient malheureusement bien leur nom (mais il est vrai qu'il faisait chaud !) ?

Et qui était ce géant suisse, ou allemand, aux cheveux et à la barbe grise attachée en grosses tresses, qui se tenait à son côté, affichant un regard mauvais ?

Ayant sans doute obtenu des réponses satisfaisantes, le religieux s'approcha finalement de l'homme en habit sombre qui avait rejoint Mme Cornuel.

— Je m'appelle Thomas Barey, M. le marquis, se présenta-t-il. Je suis l'un des chapelains de Sa Majesté la reine.

— Vous vouliez me parler, mon père ? lui demanda Louis dans un sourire amical.

— Oui, monsieur. C'est M. Le Tellier qui m'a conseillé de m'adresser à vous. Il m'a d'ailleurs remis une lettre pour vous.

Il lui tendit le pli en précisant, après une hésitation :

— J'ai d'abord parlé à la reine, c'est elle qui m'a renvoyé vers M. Le Tellier. Il y a une lettre de Sa Majesté avec celle de M. Le Tellier.

— J'habite près d'ici, mon père, proposa Louis, en s'éloignant de quelques pas, car il avait vu que Mme Cornuel, réputée pour sa curiosité, ses bons mots et sa médisance, ne perdait rien de leur dia-

1. Robes de dessus.
2. Robes de dessous.

logue. Restez avec moi, je vais marcher un peu, pendant que mon épouse rentrera en chaise.

Il prit les documents que lui donnait le chapelain et les glissa dans une poche de son pourpoint avant de faire un signe à son épouse Julie, ainsi qu'aux deux porteurs qui attendaient près de l'église (les *mulets baptisés*, comme on les nommait dans les salons). Marie Gauthier, la femme de chambre de Julie, était avec eux et aiderait sa maîtresse à s'installer dans la chaise, avant de la suivre à pied.

— Mon ami, je vous retrouve chez nous ? lui demanda Julie en s'approchant.

Elle avait deviné que le religieux voulait parler discrètement avec son mari.

— Oui, ma mie.

— Essayez de ne pas trop crotter vos vêtements, lui conseilla-t-elle dans un sourire prévenant.

Heureusement, il n'avait pas plu depuis plusieurs jours et le sol restait sec, souillé seulement d'excréments d'animaux. Louis hocha la tête et se retourna vers le chapelain :

— En chemin, racontez-moi donc ce qui vous préoccupe, mon père.

Le prêtre s'inclina et commença son récit tandis que Friedrich Bauer passait devant eux en faisant écarter les passants et les animaux qui auraient pu les gêner. Avec sa taille de sept pieds et son poids de trois cents livres, personne ne lui disputait le passage.

Alors qu'ils arrivaient à l'impasse où se trouvait la porte de la maison des Fronsac, Louis arracha d'un mur un placard cloué sur un colombage et le montra au chapelain, avec une grimace moqueuse. Le texte en était :

*Ci-gît l'Éminence deuxième*
*Dieu nous garde de la troisième !*

— Décidément, les Parisiens ne respectent rien ! fit-il. Je leur souhaite pourtant de ne pas avoir à regretter Mgr Mazarin.

Après quoi, il poursuivit :

— C'est une histoire incroyable que la vôtre. Mme Collombe du Deffant pourrait me décrire cet homme qui l'a battue au Palais Royal ?

— Certainement, monsieur. Je vous ai écrit sur cette feuille son adresse, ainsi que la mienne.

— Voulez-vous monter un instant ? Je peux vous proposer un verre de vin d'Auteuil, proposa Louis, en prenant le papier.

— Je crois avoir déjà abusé de votre temps, M. le marquis. Je vous ai dit tout ce que je savais. Je vais prier maintenant pour que vous retrouviez M. Hache.

# 4

Gédéon Tallemant, seigneur des Réaux, avait cinq ans de moins que Louis. Son oncle et son père, ancien maire de La Rochelle, avaient créé l'une des plus grosses banques protestantes du royaume. Elle était pour l'heure dirigée par Pierre Tallemant de Boisneau, son demi-frère, et Gédéon en était un des associés et actionnaires. Mais la finance ne l'intéressait guère, il préférait fréquenter les salons où, l'oreille aux aguets, il collectait anecdotes, historiettes et confidences, s'intéressant surtout aux dérèglements des gens de la Cour ou de la bourgeoisie. Tallemant notait tout ce qu'on lui rapportait sur des feuillets avec l'intention de les publier un jour.

Mais pour une fois, ce n'était pas pour sa connaissance des médisances de la Cour que Louis allait le voir. Il voulait parler au financier et banquier. Que savait-il sur ce M. Hache, mystérieusement disparu ?

Gédéon habitait avec sa femme Elisabeth une jolie maison au Pré-aux-Clercs, à l'extrémité du faubourg Saint-Germain, dans la paroisse Saint-Sulpice. Il reçut Louis dans sa chambre où il travaillait à la fois à ses historiettes et à la relecture des contrats d'adjudication des fermes auxquels la banque soumissionnait.

— Je connais effectivement, de nom, Antoine Hache, et je suis au courant de sa disparition. C'est mon frère qui m'en a parlé, car M. Hache travaillait beaucoup avec des négociants de La Rochelle. Il nous faisait d'ailleurs concurrence, là-bas.

— Comment ça ?

— Tu sais que notre principal comptoir est La Rochelle et que nous travaillons surtout avec les armateurs. Hache, lui, achetait uniquement des lingots d'argent qui arrivaient par navire. Il les faisait transporter à Paris pour les revendre à des orfèvres. Mais pour éviter des transports de fonds, il faisait le banquier, comme nous. Il payait ses lingots avec la recette que lui confiaient les receveurs des tailles, de la gabelle ou des aides, à qui il remettait en échange des lettres de crédit à payer chez lui à Paris. Entre-temps, il avait vendu ses lingots à des orfèvres parisiens.

— Je comprends. Sa faillite pourrait donc s'expliquer par un orfèvre qui ne l'aurait pas payé à temps, ce qui aurait entraîné le refus d'une de ses lettres de crédit ?

— Exactement. Mais il ne s'agit pas vraiment d'une faillite, juste d'un retard de paiement. Hache possède des biens et des rentes, à ce qu'on m'a dit, et il est parfaitement solvable. Le problème est qu'il a disparu et que ses créanciers ne savent plus vers qui se tourner.

— Pourrait-il être en fuite ?

— Difficile à admettre. Il est considéré comme très honnête dans notre profession. Par ailleurs, et selon mon frère, ses actifs pourraient parfaitement couvrir ses dettes, et ils n'ont pas été liquidés.

— Et si c'était un de ses créanciers qui l'avait fait disparaître ?

— Pour quelle raison ? Ce ne serait pas son intérêt. Dans de telles affaires, il vaut mieux trouver un accommodement, ou aller en justice. Il y a d'ailleurs plusieurs poursuites intentées au parlement contre Hache, mais toutes sont suspendues, puisqu'il a disparu.

Gédéon se tut un instant en se rongeant un ongle, et Louis devina qu'il hésitait à lui dire quelque chose.

— Qu'y a-t-il d'autre ? demanda Fronsac au bout de quelques secondes.

— Diantre ! Tu t'engages sur un chemin difficile, Louis. Es-tu certain de vouloir t'intéresser à cette histoire ?

— M. Le Tellier me l'a demandé, Gédéon, j'ai toujours eu de l'estime pour lui, et derrière lui, il y a la reine. Je t'ai déjà raconté qu'à douze ans, quand j'étais au collège, je l'aimais déjà[1] autant que ma mère. Ce n'est pas maintenant que je vais hésiter à répondre à leur appel.

— Soit ! Te souviens-tu de M. Colbert ?

— Certes, l'homme qui aime les couleuvres[2] ! sourit Louis. Je crois qu'il a quitté le service de M. Le Tellier pour celui de Mgr Mazarin, il y a quelques années.

— En effet, il est depuis dix ans intendant des affaires et maisons de Son Éminence. Ou plus exactement, il l'était puisque le cardinal est mort.

_____

1. Voir, du même auteur, *Les Ferrets de la Reine*.
2. Colbert racontait que son nom était une déformation de *coluber*, la couleuvre en latin. Louis Fronsac avait croisé Colbert dans une enquête sur un vol de dépêches. Voir du même auteur, *La conjecture de Fermat*.

Mais il reste son exécuteur testamentaire, avec Le Tellier, d'ailleurs. À dire vrai, sur son lit de mort Mgr Mazarin a obtenu pour lui une ultime faveur : une commission d'intendant des finances surnuméraire.

— Il travaillera donc désormais avec M. Fouquet ?

— Sans doute, bien qu'il le haïsse. Je crois même qu'il veut sa place.

— La place de surintendant des finances ? s'étonna Louis. Mais Colbert n'est qu'un petit commis de banque, puis de notaire, devenu commissaire des guerres chez Le Tellier. Pour qui se prend-il ?

— Il a grimpé, Louis. Comme M. Fouquet, qui lui aussi se demande jusqu'où il montera. Il a acheté un petit office de secrétaire du roi qui pourra l'anoblir en vingt ans, mais surtout il s'est enrichi, au service de Mazarin. Beaucoup enrichi. Il a obtenu la charge de secrétaire des commandements de la reine Marie-Thérèse qu'il vient de revendre plus de cinq cent mille livres. Il a aussi acheté la baronnie de Seignelay qui permettra un jour à ses enfants d'entrer dans la noblesse. Au bas mot, j'estime sa fortune à un million et demi de livres.

— Peste ! Comment est-ce possible ?

— C'est un mystère ! répondit Gédéon, un doigt sur la bouche. La couleuvre semble intervenir dans de bien louches affaires, mais toujours discrètement, en utilisant des prête-noms. En outre, il dépense peu, logeant même chez le cardinal sans débourser un sou ! Sais-tu qu'il déclare partout : « J'ai, grâce à Dieu, du bien pour vivre comme un homme de ma condition et peu d'envie d'en avoir davantage. »

Louis sourit devant l'air patelin de Gédéon qui récitait cette profession de foi les yeux mi-clos.

— Mais quel rapport y a-t-il entre M. Colbert et M. Hache ?

— J'y viens, Louis, j'y viens. Je crois qu'au début, Colbert et le cardinal ne se sont guère entendus. Mazarin le trouvait arrogant et ce dernier déclarait qu'il n'avait aucune estime pour Son Éminence. Mais chacun a dû trouver son compte à la présence de l'autre puisqu'ils ne se sont plus quittés. Colbert y a gagné des avantages financiers considérables, comme je viens de te le dire, et Mazarin un administrateur efficace de sa fortune.

Il s'interrompit un instant, sachant que Fronsac n'aimerait guère ce qu'il souhaitait lui dire.

— Tu sais à quel point Mazarin a changé depuis que la Fronde est terminée ?

Louis hocha tristement la tête. Il savait.

Le *Colmarduccio*[1] habile auquel il avait prêté allégeance à l'époque de la conspiration de Cinq-Mars, l'homme d'État immense attaché à défendre le royaume contre tous ceux qui voulaient le dépecer, le redoutable tacticien qui avait sauvé le pays durant la guerre civile, celui qui avait réussi à imposer la paix en Europe tout en agrandissant la France, cet homme-là avait cédé la place à un vieillard rapace et prédateur qui ne cherchait plus qu'à s'enrichir.

Voyant que son ami acceptait d'entendre la vérité, Gédéon poursuivit :

— Depuis des années, le cardinal a multiplié les opérations tortueuses et les montages financiers

---

1. Surnom que la marquise avait donné quelques années auparavant à Giulio Mazarini.

les plus sulfureux pour s'enrichir, et engraisser sa famille. Aucun trafic ne lui était étranger. Il était à la fois administrateur de duchés, de comtés, d'abbayes (plus d'une vingtaine) mais aussi munitionnaire des armées, armateur, gouverneur de quantité de villes – dont La Rochelle – et, sous différentes identités, il avait des parts dans quantité d'opérations d'affermage. Il avait donc bien besoin d'un administrateur sérieux. Très vite, il a laissé les coudées franches à Colbert et ils ont pu tous deux profiter du même vice : la cupidité.

— Mgr Mazarin jouerait-il aussi un rôle dans cette histoire ? s'inquiéta Louis, à qui il n'avait pas échappé que Gédéon venait de mentionner La Rochelle.

— En effet, Mgr Mazarin était, je te l'ai dit, gouverneur de La Rochelle et il en avait affermé les impôts.

— Je croyais que ta banque était adjudicataire de toutes les fermes de la ville ? sourit Louis.

— Nenni ! Nous autres banquiers sommes de plus en plus souvent concurrencés par les Grands qui jouent à la banque, se lamenta Tallemant. Sais-tu que bien qu'il nous soit interdit par les lois du royaume de prêter à l'Épargne en deçà du denier 18[1], Mazarin ou Fouquet prêtent, eux, au denier 10 en maquillant leurs contrats ? Pour en revenir à la ferme des tailles de La Rochelle, Mazarin en était l'adjudicataire, comme il l'était pour celle des gabelles du Languedoc. Et certainement pour bien d'autres sous des prête-noms. La reine elle-même ne se cache plus pour jouer à ce jeu puisqu'elle est actionnaire de la ferme des gabelles de Normandie.

---

1. 5,5 %.

À cette époque, le recouvrement des impôts était affermé, c'est-à-dire que le conseil des finances attribuait à des particuliers, ou à des syndicats de financiers qu'on nommait des partis, la collecte d'un impôt donné pour une circonscription précise.

Ces gens-là, des receveurs des finances, des banquiers, de riches particuliers, ou des prête-noms de grandes fortunes du royaume, achetaient aux enchères le droit de percevoir les impôts directs ou indirects. Pour ce faire, ils signaient des traités et étaient ainsi appelés traitants, ou partisans. Leur contrat consistait à verser d'avance à l'Épargne[1] le montant de l'adjudication, puis à recouvrer eux-mêmes les impôts affermés moyennant une remise qui leur était attribuée. Cette remise était décidée par le conseil des finances ; si elle était importante, c'était un moyen d'enrichissement rapide. Ainsi Mazarin, mais aussi Nicolas Fouquet, le surintendant des finances, accordaient les plus grosses remises aux syndicats dont ils étaient secrètement chef de file ! À ces gains s'ajoutait la possibilité de faire un second bénéfice si l'impôt à collecter avait été sous-évalué.

De telles opérations étaient tellement lucratives – quand on bénéficiait d'une forte remise – que les plus riches du royaume prenaient des parts dans les grands syndicats d'affermage. Ainsi ceux-là même qui déterminaient le montant des impôts faisaient fortune en le collectant !

---

1. Les trésoriers de l'Épargne et les autres caisses ordinaires et extraordinaires encaissaient les revenus, alors que la surintendance était ordonnateur des dépenses.

— Le receveur des tailles de La Rochelle, homme de Colbert, ou de Mazarin si tu préfères, poursuivit Gédéon Tallemant, confiait donc ses recettes à l'agent de M. Hache qui payait ainsi ses lingots. En échange, le receveur se voyait remettre des lettres de crédit que M. Hache payait ensuite à Paris au trésorier de Colbert.

— Les tailles de La Rochelle rapportent gros ?

— Pas plus qu'ailleurs, mais la remise est substantielle, et Mazarin a là-bas un receveur d'une rare brutalité qui se nomme Ange Duchanin. Il possède sa propre police pour faire payer les récalcitrants et, avec lui, la rapacité de Son Éminence était parfaitement assouvie. La ferme rapportait bien plus que son adjudication.

— Et c'est Colbert qui s'occupait de tout ça ?

— Non, je te l'ai dit, M. Colbert est maintenant trop important. Il a des trésoriers. Celui qui s'occupe des tailles de La Rochelle se nomme M. Antoine Picon. Je ne le connais pas, mais je sais qu'il est à Mazarin depuis quinze ans et qu'il travaille désormais avec Colbert. Picon a été nommé sur la liste testamentaire de Son Éminence. Tandis que certains des collaborateurs du cardinal ont obtenu une gratification financière, ou des biens, lui a reçu une charge de gentilhomme du roi.

Louis resta silencieux un instant. Ainsi M. Colbert croisait encore sa route. Pouvait-il avoir un rapport avec la disparition de Hache et l'enlèvement de sa gouvernante ? Il avait rencontré plusieurs fois cet homme froid et asocial dont ses ennemis disaient qu'il était aussi venimeux qu'une vipère.

Louis médita un moment avant de déclarer :

— Rien ne prouve pourtant que M. Colbert soit pour quelque chose dans la disparition de

M. Hache. Il y a d'autres possibilités. Sa famille, par exemple... un de ses proches qui voudrait s'approprier ses biens. Ou bien un orfèvre de ses clients qui ne voulait pas le payer.

— Sans doute. Il a d'ailleurs un frère barbier chirurgien que tu pourrais interroger... Mais je voudrais revenir à M. Picon.

« On dit qu'il était chargé de la correspondance secrète du cardinal. Qu'il avait sa signature, tout comme M. Toussaint Rose[1], bien qu'il n'ait eu le droit de l'utiliser que pour les affaires financières.

« Il se murmure aussi, dans le milieu des financiers, qu'il y a deux ans, M. Colbert aurait chargé M. Picon de la rédaction d'un mémoire sur les opérations financières de M. Fouquet. Ce mémoire, présenté comme un projet de restauration des finances de l'État et destiné à Mgr Mazarin, aurait été accablant pour le surintendant des finances. Mais notre ministre avait trop besoin de M. Fouquet pour lui faire rendre sa charge. Qui d'autre que Fouquet pouvait lui fournir dix millions du jour au lendemain ? Seulement, M. Fouquet, qui a une bonne police, a su que M. Colbert complotait contre lui. Et maintenant, les deux hommes sont face à face, avec le roi pour arbitre. En cas d'affrontement, je ne donne pas M. Colbert gagnant, et je me demande même si la disparition de M. Hache ne pourrait pas précipiter sa chute. Tout ceci pour te conseiller la plus grande prudence. Tu n'as aucun intérêt à te mêler à cette querelle.

— Comment sais-tu tout ça ? demanda Louis, intrigué.

_____

1. Marquis de Coye, principal secrétaire du cardinal Mazarin.

— Tu connais mon demi-frère, Boisneau. Il a tellement fait grossir la banque Tallemant qu'elle est devenue considérable. Mais pour ce faire, il a abandonné bien des principes de mon père, et je le regrette. Disons qu'il a été habile, il s'est placé dans le sillage de Mgr Mazarin. Depuis quelque temps, il manigance quantité de spéculations avec M. Colbert. Il m'en parle parfois, et leur amitié m'inquiète. C'est lui qui m'a raconté ce que je viens de te dire.

— Merci pour toutes ces informations, fit Louis en se levant. Une fois de plus, tu es de bon conseil. Je vais d'abord tenter d'en savoir plus sur la disparition de cet homme, avant de vérifier s'il est vraiment à la Bastille. Mais, rassure-toi, je ne chercherai pas à approcher Colbert.

# 5

Conduit par Nicolas, son cocher, et en compagnie de Bauer, Louis se rendit chez Mme Collombe du Deffant qui habitait toujours une pièce dans la maison de M. Hache. Elle lui répéta à peu près tout ce qu'il avait déjà appris, lui confirma que son maître était en rapport avec M. Duchanin et M. Picon – qu'elle ne connaissait pas, mais dont elle avait vu des lettres en rangeant les papiers de M. Hache. Elle lui fit une description extrêmement précise de celui qui l'avait battue : un homme au front haut et dégarni, éternellement souriant, même lorsqu'il l'avait giflée. Il avait un nez aquilin et une fossette au menton, une longue moustache et des cheveux clairsemés.

Elle se souvenait surtout de son sourire ironique et cruel alors que l'un de ses sbires lui administrait les étrivières dont elle gardait encore les traces.

Elle lui donna aussi l'adresse du frère de son maître, Jean-Baptiste, qui habitait rue Saint-Martin.

Jean-Baptiste Hache était étuviste barbier chirurgien, rue Saint-Martin. Il reçut Louis dans un minuscule cabinet derrière ses étuves. Après que M. Fronsac lui eut expliqué qu'il recherchait son frère, l'étuviste lui expliqua :

— J'ai peu de relations avec lui. Nous ne sommes pas du même monde, il est beaucoup plus riche que moi et nous ne nous voyons guère, sinon une ou deux fois par an et pour la messe anniversaire de la mort de notre père. C'est par sa gouvernante que j'ai appris sa disparition et sa mise en faillite. Je sais pourtant qu'il possède encore beaucoup de biens, mais qu'ils ont été mis sous scellés par le parlement. Une audience est prévue dans un mois pour décider ou non de la vente de plusieurs de ses maisons. J'ai chargé un procureur de suivre le procès pour moi, mais je doute qu'il me reste quelque chose.

— Pensez-vous qu'il se soit enfui pour échapper à la faillite ?

— Certainement pas ! Mon frère a beaucoup de défauts, dont sa rapacité, mais c'est un homme de parole qui n'a jamais fui les difficultés. De toute façon, je crois savoir où il est.

— Que ne me le disiez-vous ! s'exclama Louis.

L'autre secoua la tête :

— Cela ne vous servira à rien, monsieur. Mais voici ce que je sais : l'année dernière, j'ai eu la visite d'un M. Paulard. C'est un banquier avec lequel mon frère travaille. M. Paulard avait été conduit à la Bastille où il a été chargé de faire signer à mon frère un billet de soixante et dix mille livres à payer au nom d'un M. Duchanin pour une dette qu'il aurait eue. M. Paulard a rencontré mon frère dans une cellule et ne l'a pas reconnu. Amaigri, vieilli, vêtu de hardes puantes, il pouvait à peine tenir debout. Mon frère a refusé, mais sur l'insistance de M. Paulard et la promesse de sa libération, il a finalement accepté de parapher un billet de quatre mille livres correspondant à sa véritable dette envers M. Duchanin. Seulement, au bout de quelques jours, mon frère n'ayant pas été libéré, M. Paulard est retourné à la Bastille où il ne put entrer. Il est donc allé voir M. Duchanin qui n'a pas souhaité le rencontrer bien qu'il eût encaissé la somme. C'est la raison pour laquelle M. Paulard était venu me voir, ayant l'impression d'avoir été dupé et d'avoir trompé mon frère.

— Connaissez-vous ce M. Duchanin ? lui demanda Louis.

— Non, monsieur.

— Vous me dites que votre frère était maltraité à la Bastille ?

— Oui, monsieur. Il a dit à M. Paulard qu'on l'avait enfermé dans un cachot plus bas que le niveau de la Seine, non chauffé et fort humide, sans linge depuis vingt mois et qu'il vit au milieu de ses excréments. Qu'on l'avait battu ; on lui avait brisé un doigt. Il était même estropié et ne pouvait marcher qu'avec une aide.

« Quand j'ai su cela, affolé, je me suis aussitôt rendu à la Bastille pour tenter de le voir mais on ne m'a pas laissé entrer. J'ai demandé au procureur qui s'occupe de mon affaire de s'informer auprès du gouverneur et on lui a répondu qu'il n'y avait aucun prisonnier du nom de Hache dans la Bastille !

Qu'y avait-il de vrai dans tout cela ? s'interrogeait Louis. Ce M. Duchanin existait bien, puisque Tallemant lui avait parlé de ce receveur des tailles de La Rochelle. Mais même avec le soutien de Colbert, avait-il le pouvoir de mettre un homme au secret à la Bastille ? C'était une prérogative royale. Et Louis doutait qu'une telle infamie vienne de Mazarin. Celui-ci était cupide, certes, mais il avait toujours privilégié les arrangements financiers et il détestait faire souffrir inutilement.

Pourtant, Mme du Deffant avait bien confirmé qu'un épicier embastillé, il y avait quelques mois, avait aussi rencontré M. Hache dans la prison. Il n'y avait donc guère de doute, M. Hache y était au secret. Mais comment y était-il entré ?

— Avez-vous une idée de la façon dont votre frère a disparu ? On ne s'évanouit pas ainsi !

— Oui, monsieur. Mon frère avait des affaires avec le président de Nesmond[1] qui habite rue Christine et, comme il avait de fortes douleurs dans le dos, le président lui avait conseillé son renoueur[2]. Le jour de sa disparition, le président les avait tous deux conviés chez lui pour qu'ils se rencontrent. Mais mon frère n'est jamais venu au rendez-vous. J'ai su cela par le président de Nesmond qui cherchait à avoir des nouvelles de mon frère. J'ai alors retrouvé le renoueur en question, qui habite rue de l'Arbre-Sec, pour l'interroger. Il se nomme Jacques Luillier. Le jour du rendez-vous, comme il se dirigeait vers l'Hôtel du président, il m'a dit avoir vu un carrosse près de la porte de Bussy et un homme en noir que cinq ou six individus faisaient monter de force à l'intérieur. Il a pensé que c'était mon frère.

— C'est tout ?

— Il ne savait rien de plus, monsieur.

---

1. François Théodore de Nesmond, président à mortier au parlement.
2. Qui fait profession de remettre les membres disloqués, c'est-à-dire un rebouteur.

# 6

Louis demanda à Nicolas de le conduire rue de l'Arbre-Sec. Le renoueur qui avait plus de soixante-dix ans le reçut dans sa minuscule chambre où il soignait les membres et les contusions de ses clients. Il en avait le droit, expliqua-t-il à Louis dans un sourire édenté, car il avait un office de renoueur du roi qu'il avait payé fort cher !

Louis lui expliqua qu'il recherchait M. Hache. Le vieil homme lui raconta ce qu'il avait vu, c'est-à-dire pas grand-chose. Un homme en noir qui se débattait contre cinq ou six bonhommes et que l'on faisait monter de force dans un carrosse. C'était peut-être M. Hache, il ne pouvait l'affirmer puisqu'il ne le connaissait pas. Il en avait parlé au président de Nesmond qui s'était moqué de lui en lui assurant qu'on n'enlevait pas ainsi les gens de bien dans les rues. Mais le renoueur confia pourtant à Fronsac un détail supplémentaire. Quand ce carrosse était passé devant lui, les rideaux en étaient tirés et il n'avait rien vu à l'intérieur. Mais c'était un carrosse de louage qu'il avait revu depuis, deux ou trois fois, en se rendant chez le président de Nesmond pour le soigner. Il s'était renseigné. La voiture appartenait à un M. Nicolas Pasquier, cocher de louage, qui demeurait porte de Bussy, chez un nommé Touchant, maître d'armes.

Louis le remercia et lui glissa un écu sol avant de demander à Nicolas de le conduire porte de Bussy.

Nicolas Pasquier avait la cinquantaine. Il possédait une grosse voiture qu'il louait et conduisait à la demande. Il se souvenait très bien de cet enlèvement qui l'avait beaucoup marqué.

Ce jour-là, deux hommes étaient venus lui louer sa voiture pour la journée. Ils devaient se rendre porte Saint-Antoine en passant par le Pont-Neuf. Mais là, on lui avait dit d'arrêter son carrosse et cinq hommes à la figure sinistre, vêtus comme des exempts du Châtelet, étaient montés. Ensuite, on lui avait ordonné de se diriger vers la rue Christine. Là, les nouveaux passagers étaient descendus pour se dissimuler sous plusieurs portes cochères. Tandis qu'il attendait, il les avait vus suivre un homme et, au moment où celui-ci arrivait près de son carrosse, l'individu avait été attrapé et jeté à l'intérieur. L'un des ravisseurs était alors monté sur le siège avant avec lui et lui avait ordonné de se rendre à la Bastille. Il avait refusé, car il y avait lutte dans son carrosse et il ne voulait pas être complice d'un enlèvement, mais l'homme lui avait assuré qu'il était exempt au service du lieutenant civil.

Louis lui demanda de décrire ceux qui avaient loué le carrosse. L'un des deux était un homme de haute taille d'une quarantaine d'années, au front haut avec un nez aquilin et une fossette au menton, il portait une longue moustache et paraissait éternellement souriant.

# 7

Décidément, toutes les pistes conduisaient à la Bastille, se dit Louis en le quittant. La porte de Bussy n'étant pas loin de la rue Hautefeuille et vêpres venant juste de sonner à l'abbaye de Saint-Germain, il demanda à Nicolas de le conduire chez son ami, le procureur Gaston de Tilly. À cette heure, il devrait le trouver chez lui.

Louis Fronsac ne l'avait pas vu depuis qu'il était à Paris et, à ce point de son enquête, Gaston serait de bon conseil.

Procureur à la prévôté de l'Hôtel du roi, Gaston avait travaillé sous les ordres du chancelier Pierre Séguier, puis sous ceux de Mathieu Molé lorsque celui-ci était devenu garde des Sceaux. La prévôté de l'Hôtel du roi était la juridiction chargée de la sécurité et de la police de la Cour et Gaston y traitait les affaires judiciaires mettant en cause les personnalités de l'État ou de la cour. En même temps, il avait été longtemps maître des requêtes par commission au conseil des parties, puis conseiller d'État, toujours par commission. Autrement dit, le seul office qu'il avait acheté était celui de procureur et il n'avait qu'un brevet temporaire pour ses autres charges. Pourtant, il avait les moyens de s'acheter un office de conseiller d'État, mais il envisageait désormais de ne plus travailler et de ne vivre que de ses terres et de ses rentes. C'est en tout cas ce qu'il répétait à Louis chaque fois qu'il le voyait.

Rue Hautefeuille, Gaston habitait une maison reconnaissable par son échauguette d'angle. Louis le trouva chez lui, en train de lire *La Muse historique* avec Armande, sa charmante épouse. Gaston ignorait que son ami était à Paris et voulut le garder à souper mais Louis s'excusa de ne pouvoir rester, car Julie l'attendait. Il lui promit cependant de revenir avant la fin de la semaine. Ensuite, il lui expliqua qu'il avait besoin de conseils et lui raconta la disparition de Hache.

Quand il eut terminé, Gaston lui assura qu'il avait déjà connu plusieurs fois ce genre d'affaire :

— Ton Hache a tout simplement été enlevé puis enfermé avec une lettre de cachet signée du roi.

— Mais Le Tellier assure qu'il n'est pas sur les listes des prisonniers...

— Cela arrive plus souvent qu'on le croit. La lettre de cachet ne fait généralement que quelques lignes, toujours les mêmes. C'est quelque chose qui ressemble à cela :

*Monsieur de Besmaus,*

*Mon intention est que le nommé... soit conduit en mon château de la Bastille, je vous écris cette lettre pour vous dire que vous ayez à l'y recevoir lorsqu'il y sera amené et à l'y garder et retenir jusqu'à nouvel ordre de ma part.*

« Une seconde lettre, généralement du secrétaire d'État de la maison du roi, précise ensuite les conditions de détention. Dans certains cas, cette lettre ordonne que le prisonnier soit mis au secret et alors il n'apparaîtra sur aucun rôle de la prison.

— Je suppose que même une action judiciaire ne peut permettre sa libération ?

— En aucune façon ! La lettre de cachet est une manifestation de la justice personnelle du souverain. Elle est sans appel et il peut même être interdit qu'on en parle. Ce n'est pas pour rien que, durant la Fronde, les parlementaires revendiquaient la suppression de telles lettres d'enfermement !

Louis hocha la tête.

— Il ne me reste donc qu'à informer M. Le Tellier, et la reine, de la présence de M. Hache à la Bastille, puisqu'ils semblent l'ignorer. Ce sera à eux d'en parler au roi, fit-il.

— Il te faut tout de même t'assurer qu'il est bien toujours là-bas.

— Comment puis-je faire ?

— Il y a un moyen fort simple que j'ai déjà utilisé. La messe de la chapelle de la Bastille est toujours dite par un moine des Carmes. Tous les prisonniers, même ceux au secret, peuvent y assister, s'ils le désirent. Rends-toi à la maison des Carmes de la place Maubert et renseigne-toi sur le moine qui sert l'office. Avec un peu de chance, il aura parlé à Hache, car le seul droit que gardent les prisonniers est celui de se confesser.

— Mais cela ne m'indiquera pas qui a fait enfermer Hache à la Bastille, ni pourquoi. Ce n'est pourtant pas une prison pour dette...

— Ce ne peut-être que Mazarin qui l'a décidé. Je te l'ai dit.

— Ce n'est pas dans sa nature, fit Louis en secouant la tête. Je l'aurais compris pour un ennemi politique, mais pas pour un banquier qui n'a pas honoré une lettre de crédit. D'ailleurs, qu'aurait-il espéré en mettant cet homme au secret et en le maltraitant ainsi ?

Il se tut un instant avant de demander :

— Le roi est jeune, rédige-t-il lui-même les lettres de cachet ?

— Non, bien sûr. En général, elles sont écrites par son secrétaire, avec un espace en blanc pour le nom du prisonnier. Le roi ne fait que signer.

— Le nom du prisonnier n'est pas toujours renseigné ?

— Souvent, en effet. Ainsi Mazarin disposait d'un certain nombre de lettres de cachet vierges.

— Quelqu'un aurait pu en utiliser une sans qu'il le sache…

— Certainement pas ! Ou alors quelqu'un qui aurait eu toute sa confiance. N'oublie pas la seconde lettre précisant les conditions de détention. C'est cette personne de confiance qui a dû l'écrire.

Louis hocha à nouveau la tête et pensa à M. Toussaint Rose, le premier secrétaire de Mazarin qu'il connaissait bien. Rose aurait pu facilement imiter l'écriture et la signature du roi, songea-t-il. Mais Tallemant lui avait dit qu'un autre secrétaire de Mazarin était dans ce cas.

Le lendemain, à prime, accompagné de Bauer, Louis Fronsac se rendit place Maubert. Le carrosse s'arrêta rue des Carmes où se trouvait l'entrée du couvent. Le marquis de Vivonne fut reçu par le prieur et demanda à pouvoir parler au père qui servait la chapelle de la Bastille. Par chance, le prieur avait un frère aux minimes et il savait que Louis Fronsac leur avait plusieurs fois rendu des services. Il accepta donc, sous réserve d'assister à l'entretien. Il conduisit son visiteur dans l'immense cloître qui jouxtait l'église et lui demanda d'attendre un moment. Lorsqu'il revint, il était accompagné d'un Carme qu'il présenta comme le frère Nicolas de Soulas.

Le religieux avait la cinquantaine et un visage aimable sous sa tonsure. Louis lui expliqua d'abord qui il était, puis pourquoi il s'intéressait à M. Hache. Il lui montra ensuite, ainsi qu'au prieur, la lettre que la reine avait écrite à M. Le Tellier.

Mis en confiance, le Carme expliqua qu'il se souvenait parfaitement d'Antoine Hache qui venait parfois à la messe de sept heures, celle à laquelle n'assistaient que les prisonniers placés au secret. On le tirait alors d'une basse-fosse et il restait encadré par deux gardiens. En confession, il lui avait juré être victime d'une injustice et s'était plaint des mauvais traitements qu'il subissait. On l'avait battu, estropié, parce qu'il refusait de signer des lettres de crédit antidatées, et il était abandonné dans un cachot souvent inondé, sans chauffage, sans linge, au milieu de ses excréments.

Le frère Nicolas de Soulas l'avait pris en pitié. Il assura à Fronsac en avoir parlé au lieutenant de la Bastille, mais celui-ci lui avait répondu que c'étaient les ordres qu'il avait reçus.

En sortant du couvent, et après une longue réflexion, Louis demanda à Nicolas de le conduire à la Bastille.

Le marquis de Besmaus de Monlezun avait été le capitaine des gardes du cardinal Mazarin. Celui-ci, voulant le récompenser de sa fidélité durant la Fronde, lui avait donné la charge de gouverneur de la Bastille, moyennant tout de même un prix de quatre-vingt-dix mille livres que Besmaus récupérait sur la pension de ses prisonniers.

Louis l'avait rencontré durant la Fronde et l'estimait pour sa loyauté envers le cardinal. Il pensait que le gouverneur partageait ce sentiment envers lui. Besmaus, dans sa jeunesse, avait été aux gardes avec M. de Baatz, son ami d'Artagnan, et même si celui-ci se moquait souvent des airs de grandeur du gouverneur, Fronsac savait que Besmaus était homme d'honneur. Par ailleurs, Louis était déjà souvent venu à la prison et les officiers le connaissaient. Pour toutes ces raisons, il pensait donc pouvoir être facilement reçu et obtenir quelques informations utiles avant de rendre à M. Le Tellier un mémoire sur la disparition de Hache.

La Bastille n'avait qu'une entrée. De la rue Saint-Antoine, juste avant les fortifications, partait un passage qui conduisait à une cour entourée des appartements du personnel de la prison. De là, un pont-levis avec une porte de chêne et une grille de poutres de bois permettait d'entrer dans la forteresse.

Ayant dit à l'officier du corps de garde qu'il souhaitait voir le gouverneur, Louis Fronsac fut conduit dans le grand bâtiment central qui divisait la Bastille en deux. C'est dans celui-ci que logeait l'état-major de la prison, c'est-à-dire le gouverneur, son lieutenant, un major des gardes, un capitaine des portes (qui commandait les guichetiers) et enfin un chirurgien.

M. de Besmaus le reçut sans le faire attendre dans une salle sombre et glaciale, malgré l'éprouvante chaleur qu'il faisait à l'extérieur. Nous l'avons dit, le gouverneur connaissait les appuis dont disposait le marquis de Vivonne à la Cour, il savait qu'il était à Mazarin, ce qui était aussi son cas. Même si les fidélités allaient se dénouer et se distribuer autrement après la disparition du ministre, il considérait Fronsac comme un homme de son parti. Il n'ignorait pas, enfin, que son visiteur était un ami de d'Artagnan, son vieux compagnon aux gardes.

Louis Fronsac lui présenta tout d'abord sa sympathie après la mort du cardinal.

— J'accompagnais Sa Majesté, M. Fronsac, ainsi que M. de Brienne, quand il nous a quittés. Savez-vous que je n'ai pu me retenir de pleurer devant le roi ? Sa Majesté a pleuré, elle aussi.

— Je l'ignorais, M. de Besmaus, mais je sais que Mgr Mazarin avait beaucoup d'amitié envers vous.

— C'était un bon maître, monsieur, malgré ses défauts. Par bonheur, le roi m'a assuré qu'il me garderait à son service.

Ils échangèrent ensuite quelques mots sur d'Artagnan et sur sa fortune, maintenant qu'il était au plus près du roi[1], puis Louis lui expliqua la raison de sa visite :

— M. de Besmaus, je recherche un homme, un banquier, du nom de M. Hache qui a disparu depuis des mois. Je me suis renseigné et il apparaît qu'il serait enfermé ici, au secret, dans une basse-fosse.

Besmaus resta silencieux, les yeux un peu dans le vague. Visiblement, il ne s'attendait pas à cette question et elle ne lui plaisait guère. Au bout d'un instant, il fit une grimace.

— Avez-vous une lettre, M. Fronsac ?

— Non, mais je peux en avoir une de M. Le Tellier. En revanche, M. le secrétaire d'État m'a déjà fait savoir qu'il n'y avait aucun Hache parmi les prisonniers de la Bastille.

— Monsieur, reprit le gouverneur dans une lente élocution, comme s'il choisissait ses mots

---

1. Voir, du même auteur, *L'enlèvement de Louis XIV*.

avec soin, les hommes enfermés ici le sont sur ordre de Sa Majesté. Pour certains, il y a une décision du conseil et leur nom figure sur des listes, pour d'autres, non. Ceux-là, personne ne doit savoir qu'ils sont à la Bastille. Pour chacun, j'ai des instructions écrites fort précises. Je suis désolé, mais je ne puis rien vous dire d'autre sur M. Hache. Je suis votre obligé.

Il se leva, faisant comprendre que l'entretien était terminé.

Louis se leva aussi :

— J'ai trop d'estime pour vous, M. de Besmaus, pour vous mettre en fâcheuse situation. Aussi, si vous le pouvez, répondez-moi seulement d'un hochement de tête. M. Hache a-t-il été conduit ici par un homme qui avait une lettre de cachet signée par le roi ?

Besmaus opina lentement.

— La lettre était-elle accompagnée d'instructions signées par Mgr Mazarin ?

Besmaus opina encore.

— Et ces instructions précisaient-elles, outre le fait que M. Hache devait être au secret, que chacun ici devait obéir en toute chose à M. Antoine Picon, trésorier de Son Éminence, pour tout ce qui concernait M. Hache ?

Besmaus hocha à nouveau la tête.

— Maintenant que Son Éminence est morte, M. de Besmaus, qui saura que M. Hache est prisonnier ici ?

— Personne ! ironisa le gouverneur, sauf M. Picon. Mais il est fréquent que des prisonniers soient oubliés. À leur mort, on les enterre au carré Saint-Paul.

# 8

Jean-Baptiste Colbert occupait un logement et des bureaux rue Neuve-des-Petits-Champs, dans une annexe du Palais-Royal. Louis Fronsac n'avait aucune envie de le rencontrer, pourtant il s'y présenta le lendemain avec son habit le plus simple, et non accompagné ; Bauer et Nicolas l'attendaient dehors, dans le carrosse. Il expliqua au concierge être notaire et souhaiter rencontrer M. Picon.

Le concierge appela un laquais qui, par une galerie, le conduisit jusqu'à un minuscule cabinet. Après avoir gratté à la porte et annoncé le visiteur, le laquais le fit entrer.

Un homme de haute taille, d'une quarantaine d'années, au front haut et dégarni, leva des yeux souriants dans sa direction. Il avait une fossette au menton.

— M. Picon ? s'enquit poliment Louis Fronsac en jouant au notaire qu'il avait été. Je suis maître Francis, notaire de M. Antoine Hache.

Le sourire s'effaça.

— Je suis en effet M. Picon, trésorier de France, que désirez-vous ? Je n'ai guère de temps...

— Il s'agit d'une affaire confidentielle, monsieur.

— Asseyez-vous !

— J'ai été contacté par un autre de mes clients, M. Paulard, qui a rencontré M. Hache... à la Bastille.

L'autre resta impassible.

— Après une longue réflexion, M. Hache a fait parvenir un mot à M. Paulard. Dans celui-ci, il me donnait son accord pour remettre à M. Duchanin les soixante et dix mille livres demandées.

— Enfin ! sourit Picon. Avez-vous ce billet ici ?

— M. Hache sera-t-il libéré aussitôt après que je vous l'aurai remis, monsieur ?

— Vous avez ma parole !

Fronsac resta silencieux et renoua machinalement l'un des rubans noirs qui serrait le poignet gauche de sa chemise. Quand il eut refait la ganse, il changea son discours :

— Monsieur, je me nomme en vérité Louis Fronsac, marquis de Vivonne. Vous avez peut-être entendu parler de moi. La reine et M. Le Tellier m'ont demandé d'enquêter sur l'emprisonnement abusif de M. Hache. Je voulais être certain que vous en étiez le responsable.

Un instant, toute expression disparut du visage d'Antoine Picon, avant que son regard ne trahisse la surprise, puis la colère.

— Vous allez faire libérer M. Hache sur le champ, poursuivit Fronsac.

— M. Hache est une canaille, monsieur, martela alors lentement le trésorier qui, à l'évidence, avait repris le contrôle de lui-même. Il sortira quand il aura payé ses dettes.

— M. Hache a été emprisonné avec une lettre de cachet abusive, monsieur, et accompagnée d'une lettre de Mgr Mazarin dont vous aviez imité l'écriture et la signature. Vous risquez la roue pour en avoir fait usage.

Picon se leva brusquement, rouge de courroux.

— Prenez garde, monsieur ! Je pourrais vous briser pour cette insolence !

— Vous m'estimez trop, monsieur, sourit Louis, en vérifiant cette fois le ruban du poignet droit, comme s'il était indifférent à la colère du trésorier.

— Pensez-vous vraiment m'impressionner, monsieur ? s'enquit alors Picon d'un ton plus calme, mais venimeux. Pour qui vous prenez-vous ? Quoi que vous racontiez, je nierai ! Personne ne témoignera jamais contre moi ! Vous n'avez aucun témoin, et si vous en aviez, je les achèterais ou les ferais disparaître ! Qui vous croira ? La lettre de cachet ordonnant la mise au secret de M. Hache est signée de la main de Mgr Mazarin, un point c'est tout ! Mgr Mazarin est mort, et les morts ne parlent pas.

— Un homme me croira, M. Picon, et cela suffira pour votre ruine, sourit Louis. Vous ignorez ce que je sais, or j'en sais beaucoup plus sur vous que vous ne l'imaginez. Je vais me rendre sur l'heure chez M. le surintendant Fouquet dont j'ai l'honneur de bien connaître le frère, M. l'abbé Basile[1], pour lui raconter que M. Colbert abuse de sa charge en utilisant des lettres de cachet du roi frauduleusement subtilisées à Mgr Mazarin. M. Fouquet ira voir Sa Majesté et lui démontrera aisément que vous n'êtes que des maltôtiers et des aigrefins. Il n'y aura peut-être pas de preuve, mais le doute sera tel que la carrière de M. Colbert s'arrêtera. La vôtre aussi.

---

1. Voir « La lettre volée », dans *L'homme aux rubans noirs*, du même auteur.

Il se tut un instant et sourit en considérant le visage brusquement décomposé de son interlocuteur, puis il se leva.

— Je vous salue, M. le trésorier, préparez votre défense avec MM. Duchanin et Colbert, vous en aurez besoin.

— Attendez ! Il doit y avoir un moyen de s'entendre, proposa Picon, en faisant un pas vers lui. Je ne suis pour rien dans cet emprisonnement, c'est M. Duchanin le seul coupable...

— Je ne recherche aucun marché avec vous, M. Picon, répliqua Fronsac en secouant la tête. J'ignore vos griefs, et ceux de M. Duchanin, envers M. Hache, lesquels sont peut-être justifiés. Mais je déteste ceux qui utilisent les moyens de l'État pour faire avancer leurs affaires, et je n'accepte pas qu'on enferme un homme au secret pour en tirer une rançon. Faites libérer M. Hache dès demain. Ensuite, si vous avez grief contre lui, et s'il en a contre vous, qu'il y ait procès, et que le parlement tranche votre différend.

— C'est impossible, monsieur ! La libération de M. Hache ne pourrait se faire qu'avec une autre lettre de cachet, déclara Picon avec un sourire contraint... mais il y a d'autres arrangements possibles...

— Je vous laisse vingt-quatre heures, monsieur, dit Louis, en se dirigeant vers la porte.

# 9

Une heure plus tard, M. Picon était dans le cabinet de travail de Jean-Baptiste Colbert. Le nouvel intendant des finances écouta son trésorier sans l'interrompre, et sans aucune autre expression sur son visage que son air maussade habituel. À peine ne put-il retenir une grimace quand M. Picon parla de M. Fronsac.

Quand le trésorier eut terminé, Colbert déclara d'un ton parfaitement égal en joignant l'extrémité de ses doigts :

— Vous auriez dû faire disparaître M. Hache dès que vous avez vu qu'il résistait trop. Le garder vingt-deux mois dans un cul de basse-fosse en pensant que personne ne l'apprendrait était une erreur.

— J'espérais qu'il signe les reconnaissances de dettes que je lui présentais régulièrement, monsieur. Il y en avait tout de même pour soixante et dix mille livres et, ces temps-ci, il était dans un tel état de faiblesse que j'étais presque certain d'y parvenir.

Il précisa :

— De toute façon, nous étions convenus qu'il ne sortirait jamais de la Bastille.

— Certes, mais je risque gros, maintenant. M. Fouquet n'attend qu'une occasion pour s'attaquer à moi alors que le roi m'a appris hier qu'il lui ferait rendre sa charge avant la fin de l'été. Si Sa Majesté découvre que j'ai utilisé une lettre de cachet sans le lui dire, je suis bon pour la Bastille à mon tour, et vous aussi. Fouquet triomphera et j'aurais perdu vingt ans de travail, si je ne finis pas aux galères ou sur l'échafaud ! M. Fronsac connaît bien ma faiblesse... je me demande comment il a pu apprendre tout ça...

— Vous pourriez dire que c'est Son Éminence qui est responsable, monsieur, et tout rejeter sur Duchanin.

— Sans doute, mais je ne dois pas attendre pour le faire, sinon le roi me reprochera de ne pas en avoir parlé à M. Le Tellier à la mort du cardinal, et je perdrai sa confiance. Je suis tout de même exécuteur testamentaire.

Il grimaça.

— Ce M. Fronsac est un rude jouteur. J'ai déjà croisé sa route, une fois. Je vais aller trouver M. Le Tellier pour lui dire que je viens de découvrir que Mgr Mazarin avait fait enfermer M. Hache au secret à la Bastille et suggérer qu'on le libère.

— Mais M. Hache va parler et se retourner contre moi, monsieur, s'affola Picon. C'est moi qui l'ai interrogé à la Bastille et qui ai fait pression sur lui pour qu'il signe ces lettres de crédit. Et il sait que je suis de votre maison, précisa-t-il, comme une menace.

— Vous n'avez rien fait de répréhensible, j'espère ?

— J'ai dû le bousculer un peu, monsieur.

— C'est-à-dire ?

— L'un des soldats qui était avec moi lui a brisé un doigt, un jour où il était trop insolent. Et un autre l'a battu. J'ai cru savoir qu'il était devenu impuissant à la suite de ça. Cet imbécile avait frappé trop fort. En outre, les gardiens l'avaient placé, sans que je le sache, au fond d'une fosse inondée où il est resté plusieurs semaines au milieu de ses excréments. Je crains qu'il ne puisse plus marcher avant longtemps, peut-être même qu'il reste invalide.

Tandis qu'il se justifiait ainsi, le visage de l'intendant des finances se fermait. Il n'ignorait rien des mauvais traitements que pouvait subir un prisonnier à la Bastille, mais là, les choses étaient allées trop loin.

— C'est fâcheux, dit-il, fort contrarié. Très fâcheux.

Picon resta silencieux, les yeux piteusement baissés.

— Je ne demanderai donc pas à M. Le Tellier de le libérer, mais plutôt de le faire transférer à la Conciergerie où il sera soigné dans une chambre à la pistole[1], décida Colbert après un temps de réflexion. Ainsi, M. Fronsac sera satisfait puisqu'il ne sera plus à la Bastille, et si M. Hache vous accuse, vous nierez tout et déclarerez que c'est à la Conciergerie qu'il a été maltraité. Au pire, vous mettrez tout sur le dos de M. Duchanin. Tant pis pour lui ! Vous poursuivrez ensuite M. Hache pour dettes et faillite, et il ne sortira pas de prison de sitôt. J'ai suffisamment d'amis au parlement pour le faire condamner aux galères.

Jean-Baptiste Colbert se rendit chez M. Le Tellier ce même jour. Il lui assura qu'il venait de découvrir, dans les papiers du cardinal, la copie d'une

---

1. Dans ces cellules, payantes, le prisonnier avait droit à un lit et à du linge.

lettre de cachet ordonnant l'emprisonnement à la Bastille, et au secret, d'un M. Hache. Il expliqua au ministre qu'à ses yeux ce banquier en faillite avait assez souffert et que, par compassion, il proposait son transfert à la Conciergerie.

Michel Le Tellier se renseigna auprès de M. de Besmaus qui confirma les faits[1]. Ainsi, grâce à la mansuétude de ce bon M. Colbert, il avait retrouvé le bourgeois disparu ! Il jugea alors, avec satisfaction, qu'il avait pleinement résolu l'affaire que la reine mère lui avait confiée, et ceci sans l'aide de M. Fronsac, dont il n'avait aucune nouvelle. Comme quoi, l'habileté du marquis de Vivonne était certainement surfaite, ou en tout cas moins grande que la sienne !

Antoine Hache fut libéré de la Bastille le 19 juin et transféré aussitôt à la Conciergerie. Ce même jour, Louis Fronsac avait reçu M. Picon qui lui avait annoncé la nouvelle, lui assurant ne pouvoir faire plus. Le marquis de Vivonne avait accepté cette solution, pressé qu'il était de rentrer à Mercy.

Mais le lendemain, le procureur Gaston de Tilly rencontrait à sa demande M. Séguier, le garde des Sceaux, et faisait libérer M. Hache qui était dans un état de santé préoccupant. Celui-ci déposa aussitôt une requête contre MM. Duchanin et Picon.

Dans celle-ci, M. Hache expliquait qu'il avait été arrêté, conduit à la Bastille, puis jeté dans un cul de basse-fosse durant vingt-deux mois. Qu'il avait été battu et enfermé dans des conditions inhumaines. Qu'il en était devenu invalide et impuissant suite aux violentes corrections qu'il

---

1. On dispose de la copie de cette lettre dans les archives du ministère.

avait reçues. Que durant son enfermement, à part ses geôliers, un prêtre, et son banquier M. Paulard, il n'avait vu que MM. Antoine Picon et Ange Duchanin, avec qui il était en relation d'affaires, et auxquels il devait quatre mille livres. Que ces deux hommes lui avaient dit ne le faire libérer que contre une rançon d'abord de quinze mille livres, puis de soixante et dix mille ; qu'ils lui avaient présenté plusieurs lettres de crédit qu'il avait refusé de signer.

La plainte ne fut pas instruite immédiatement, car Colbert faisait le siège des présidents de chambre pour qu'elle soit rejetée. Dans le même temps, les créanciers de Hache se manifestaient contre lui. De nouveau, il fut menacé de prison. Néanmoins, même estropié, Hache fut fort habile et, dans une nouvelle requête appuyée par le président de Nesmond, il mit seulement en cause M. Duchanin. Un conseiller au parlement, Pierre de Catinat, homme d'une rare intégrité, fut finalement chargé de l'instruction. Il rassembla les témoignages et jugea très vite disposer de suffisamment de témoins à charge contre M. Duchanin pour le faire arrêter. Il fit emprisonner le receveur des tailles de La Rochelle à la Conciergerie.

Son interrogatoire eut lieu le 15 septembre, dix jours après que Charles de Baatz, seigneur d'Artagnan, eut arrêté le surintendant des finances, Nicolas Fouquet, à la sortie du conseil. L'instruction fut accablante pour M. Duchanin qui assura pourtant que Hache lui devait en vérité vingt-cinq mille livres, mais ceci sans preuves. Lors de cet interrogatoire, Antoine Picon fut plusieurs fois cité et le trésorier de Mazarin fut donc à son tour convoqué par M. Catinat pour s'expliquer.

# 10

L'instruction devenait dangereuse pour M. Picon et s'approchait un peu trop de M. Colbert. Elle laissait paraître qu'ils avaient peut-être employé les moyens et l'autorité de l'État pour leurs affaires personnelles, et qu'ils avaient utilisé une lettre de cachet du roi. Mais avaient-ils agi de leur propre chef, en faisant un faux, ou sur ordre de Mgr Mazarin ? C'est ce que M. de Catinat voulait savoir.

Il ne fut pas possible pour le magistrat d'aller plus loin, notamment jusqu'au procès où trop de malversations auraient été déballées. Colbert, créature du cardinal, se posait en défenseur de la vertu et de l'honnêteté contre les prévaricateurs, et Picon ne pouvait être présenté comme l'aigrefin qu'il était. Il en savait trop et était intouchable, car c'était lui qui rassemblait – et qui fabriquait quand c'était nécessaire – les preuves contre le surintendant Fouquet qu'on venait juste d'arrêter. Interrogé dans une instruction criminelle, mis en cause peut-être, Colbert aurait perdu fortune et réputation, et le procès envisagé contre le surintendant des finances aurait tourné court.

Une transaction eut donc lieu, conduite par un notaire.

Pour qu'il se retire du procès, M. Hache exigea que MM. Picon et Duchanin soldent toutes ses dettes de banqueroute et que ses bourreaux lui remettent sans barguigner cent mille livres chacun à titre de dédommagement.

N'ayant pas le choix, ils acceptèrent et l'argent fut donné par Colbert, sur sa cassette. Aussitôt après, l'instruction fut arrêtée.

Antoine Hache ne récupéra pas la santé mais retrouva son honneur. Sitôt qu'on lui eut remis sa compensation, il fit parvenir mille livres au père Thomas Barey, en donna autant à sa gouvernante, et en fit porter dix mille à Louis Fronsac à qui il devait la liberté, et sans doute la vie.

Louis s'intéressait déjà à une autre affaire. En juillet, Pierre Tallemant de Boisneau était mort subitement et des centaines de déposants, pris d'une incompréhensible panique, avaient afflué aux guichets de la banque Tallemant pour récupérer leurs fonds. Mais au même moment, par la faute du responsable du comptoir de La Rochelle qui avait multiplié les opérations spéculatives, la banque s'était trouvée à cours de liquidités.

Il manquait quatre millions.

Fronsac mit quelques mois pour découvrir que toute l'opération était conduite en sous-main par des proches Jean-Baptiste Colbert à qui Boisneau avait fait trop de confidences !

Quant à Antoine Picon, il resta fidèlement au service de Colbert. Il devint conseiller d'État en 1663, et obtint plus tard un titre de vicomte. Il mourut riche et respecté, à la fin du siècle.

# Remarque de l'auteur

L'histoire d'Antoine Hache, enlevé et enfermé secrètement dans un cul de basse-fosse de la Bastille par Ange Duchanin, receveur des tailles, et Antoine Picon, trésorier de Mazarin, pour lui extorquer sa fortune est authentique et relatée dans les archives de la Bastille. On n'en connaît pas la conclusion mais il semble bien qu'il n'y eut aucun procès. Antoine Picon était intouchable et Jean Baptiste Colbert avait tout fait pour arrêter la procédure, l'affaire ayant éclaté entre la mort du cardinal et l'arrestation de Fouquet. Néanmoins, sans Louis Fronsac, Hache serait certainement mort dans son cachot.

# LE FORGERON
# ET LE GALÉRIEN

# 1

Dans la cour du château de Mercy, Louis Fronsac s'apprêtait à monter à cheval quand retentit le roulement d'une voiture arrivant par le chemin venant de l'Ysieux. Il était un peu plus de huit heures. Le temps était froid et de gros nuages noircissaient dans le ciel.

Michel Hardoin, le maître charpentier et régisseur du domaine de Mercy, était déjà sur sa monture. Il tourna une tête inquiète vers la grille de la cour tout en plissant le front, tandis que Friedrich Bauer, qui attendait Nicolas, le cocher, pour conduire les enfants de son maître à l'abbaye de Royaumont, grimpait rapidement les marches du perron conduisant à la grande salle de Mercy pour chercher des armes. La Fronde des Princes était terminée et Paris pacifié depuis quelques mois[1], mais, dans les campagnes, rôdaient encore des franches compagnies de brigands et de déserteurs qui rançonnaient, pillaient et saccageaient les fermes isolées.

---

1. Le roi était solennellement revenu dans Paris le 21 octobre 1652. Le cardinal de Retz avait été arrêté en décembre et Mazarin avait été rappelé le 3 février. Le prince de Condé, chef des frondeurs, était en fuite.

Louis Fronsac, marquis de Vivonne et seigneur de Mercy, était moins alarmé que l'ancien ordonnance de l'état-major de Condé. Depuis quatre ans, début de la guerre civile, Bauer avait placé des sentinelles au bout des chemins conduisant au château et l'une d'elles les aurait prévenus s'il y avait eu danger. Il attendit pourtant de savoir qui arrivait avant de monter en selle. Quant à Michel Hardoin, il fit avancer sa monture jusqu'à la grande grille de la cour, ouverte en ce début de matinée de mars, prêt à empêcher le passage d'un intrus non désiré.

Quelques garçons d'écurie, des serviteurs et une servante, qui vaquaient à leurs occupations, s'approchèrent aussi de la grille, empreints de curiosité mêlée d'inquiétude. Des visites en voiture attelée avant neuf heures étaient rarissimes en cette saison. Antoinette Hubert, l'ancienne gardienne du domaine qui avait dépassé les soixante et dix ans (elle ignorait la date exacte de sa naissance) sortit des cuisines avec un gros panier d'épluchures pour les poules de la ferme. Elle s'y rendait tous les matins à la même heure, quel que soit le temps.

Cela ne pouvait être Gaston qui arrivait ainsi en voiture, il était bien trop tôt, songea Louis en pensant à son vieil ami, procureur du roi à la prévôté de l'Hôtel et conseiller d'État par brevet, qui habitait à Paris.

Il fut distrait par Bauer qui ressortait avec son canon à feu et l'espadon de lansquenet de son père. Le géant bavarois – Bauer était haut de plus de sept pieds et large d'au moins trois – tenait aussi dans leur fourreau d'acier deux schiavones à large lame rainurée et à la garde en forme de panier.

Il en proposa une à son maître qui l'accrocha au pommeau de la selle de sa monture.

La tempête avait soufflé toute la nuit. Un vent si violent qu'il avait emporté quantité d'ardoises du toit et déraciné un grand nombre d'arbres. Dès les premières lueurs de l'aube, après être monté dans la charpente du château, Hardoin avait chargé deux ouvriers de remplacer les couvertures arrachées. Maintenant, avec son maître, ils allaient parcourir les bois pour constater l'étendue des dégâts. Ensuite, ils se rendraient au hameau de Mercy où certainement bien des toitures avaient dû s'envoler.

Après la crue de l'Ysieux des dernières semaines, après les années de guerre civile durant lesquelles le château avait été attaqué et assiégé par des bandes de mercenaires, après ces derniers hivers trop froids, cette nouvelle catastrophe ne pouvait pas plus mal tomber.

Quand le roi Louis XIII avait donné Mercy à Louis Fronsac, dix ans plus tôt, ce n'était qu'une ruine abandonnée depuis des lustres. Pourtant, le domaine comprenait cent cinquante arpents de bois giboyeux et presque autant de belles terres. En six ans, le marquis de Vivonne l'avait agrandi et mis en valeur, et au début de la guerre civile, la seigneurie rapportait douze mille livres, en tenant compte de l'exploitation des forêts et de l'étang, des péages du pont, de la scierie et du moulin.

Mais les quatre années de la Fronde l'avaient presque ruinée. Certes, le château, bien défendu, n'avait pas trop été atteint, mais le hameau de Mercy, en masures de torchis et de bois, avait été saccagé.

Il fallait maintenant reconstruire et cette tempête venait d'abattre une partie du travail déjà fait. Les quelques habitants qui restaient, découragés, risquaient fort de quitter la vallée pour s'installer à Luzarches, désormais si proche avec le nouveau pont de pierre.

Le martèlement des sabots et le roulement des essieux se rapprochaient. Déjà, on entendait le fouet du cocher qui poussait ses bêtes. Qui pouvait venir à cette heure et au grand galop ? Bauer avait tendu les mécanismes à rouet du canon à feu qu'il avait posé sur son épaule gauche. Le Bavarois n'était pas mécontent de cette arrivée impromptue. Trois fois par semaine, toujours à neuf heures, il conduisait Marie et Pierre, les enfants de son maître, à l'abbaye de Royaumont où un religieux leur apprenait les rudiments du latin et les éléments de calcul. Ce travail de nourrice, comme le disait l'ancien soldat, ne lui plaisait qu'à moitié même s'il savait que son maître lui confiait son bien le plus précieux et si Thérèse, la gouvernante des enfants qui l'accompagnait, était peu farouche et restait avec lui toute la journée. Certes, elle n'était pas aussi jolie que Marie Gautier, sa maîtresse à Paris, mais la capitale était loin et les hivers longs et froids.

— Attendez un instant, Mme Hubert, proposa Louis en arrêtant d'un geste la vieille femme. On ne sait jamais qui peut arriver...

— Après cette tempête, monsieur, il ne peut rien arriver de pire ! maugréa-t-elle en se serrant dans son vieux manteau élimé. Je n'ai jamais connu un vent pareil ! Et mon pauvre mari – Dieu ait son âme ! – ne m'a jamais parlé d'une tourmente aussi violente... Mais je ne peux pas attendre longtemps, monsieur, les poules doivent manger !

Enfin, ils aperçurent la voiture au bout du chemin. C'était un petit carrosse vert pomme tiré par deux chevaux pommelés. Louis reconnut l'attelage de son voisin, Mathieu Molé, seigneur de Champlâtreux, ancien premier président du parlement de Paris et à présent garde des Sceaux.

Le véhicule entra et s'arrêta dans la cour dans un grand fracas de sabots et de grincements d'essieux. Le valet, debout à l'arrière, sauta prestement au sol et se précipita à la portière qu'il ouvrit en dépliant le petit escalier.

À la surprise de Louis Fronsac, celui qui sortit du véhicule ne fut pas M. Molé, que les Parisiens surnommaient familièrement *Grosse barbe*, mais son fils Jean, seigneur de Champlâtreux et de Lassy.

Jean Molé avait été longtemps intendant de justice dans les armées du prince de Condé, mais durant la Fronde, comme son père, il était resté fidèle au roi et n'avait pas rejoint le prince rebelle. Maintenant conseiller d'État, il briguait une charge de président à mortier au parlement de Paris. Comme toujours, il était vêtu avec une grande élégance d'une chemise de soie blanche sous un pourpoint de velours et un manteau sombre.

Mais cette apparence soignée ne pouvait dissimuler le reste du personnage. D'une rare laideur avec un long visage aux joues creuses, aux yeux enfoncés, au menton fuyant, aux lèvres inexistantes et à la dentition incomplète, c'était un des plus vilains petits hommes qu'on puisse voir, comme l'assurait Gédéon Tallemant, un ami de Louis.

Pourtant, le plus déplaisant chez le fils du garde des Sceaux n'était pas son physique mais ses mœurs. Corrompu jusqu'au vice, libertin jusqu'à la violence, volage jusqu'au cynisme, il vivait sur la dot de sa femme qu'il ne venait voir que pour lui faire des enfants. De surcroît, il dépensait sans compter la fortune de ses maîtresses, car malgré sa laideur et son amoralité, il était fort estimé – et même recherché – par les femmes de la Cour, pour des raisons que la bienséance nous interdit de rapporter.

Lorsqu'il était intendant de justice du prince de Condé, actuellement en fuite et renégat, Champlâtreux acceptait facilement les missions les plus ignobles du prince, n'hésitant jamais à forcer la porte d'une abbaye ou d'une maison pour enlever une jolie femme. Pour lui, les filles n'étaient que des gourgandines qui adoraient être traitées comme des garces et des catins.

Sans apprécier ce viveur mécréant, Louis reconnaissait quelques qualités à Jean de Champlâtreux. Il faut dire qu'il l'avait connu alors qu'ils avaient tous deux forcé la porte du couvent de Saint-Antoine-des-Champs afin d'y libérer la fille de M. Molé, Anne-Gabrielle, enfermée dans un cachot par la supérieure pour avoir fauté avec un homme[1]. Ensuite, durant la *Fronderie*, comme Tallemant appelait la guerre civile, Fronsac l'avait plusieurs fois approché[2], observant sa loyauté à l'égard du roi et de la reine, et la hardiesse et la pugnacité dont il faisait preuve pour les causes auxquelles il s'attachait.

Inversement, si Champlâtreux avait peu d'amis, car rares étaient ceux qui l'estimaient, ou simplement qui lui faisaient confiance, il gardait une

1. Voir, du même auteur, *L'homme aux rubans noirs*.
2. Voir, du même auteur, *Le secret de l'enclos du Temple*.

profonde, et encombrante, affection à l'égard du marquis de Vivonne.

— Fronsac ! fit-il en attrapant Louis et en le serrant contre lui en une forte et sincère brassée. J'avais bien peur de ne pas vous trouver !

— J'allais partir, monsieur Molé, répliqua Louis en se dégageant. La tempête semble avoir fait de gros dégâts dans mes bois, et j'ai besoin de savoir où j'en suis.

— Chez moi aussi, Fronsac ! Le parc de mon père est dévasté. Mais tout ça peut attendre et ce n'est pas à cause de ce coup de vent que je me suis levé aux aurores et suis venu jusqu'ici. Pouvez-vous m'accorder quelques heures ?

Quelques heures ! songea Louis avec inquiétude. Il avait tant à faire !

Champlâtreux perçut son hésitation et poursuivit sur un ton où perçait la prière :

— C'est pour une bonne cause, ami Fronsac !

— Entrez, messire, lui proposa Louis avec un sourire contraint qui dissimulait à peine son désagrément.

Laissant Bauer et Hardoin dans la cour, il accompagna son visiteur après avoir fait signe à la servante de le rejoindre.

Dans la grande salle du château, Champlâtreux se dirigea vers la cheminée où se consumait une grosse souche. Louis Fronsac glissa quelques mots à la domestique pour qu'elle porte du vin avant de proposer à son visiteur un des nouveaux fauteuils achetés par Julie.

Louis prit une chaise caquetoire[1] tapissée de velours cramoisi et le silence s'installa un instant, ponctué seulement par les crépitements du feu.

—————————
1. Chaise basse sans bras.

Le fils du garde des Sceaux balayait du regard les murs lambrissés et les lourds rideaux de serge verte entourant les fenêtres.

— Vous avez dû être étonné de me voir dans la voiture de mon père, à cette heure-ci, dit-il finalement.

Louis hocha du chef.

— En vérité, je ne suis que de passage à Champlâtreux. Je dois rejoindre mon père à Paris ce soir. Si j'ai pris sa voiture, c'est parce qu'il me fallait rapidement venir vous trouver.

Il se tut un instant et prit un air concentré comme s'il cherchait les mots justes.

— Il y a eu crime à Luzarches, lâcha-t-il brusquement.

— Crime !

— Oui, le forgeron a été assassiné cette nuit.

— Basile La Fontaine ?

Louis faisait souvent appel à lui pour réparer les araires, les outils et les attelages. C'est La Fontaine qui avait forgé la grande grille.

— En effet. Le prévôt est venu me sortir du lit !

— Connaît-on l'assassin ?

— Non, bien sûr. Sans doute des truands de passage qui courent toujours. En revanche, on a arrêté un coupable...

— Je ne comprends pas...

— C'est pourtant simple. Vous connaissez Beaumont, le bailli de Luzarches, ou plus exactement le lieutenant du bailli de Senlis en charge de Luzarches.

— Bien sûr ! Un homme cassant et assez imbu de lui-même. Plutôt entêté.

— Vous êtes loin du compte, mon ami ! Ce triple sot est obstiné comme un mulet. Il a décidé que La Fontaine avait été tué par sa fille et l'a emprisonnée.

— Sa fille ? Thérèse ? s'étonna Fronsac.

Louis connaissait la fille du forgeron. Une brave femme d'une trentaine d'années, grassouillette, pas très vive et surtout réputée pour ses mœurs peu farouches. Elle travaillait à l'auberge du Coq Hardi où elle balayait la salle et nettoyait les plats.

— Oui, la belle Thérèse ! sourit Champlâtreux dans un rictus canaille. Beaumont est en train de recueillir des témoignages à charge pour l'envoyer à Senlis.

Senlis était le siège du bailliage dont dépendait Luzarches.

— Racontez-moi ce qui s'est passé, proposa Louis, attentif.

— À dire vrai, je n'en sais rien. La seule chose dont je sois sûr est que Thérèse n'a pas pu tuer son père ! Elle l'aimait et il la logeait, et puis La Fontaine était trois fois plus gros qu'elle. Comment aurait-elle pu lui défoncer le crâne ?

Louis opina. Il revoyait fort bien La Fontaine : un colosse de plus d'une toise, au moins aussi grand que Bauer, avec un ventre comme une barrique et des mains aussi grosses que des pelles. Au village, il était le seul capable de soulever l'énorme masse de fonte avec laquelle il forgeait les fers et tous ces objets indispensables pour travailler la terre. Sa fille, petite, douce, et toujours souriante, devait à peine lui arriver à l'épaule !

— Racontez-moi ce qui s'est passé... répéta-t-il.

— Deux individus sont arrivés à Luzarches hier, en fin d'après-midi. Ils se sont arrêtés à la forge pour faire replacer un fer. La Fontaine allait éteindre son feu. Thérèse cousait dans sa chambre à l'étage. Elle a entendu des éclats de voix. Pas vraiment une dispute, plutôt des gens parlant fort. Elle est descendue dans la forge. Son père paraissait pétrifié. À sa vue, l'un des deux visiteurs a demandé au forgeron :

« Qui est-ce ? »

« Ma fille, laissez-la ! » a-t-il répondu.

— Comment étaient ces hommes ? demanda Louis.

— Je l'ignore ! Je n'y étais pas ! gronda Champlâtreux. J'ai seulement écouté le témoignage de Thérèse. D'après elle, ils portaient la cinquantaine. Vêtus de hardes, mais montant de bons chevaux. Des gens noueux, robustes, pas des laboureurs, peut-être des soldats. L'un était barbu.

« Qui sont ces gens, père ? a-t-elle demandé.

— Des amis ! Va à ton travail à l'auberge et laisse-nous », lui aurait-il ordonné avec colère.

— Thérèse ne voulait pas s'éloigner mais son père l'a menacée et elle s'est exécutée. Elle est revenue vers huit heures pour se coucher. Le matin, elle est descendue dans la forge. Le portail était poussé, mais pas fermé à clé, et elle a trouvé son père le crâne brisé près d'une enclume.

— Rien ne l'accuse, apparemment, dit Fronsac.

— Vous connaissez sa tante ? La sœur de La Fontaine ?

— Annette, je l'ai vue une fois, elle est bonnetière, non ?

— Brodeuse. Une femme dure, rapace et trop dévote à mon goût. Son mari est mort, il y a une dizaine d'années. La quarantaine, sans enfant. Elle vit au deuxième étage de la forge avec Thérèse. La Fontaine habite au premier. Elle assure avoir entendu sa nièce sortir dans la nuit et des éclats de voix.

— C'est tout ?

— Oui ! Pourtant Beaumont a décidé que Thérèse était coupable. Il faut dire qu'à l'auberge elle paraissait en rage contre son père qui l'avait chassée.

— On ne tue pas pour ça ! Ces visiteurs, que sait-on de plus ? Qui les a vus ?

— Ils sont arrivés vers six heures. Tout le monde les a vus, mais personne n'est capable de les décrire. Ils sont sortis par la porte Saint-Cosme, juste avant sa fermeture. Il faisait nuit.

— Et après leur départ La Fontaine n'est pas allé voir sa fille à l'auberge ?

— Non.

— Donc, il était peut-être déjà mort...

— J'en suis certain !

— Je ne comprends pas l'accusation du lieutenant du bailli...

— Je vous l'ai dit, il veut envoyer Thérèse à Senlis pour la faire juger.

— Je connais M. d'Ausque, le bailli, ainsi que le lieutenant criminel. Ce sont des gens réfléchis. Thérèse sera rapidement innocentée, puisqu'il n'existe pas de charge contre elle.

— Sans doute, mais entre-temps les assassins seront loin...

Louis haussa un sourcil. Ce brusque amour pour la justice de la part de Champlâtreux le surprenait.

— Je sais ce que vous pensez, M. Fronsac, grimaça le fils de Mathieu Molé. Il y a bien sûr autre chose... Thérèse est une brave fille... commença-t-il comme embarrassé.

Louis opina. Il savait ce que ça signifiait. Tout le monde disait ça, tant la fille du forgeron était réputée peu farouche.

— ... Mais il y a des gens qu'elle n'aime pas, et parmi eux se trouve M. Beaumont. Comprenez-vous ?

— Je comprends, opina Louis en attendant la suite.

— Elle n'a jamais cédé à ses avances, et il s'est juré de se venger d'elle.

Louis ne voyait guère ce que Champlâtreux attendait de lui.

— Un sergent de la capitainerie des chasses de Saint-Germain a fait halte hier à Luzarches à l'occasion des grandes chevauchées qu'il fait dans les forêts royales. Il commande une troupe d'une dizaine d'hommes d'armes. Beaumont lui a demandé de conduire Thérèse à Senlis. Il a expliqué qu'il n'avait pas le temps de le faire. Vous connaissez les troupes de la capitainerie des chasses ? Ce sont des soudards. Qu'arrivera-t-il à Thérèse durant le voyage ? Une bien belle garce pour ces brutes ! Je n'ai ni envie qu'elle finisse sur l'échafaud ni qu'elle serve de catin à ces hommes. Je la connais, elle ne sait faire que le bien !

Louis hocha à nouveau du chef.

— Vous comprenez ? C'est ça, la vengeance de Beaumont. Elle s'est refusée à lui, il se réjouira de la savoir maltraitée.

Une prisonnière n'avait guère de valeur à cette époque. Dans les petites villes, les femmes étaient écrouées en salle commune avec les hommes. Un intendant du roi devait plus tard écrire à ce sujet, pour protester contre cette effroyable mixité qu'il avait constatée : ... *Les hommes et les femmes sont*

*renfermés dans la même prison, et il en résulte tou-*
*jours que celles qui n'étaient pas grosses quand*
*elles ont été arrêtées le sont toujours quand elles*
*arrivent au dépôt...*

— Vous ne pouvez pas vous y opposer ?

— À quel titre ? Mon père aurait pu s'il avait été là, mais moi ?

— Vous pourriez accompagner Thérèse à Senlis, suggéra Louis avec un sourire.

— Je dois être à Paris ce soir, je vous l'ai dit.

— Qu'attendez-vous de moi, M. de Champlâtreux ?

— Que vous m'accompagniez et que vous parveniez à convaincre Beaumont qu'il fait fausse route. Il vous connaît, vous estime et vous écoutera. Mon père m'a dit aussi que vous étiez un sorcier. Si vous trouviez les coupables, ce serait encore mieux !

— Vous n'y croyez pas, tout de même ! répondit Louis dans un sourire contraint. Et que se passera-t-il si je ne peux convaincre Beaumont ?

— Alors je souhaiterais que vous me remplaciez. Que ce soit vous qui accompagniez Thérèse à Senlis, que vous preniez cette affaire en charge.

Louis soupira. Aller à Senlis lui ferait perdre la journée. Sans compter que si ces deux inconnus avaient tué La Fontaine, ils étaient certainement encore dans les environs. Mieux vaudrait leur donner la chasse.

Il resta silencieux un moment, tandis que Champlâtreux l'observait.

Pourquoi le fils de Molé s'intéressait-il ainsi à une pauvre villageoise ? Certes, elle avait peut-être été occasionnellement sa maîtresse, mais il n'avait pas une réputation de galant homme.

— Je sais que je vous dois beaucoup, M. Fronsac... Pourtant une ou deux fois, je crois vous avoir servi, intervint Jean de Champlâtreux, de nouveau avec ce ton de prière qui avait étonné le marquis de Vivonne.

Louis hocha la tête. Au début de la *Fronderie*, c'est Champlâtreux qui lui avait permis d'entrer dans Paris et c'est ainsi qu'il avait pu sauver M. de Bussy du déshonneur[1].

Après tout, ce n'était que l'affaire d'une journée.

— Vous avez raison, monsieur Molé, soupira-t-il. Laissez-moi vous accompagner et prévenir Hardoin qu'il fasse une tournée dans les bois sans moi.

— Il serait préférable que vous alliez directement à Luzarches avec votre voiture, expliqua Champlâtreux. Ma seule présence contrariera encore plus Beaumont, et je suis assez pressé. Je sais qu'avec vous, Thérèse se trouve dans de bonnes mains.

Il eut un rictus gaillard à ces derniers mots.

— Je ferai mon possible, lui assura Louis d'un ton plus froid.

Champlâtreux parti, Louis expliqua la situation à Michel Hardoin, puis prévint Bauer qu'il n'accompagnerait pas les enfants à Royaumont. Le Bavarois viendrait avec lui à Luzarches. Durant la Fronde, pour défendre le château, Bauer avait inculqué le métier des armes à quelques laboureurs du domaine, leur apprenant à se battre, à tirer, et surtout à réfléchir. Il en choisirait deux pour conduire les enfants, ce serait suffisant.

---

1. Voir, du même auteur, *Le secret de l'enclos du Temple.*

Ensuite Fronsac rentra, traversa la grande salle puis la bibliothèque avant de prendre l'escalier qui conduisait aux appartements de son épouse.

À l'origine, le château ne comprenait que la grande salle, avec deux petites pièces aux extrémités, dont l'une était devenue la bibliothèque et l'autre l'armurerie. Les chambres se situaient au deuxième niveau, mais si peu nombreuses que tout le monde était à l'étroit. La construction des nouvelles ailes, en brique et en pierre, avait enfin donné de la place à chacun. À gauche, les châtelains disposaient de leurs appartements. Louis possédait le sien au premier étage, avec antichambre, chambre, garde-robe et cabinet, tandis que son épouse occupait le second niveau où logeaient également la nourrice, la gouvernante des enfants et la femme de chambre. L'autre aile était réservée aux parents de M. Fronsac, visiteurs et à Friedrich Bauer.

L'intendante Margot Belleville et son mari Michel Hardoin occupaient l'étage de l'ancien château ainsi que Nicolas, le secrétaire et cocher du marquis qui avait épousé une paysanne de Mercy. Les autres serviteurs se serraient dans les combles.

Julie, en hongreline au corsage à grand col rabattu et manches larges serrées au poignet, finissait de préparer ses enfants avec la gouvernante. De sa fenêtre, elle avait vu l'arrivée de Champlâtreux ainsi que son départ. Elle ne s'était pas dérangée, car elle n'aimait guère le fils de M. Molé.

— Je savais que tu n'allais pas tarder à venir me raconter ce qu'il te voulait, plaisanta-t-elle en abandonnant sa fille à la gouvernante.

— Rien de bon, hélas !

En quelques mots, il l'informa de ce que lui demandait Champlâtreux.

— Cet homme me surprendra toujours, fit-elle songeuse. Qui aurait pu penser qu'il s'intéresserait au sort d'une pauvre villageoise ? Mais tu as eu raison d'accepter. J'ai failli prendre Thérèse chez nous comme domestique, c'est son père qui n'a pas voulu, car il craignait de rester seul. C'est une brave fille, même si elle ne sait rien refuser aux hommes. Je suis moi aussi certaine qu'elle ne pourrait pas faire de mal à quiconque.

Elle sourit :

— C'est bien la première fois que je suis en harmonie avec Champlâtreux. Que vas-tu faire, maintenant ?

— Partir pour Luzarches avec Nicolas et Bauer. Je tâcherai d'être de retour ce soir. Hardoin fera seul une tournée dans les bois pour examiner l'étendue des dégâts de la tempête. Bauer s'occupe de trouver deux gaillards pour conduire Pierre et Marie à Royaumont.

» Il n'en reste pas moins que les deux visiteurs venus à la forge restent les principaux suspects. Je ferai fermer la grille de la cour pour la journée, c'est plus prudent, poursuivit-il après un instant de réflexion.

— Ne t'inquiète pas. Il y a ici suffisamment d'hommes pour protéger le château, le rassura-t-elle.

— Sans doute, fit-il, évasivement.

Il était certain que la demande de Champlâtreux cachait autre chose.

# 2

Du château de Mercy, une voie conduisait au *chemin du Roy Dagobert*, comme on nommait alors la route de Paris à Amiens. Ce passage était facilité par le pont sur l'Ysieux que Louis Fronsac avait fait construire par Louis le Vau. Il n'y avait désormais pas plus d'une demi-heure en voiture jusqu'à Luzarches.

La rue principale du petit village fortifié était longée d'hôtelleries et de relais de chevaux, car Luzarches était une étape très fréquentée par les voyageurs. La forge de La Fontaine se situait entre deux auberges, presque en face des halles. L'une d'elle était *Le Coq Hardi*.

L'atelier était une grande remise élevée contre une étroite maison à pignon, au toit en pente raide couvert d'ardoises. Entre la maison et *Le Coq Hardi* serpentait un passage. Nicolas arrêta la voiture devant. Louis descendit, suivi de Bauer, et demanda à son cocher de les attendre.

La bise soufflait maintenant. Plusieurs villageois, serrés dans leur manteau et la tête enfoncée dans leur chapeau ou sous leur capuchon, discutaient devant l'épais portail de bois aux ventaux ouvert. Ils firent le silence, s'écartant respectueusement devant le marquis de Vivonne qui entra.

Le fourneau de la forge était éteint. Louis frissonna en examinant rapidement la grande salle aux murs couverts d'outils suspendus à de gros clous ou à des râteliers. L'endroit sentait la graisse et les cendres. Son regard balaya la forge, son soufflet, les tenailles de toutes tailles accrochées à des barres transversales, les enclumes pour battre le fer, posées sur des rondins de chêne, les baquets emplis d'eau pour refroidir les métaux. Rien ne révélait qu'un crime ait eu lieu. Il traversa l'atelier et pénétra dans la cuisine de la maison. Louis savait que le forgeron avait sa chambre à l'étage, sa fille et sa sœur logeaient au-dessus.

Le cadavre était étendu sur la longue table de chêne. Sa sœur lui nettoyait le visage avec un linge et le curé de Luzarches, près d'elle, marmonnait une prière ou quelques réconforts.

— M. le marquis ? s'étonna le prêtre, le voyant entrer.

C'était un jeune homme nullement inculte, comme bien des curés de campagne. Il avait fait ses études au collège de Clermont, puis suivi les cours de la confrérie de Saint-Cosme et Saint-Damien, l'école de chirurgie de Paris. Il avait ensuite obtenu cette cure qu'il souhaitait de tout cœur, car Luzarches était placée sous la protection de saint Cosme.

— Père Tristan, salua Louis. Bonjour, Jeanne, je suis désolé d'arriver dans de si funestes circonstances...

La sœur de La Fontaine essuya une maigre larme, mais resta impassible.

— ... M. de Champlâtreux vient de me prévenir, poursuivit-il. Savez-vous où est le bailli ?

— Chez lui, monsieur, il fait rédiger un courrier par son secrétaire pour conduire ma nièce à Senlis.

— Je vais revenir, dit Louis. Père Tristan, que l'on ne te touche pas au corps, je vous en prie.

Louis revint dans la forge et lança à la foule des curieux :

— Messieurs. Il va y avoir enquête. Je vous demanderai de partir. Bauer, tu veilleras à ce que personne n'entre ici.

Ignorant les grommellements de protestation, il sortit. La maison de M. de Beaumont était un peu plus bas, dans la rue menant à la porte de Cosme. Louis Fronsac se présenta au concierge. Celui-ci fit chercher l'intendant qui le conduisit au premier étage. On l'annonça et le fit entrer dans un cabinet. Le lieutenant du bailli de Senlis, en pourpoint noir et hauts-de-chausses gris avec des bottes de cavalier, se trouvait en compagnie de son secrétaire auquel il dictait une lettre.

— M. le marquis ? s'exclama-t-il en fronçant le front.

M. de Beaumont portait les rides de la quarantaine sur un visage imberbe et dédaigneux. Il considéra un instant son visiteur avec une évidente surprise mêlée de contrariété. Louis remarqua sa main droite bandée d'un linge. Il avait dû se blesser.

— M. de Champlâtreux est venu me prévenir du crime, M. le bailli. Il sait que j'apprécie les enquêtes criminelles... et je crois savoir que j'ai encore un droit de justice.

— Il ne concerne pas les crimes de sang, M. le marquis ! objecta le bailli, en se raidissant. En matière de juridiction seigneuriale, la basse justice s'arrête aux coups et aux dégâts sur les terres.

— Je le sais, M. le bailli, sourit Louis, conciliant, mais il se trouve que j'ai une certaine expérience de ce genre d'affaire. Le lieutenant civil M. d'Aubray et auparavant M. Laffemas ont souvent fait appel à moi.

Le bailli opina avec un air pincé. Il n'ignorait rien des relations du marquis et de ce qu'on disait de sa sagacité.

— Champlâtreux m'a dit que vous accusiez Thérèse, poursuivit négligemment Louis.

— C'est la seule, à mes yeux, à avoir pu tuer son père.

— Il y a tout de même ces deux hommes...

— Certes, mais où sont-ils ?

— Je connais Thérèse, M. le bailli, comme vous d'ailleurs. Elle n'a certainement pas commis ce crime. Je veux l'interroger et faire un examen des lieux. M'accompagnez-vous ?

— Si vous le souhaitez, M. le marquis ! soupira le bailli, visiblement embarrassé.

» Jacques, demanda-t-il à son secrétaire, allez chercher Thérèse.

» Elle est enfermée dans ma cave, expliqua-t-il ensuite à Fronsac en se dirigeant vers la porte. Nous n'avons pas encore de prison ici.

— En chemin, vous me raconterez ce que vous avez appris, proposa aimablement le marquis de Vivonne.

Le bailli l'accompagna donc en lui relatant ce qu'avait donné le premier interrogatoire de la jeune femme et en décrivant la manière dont, selon lui, Thérèse avait tué son père. Louis l'écouta sans rien dire. Le discours du bailli ne lui apprenait rien de plus. En arrivant à l'atelier, il demanda à Nicolas de le suivre avec l'écritoire qu'il avait apportée.

Ensuite, avant d'aller jusqu'à la cuisine, Louis circula un instant dans la forge en examinant plus longuement les lieux. Le bailli l'attendait et l'observait, à la fois contrarié et curieux. Bauer restait devant l'entrée pour empêcher les curieux d'approcher.

Le sol de l'atelier était en terre battue souillée de paille et d'un mélange noirâtre de copeaux de fer et de bois. Un grand fourneau en brique, au soufflet de cuir rapiécé pendu à une poutre par des chaînes, en occupait le centre. L'évacuation des fumées se faisait par une énorme hotte de fer. Contre un mur se dressaient deux gros établis de bois recouverts de toutes sortes d'outils et de pièces de ferraille : des serrures, des clefs, des fers à cheval, des pics, des socs d'araire. D'autres objets imposants entassés dans les coins formaient tout un bric-à-brac de métal et de ferraille. Des chaînes rouillées, de toutes tailles, pendaient à des crochets. Il y avait aussi quelques outils araires, des tenailles, un fer de masse et des manches de bois. L'atelier de La Fontaine n'était guère en ordre, à moins que tout ait été dérangé par ses derniers visiteurs. Cherchaient-ils quelque chose ?

— Où était le corps, M. le bailli ? demanda Louis en se retournant vers Beaumont.

— Ici, près de la forge.

Louis examina l'endroit et son regard s'égara vers une grosse enclume proche, posée sur une souche d'arbre. Une tache claire à l'extrémité d'une des pointes de l'outil attira son attention. Il l'étudia un instant avant de regarder le sol où traînaient des garnitures de fer martelées, des morceaux de ferrures et des lames tranchantes.

Une pièce de fer aiguisée et tachée de brun éveilla sa curiosité. Il la ramassa et passa son doigt sur la croûte brune qui couvrait une partie du tranchant. Celle-ci laissa une trace rougeâtre sur sa peau.

— Selon vous, comment Thérèse aurait-elle tué son père ? demanda-t-il.

— Avec un marteau ou un pic, ou encore une hache comme celle-là – le lieutenant du bailli désigna une grosse hache contre un mur. Ce ne sont pas les outils dangereux qui manquent dans ce fouillis !

Louis hocha de la tête et posa la pièce de fer qu'il avait à la main sur un établi avant de se diriger vers la cuisine. Jeanne s'était assise et le prêtre attendait en murmurant une prière.

— Mon père, demanda Louis, vous êtes chirurgien de robe longue[1], n'est-ce pas ?

— En effet, M. le marquis de Vivonne, j'ai suivi les cours de la confrérie de Saint-Cosme et Saint-Damien.

— Je ne l'ignore pas, sourit Louis. M. Molé m'en avait parlé. Je souhaiterais que vous examiniez le corps. Mon secrétaire prendra note de vos commentaires.

— Je ne suis pas assermenté, monsieur, remarqua le prêtre, indécis.

— Monsieur le bailli vous fera confiance, et puis vous êtes assermenté auprès de Dieu, plaisanta Louis. Cela devrait suffire ici ! Il vous suffira de jurer que votre relation est sincère et véritable.

— Que voulez-vous savoir M. Fronsac ?

---

1. Ceux qui avaient subi un examen de chirurgie par opposition aux barbiers, chirurgiens de robe courte.

— Entendre vos commentaires sur la blessure de La Fontaine, sa profondeur, sa position, et avec quelle arme elle a pu être faite. Je souhaite aussi que vous recherchiez d'autres meurtrissures et que vous estimiez le moment de la mort.

— Quelle importance cela a-t-il ? intervint le bailli, exaspéré. Nous connaissons déjà tout cela !

— Messire bailli, vous voulez envoyer Thérèse à Senlis pour qu'elle y soit jugée, répondit Louis en se tournant vers lui. Imaginez qu'avec vos affirmations elle soit condamnée et qu'un appel ait lieu au Châtelet, ou même au Parlement. MM. Tardieu ou Dreux d'Aubray pourraient fort bien me demander de témoigner. Je l'ai fait de nombreuses fois pour des enquêtes criminelles, et je me verrais obligé de dire que votre enquête a été… bien rapide à mon gré…

Il laissa la suite de sa phrase en suspens, telle une menace.

Beaumont sourcilla. Il souhaitait punir cette gourgandine, mais certainement pas la faire condamner à mort. Il ressentait la confuse impression de s'être fourvoyé dans une direction qui ne lui apporterait que des déboires, mais il était trop têtu pour céder.

— Si vous trouvez mon enquête insuffisante, je vous laisse libre de la poursuivre, grommela-t-il à contrecœur. Cela vous convient-il, M. le marquis ?

— Cela me convient… M. le curé, vous pouvez commencer. Quand vous aurez examiné la blessure, vous déshabillerez le corps avec l'aide de Jeanne.

À cet instant, Thérèse arriva conduite par le secrétaire et un jeune homme boutonneux en habit de cavalier qui boitait légèrement.

— Monsieur Varmy, fit le bailli en présentant le cavalier à Fronsac. M. Varmy est sergent à la capitainerie de Saint-Germain. Vous savez que c'est la plus vaste de France puisqu'elle va de Mantes jusqu'ici. Aussi, avec ses hommes, fait-il des chevauchées chaque semaine pour empêcher le braconnage. Il passe à Luzarches tous les mois. Je lui avais demandé de conduire la prisonnière à Senlis, car pour l'instant, c'est lui qui en a la garde.

— Si je découvre que les charges contre Thérèse sont solides et réelles, c'est moi qui la conduirai, annonça Louis, en regardant le bailli. Je suis certain que M. de Longueil[1] préfère que vous chevauchiez dans les forêts du roi, plutôt que de vous occuper de prisonnières, ajouta-t-il, cette fois en s'adressant au sergent qui rougit légèrement. Mon père, nous attendons votre avis, fit-il enfin en se tournant vers le prêtre.

— Sur la blessure, il m'est facile de conclure, car je l'ai déjà longuement étudiée. Il s'agit d'une enfonçure pénétrante jusqu'aux méninges du cerveau située sur la partie droite de la suture sagittale. Elle a été causée par un instrument pointu, un pic sans doute. La Fontaine est mort sur le coup. La profondeur de la plaie est d'environ deux pouces et a provoqué un épanchement considérable du sang par le nez, les oreilles et la bouche.

— Pouvez-vous savoir quand il est mort ?

Le curé essaya de bouger un bras, puis examina la bouche qu'il parvint difficilement à écarter.

— La rigidité cadavérique est extrême, fit-il en balançant la tête. La mort remonte à plusieurs

_____
1. Le capitaine des chasses de Saint-Germain.

heures, c'est certain. Je dirais qu'il a été tué il y a au moins neuf heures et au plus trois jours. La décomposition n'a pas commencé, mais les entrailles se sont vidées.

— Il est dix heures et il était vivant hier au soir. Donc il aurait été tué entre hier soir et minuit, c'est cela ?

— En effet.

— En aucun cas, ce matin ?

— En aucun cas, monsieur, la rigidité ne serait pas si puissante.

— Parfait ! Veuillez maintenant le dévêtir et l'examiner entièrement. M. Varmy, aidez donc M. le curé et Mlle Jeanne. Cela risque d'être difficile, car ce pauvre La Fontaine est bien lourd !

» Pendant qu'ils déshabillent votre père, Thérèse, décrivez-moi ces visiteurs.

— Ils étaient deux, monsieur. La cinquantaine, au moins. L'un portait une grande barbe grise, l'autre un chapeau très bas sur les yeux ne permettant pas de distinguer son visage, d'autant plus qu'il gardait une main devant, tenant haut le col de son manteau. Je n'ai pas remarqué s'ils étaient armés. J'étais descendue de ma chambre après avoir entendu des éclats de voix dans la forge. Au demeurant, je devais aller au Coq Hardi travailler.

— Que disaient-ils ?

— Je… ne sais pas… Je n'ai rien distingué sur le coup, mais j'ai entendu des cris, et ce n'était pas mon père, car je n'ai pas reconnu sa voix.

Le bailli leva les yeux au plafond pour afficher son incrédulité.

— Quand je suis entré dans l'atelier, mon père m'a paru effrayé. Cela m'a étonnée, car il n'avait jamais peur de rien. Je l'ai interrogé sur ce qui se passait. Il m'a répondu que cela ne me regardait pas, qu'il avait seulement un fer à changer à un cheval. L'un des visiteurs lui a demandé qui j'étais ; mon père a répondu que j'étais sa fille, puis m'a ordonné d'aller à mon travail à l'auberge. Je lui ai dit que j'avais le temps et il s'est mis en colère. Comme je ne bougeais pas, il m'a hurlé de partir, ce que j'ai fait, en pleurant.

— Il criait souvent après vous ?

— Rarement, monsieur. Mon père m'aimait beaucoup.

Elle se mit à sangloter.

— Ensuite ? demanda Louis.

— Je suis allée à l'auberge. J'ai nettoyé la salle et fais la vaisselle comme tous les soirs, poursuivit-elle. Il y avait peu de clients. J'ai soupé avant de rentrer chez nous. Ce matin, quand je suis descendue, le portail de la forge n'était pas fermé avec sa barre et j'ai trouvé mon père ensanglanté. J'ai hurlé et les voisins sont venus.

— Vous n'êtes pas passée par la forge en revenant de l'auberge ?

— Non, monsieur le marquis, le portail paraissait fermé et je ne l'utilise jamais. La porte pour entrer chez nous est dans le passage entre notre maison et l'auberge.

Louis se tourna vers le bailli :

— Avez-vous interrogé les voisins ?

— Hier soir, les gens qui habitent en face ont entendu des éclats de voix... mais avec les auberges, ils n'y ont pas prêté attention.

— D'après le père Tristan, c'est hier soir que La Fontaine a été tué.

— Elle a pu le meurtrir bien après le départ des deux voyageurs, remarqua le bailli avec une expression dédaigneuse.

— Ils sont passés par la porte de Cosme juste avant sa fermeture, donc vers sept heures. Si je suis votre idée, Thérèse aurait tué son père après sept heures, or elle se trouvait à l'auberge à ce moment-là. Je suppose que vous avez interrogé l'aubergiste ?

— Oui, opina le bailli sèchement. Mais Jeanne a entendu des éclats de voix plus tard.

— Vers quelle heure ?

— Il n'y a pas d'horloge chez nous, M. le marquis, mais c'était bien après complies, intervint la sœur du forgeron en terminant le déshabillage de son frère. J'ai reconnu la voix de Thérèse.

Elle jeta à sa nièce un regard accusateur, haineux même. Visiblement, elle la détestait. Jugeait-elle qu'elle lui avait pris son frère ? se demanda Louis.

Son regard glissa vers la fille de La Fontaine et resta insistant, dans l'attente d'une explication. Thérèse baissa finalement les yeux avant d'avouer :

— C'était avec M. Varmy...

Sa voix se perdit dans un murmure tandis que le boutonneux devint rouge vif et parut terrifié. Louis se tourna vers lui sans dire un mot, mais son regard était dur.

— J'ai raccompagné mademoiselle Thérèse, balbutia le sergent.

— Je lui ai dit de me laisser tranquille ! intervint vivement la jeune fille, cette fois d'un ton de défi. Il m'avait demandé de ne pas en parler. Que si je le disais, je le paierais cher quand il me conduirait à Senlis.

— Vraiment, M. Varmy ? demanda le bailli, le visage contracté.

Il ne s'attendait visiblement pas à cette révélation.

— Je... Je l'ai juste raccompagnée, monsieur, bredouilla le sergent. Elle a dû se méprendre.

— Quoi qu'il en soit, les éclats de voix qu'a entendus Jeanne s'expliquent ainsi, affirma Louis, imperturbable.

Il resta silencieux un instant avant d'ajouter :

— Mais ne peut-on pas imaginer qu'après que Thérèse fut montée dans sa chambre, La Fontaine soit descendu, attiré par les éclats de voix, et qu'il y ait eu une altercation avec M. Varmy ? demanda-t-il d'un ton faussement affable.

— C'est faux ! glapit le sergent, apeuré. Je n'ai vu personne ! J'ai juste voulu lui prendre un baiser, elle m'a repoussé et je suis parti, je le jure sur la Sainte Bible !

— J'ai entendu Thérèse venir se coucher bien après ce tapage, insista la tante en regardant sa nièce d'un air mauvais.

— Est-ce vrai ? demanda Louis.

— Non ! répondit la jeune fille en baissant à nouveau les yeux. J'ai demandé à M. Varmy de me laisser et je suis montée. Ma tante doit se tromper.

Louis l'observait avec intérêt pendant qu'elle parlait et il crut déceler le mensonge.

Un silence pesant s'installa. Le bailli voyait son accusation s'enfuir et le sergent sa carrière anéantie. Pour faire baisser la tension, Louis s'approcha du corps dénudé, comme abîmé dans ses réflexions.

— Que voyez-vous, mon père ? demanda-t-il au prêtre après avoir tourné autour de la table.

— Rien sur la poitrine, ni sur l'abdomen et les bras, M. le marquis. Ah ! Sur la hanche gauche de larges taches bleues, peut-être provoquées par une chute.

— Des traces de blessures ?

— Non, sinon quelques griffures aux bras et aux mains ; ce pourrait être des traces de lutte.

— Donc la seule blessure se trouve sur crâne ?

— Oui, mais je vais le retourner pour vérifier. M. Varmy, aidez-moi, s'il vous plaît.

Ils mirent le cadavre sur le ventre et le père l'examina en détail. Sur la cuisse gauche les meurtrissures étaient encore plus visibles.

— Ce sont sans doute de vieilles marques, remarqua le bailli, qui s'était approché lui aussi.

— Je ne pense pas, reconnut le prêtre avec une moue dubitative. À mon avis, elles ne datent pas de plus de deux jours. Tiens, qu'est-ce là ? Regardez sur l'épaule, M. le marquis, c'est à demi effacé : La Fontaine avait été flétri[1] !

Louis se pencha et distingua dans la peau une fleur de lis encadrée, blanchâtre comme une vieille cicatrice.

— Ce n'est pas tout, dit le bailli, qui examinait la marque à son tour, je vois un V au-dessous.

Il fronça le front, marquant ainsi sa perplexité devant ce nouvel élément.

— C'était un voleur, décida-t-il en levant les yeux. Lors de la flétrissure, l'exécuteur de hautes œuvres ajoute la raison du marquage au fer. GAL est pour les galères, P pour perpétuité. F pour faussaire et V pour voleur.

Louis inclina la tête en signe d'adhésion. Gaston lui avait souvent parlé de ces marques. Ainsi GAL V signifiait Galère pour Vol. Donc La Fontaine n'avait été condamné que pour vol, rien d'autre.

_____
1. Marqué au fer rouge.

— Mon père, combien de temps peut mettre une flétrissure pour ressembler à une vieille cicatrice comme celle-ci ?

— Je ne sais pas, mais certainement plus de vingt ans.

— Avez-vous déjà vu une telle marque, M. le bailli : une fleur de lis placée dans un carré ?

— Jamais, mais je n'ai guère pour habitude d'examiner les flétrissures, ironisa-t-il.

— Vous saviez que votre frère avait été flétri ? demanda encore Louis, cette fois à Jeanne.

— Je l'ignorais, murmura la sœur, les yeux fixés sur la marque infamante

— Moi de même, bredouilla Thérèse qui paraissait découvrir un morceau de la vie de son père qu'elle avait toujours ignoré.

Louis médita un instant, cherchant à placer ce qu'il venait de découvrir avec les éléments déjà observés dans la forge. Son regard s'arrêta sur Varmy, apeuré, puis sur Thérèse dont les yeux ne quittaient pas son père, et enfin sur la main bandée du bailli.

— Venez avec moi dans la forge, dit-il à l'assistance.

# 3

Passant le premier, il s'approcha de l'enclume la plus proche du foyer et désigna au curé l'extrémité pointue de l'instrument.

— Mon père, examinez cette pointe, est-ce du sang ?

L'enclume étant basse, le religieux se pencha et passa un doigt sur l'éperon.

— C'est du sang, M. le marquis. Je dirai même que cette pointe a pu causer la blessure à la tête de notre pauvre La Fontaine.

— Où se trouvait le corps de votre père ? demanda à nouveau Louis, alors qu'il se tournait vers Thérèse.

— Juste ici, monsieur, répondit-elle en montrant le sol au pied de l'enclume.

Louis hocha du chef d'un air entendu.

— À côté, j'ai découvert cette lame avec du sang sur le tranchant, expliqua-t-il en prenant le fer qu'il avait posé sur la table. Qu'en pensez-vous, M. de Beaumont ?

Il tendit la lame au lieutenant du bailli qui la prit de la main gauche et l'examina, les lèvres pincées. Au bout d'un moment, Beaumont opina à son tour, manifestement contrarié.

— Qui a été blessé par cette lame ? demanda Louis à l'assistance.

— La Fontaine, forcément ! répondit un peu vite le bailli. Elle l'a utilisée contre son père ! accusa-t-il en désignant Thérèse du doigt.

— C'est faux ! Pourquoi l'aurais-je fait ?

— Vous êtes une gourgandine et il vous le reprochait ! cria-t-il plus fort.

— Il suffit ! intervint Fronsac. Si La Fontaine avait eu une entaille, le père Tristan l'aurait découverte, or il n'a vu que le crâne enfoncé et des ecchymoses ; nous aussi d'ailleurs. Donc ce ne peut être que Thérèse qui a reçu un coup de cette lame. À moins que ce ne soit l'un des visiteurs inconnus... ou quelqu'un d'autre. Êtes-vous d'accord, M. de Beaumont ?

— Sans doute, grommela le lieutenant du bailli.

Ses yeux fulminaient de colère, ou peut-être d'inquiétude.

— Thérèse, êtes-vous blessée ? s'enquit Fronsac.

— Non, monsieur.

— M. Varmy ?

— Non, je n'ai rien.

— Vous boitez, pourtant, remarqua Louis d'un ton badin.

— Une chute de cheval, monsieur.

— Vous portez un pansement à la main droite, M. le bailli ? s'enquit alors Fronsac avec une fausse indifférence.

— Une blessure de chasse, hier matin. Mais j'ose espérer que vous ne me soupçonnez pas ! Ce serait intolérable ! aboya Beaumont.

— Je cherche seulement à comprendre ce qui s'est passé, M. le bailli, car si personne n'est blessé ici, celui qui a reçu le coup de lame ne peut être qu'un des deux visiteurs. Ce qui signifie qu'il y a eu échauffourée entre eux et le forgeron...

— Thérèse peut mentir, grogna Beaumont, maussade.

— A-t-elle l'air blessée ? Saigne-t-elle ? Regardez la lame, elle est couverte de sang séché, ça a dû être un rude coup !

— Voulez-vous que je me mette entièrement nue, comme mon père ? demanda Thérèse insolemment à l'attention de Beaumont, les mains sur son corsage, prête à le dénouer.

Le bailli ouvrit la bouche pour protester, mais n'ayant pas de contre-proposition, il la referma et haussa les épaules.

Thérèse eut son premier sourire.

— Il y a eu bataille, reprit Fronsac. Et le forgeron est tombé sur cette enclume. Son crâne a été enfoncé ce qui explique le sang sur la pointe. La chute éclaire aussi la présence d'ecchymoses. Ce crime pourrait n'être finalement qu'un accident.

— Je vous accorde que ces inconnus se sont peut-être battus, mais qui vous dit qu'elle ne les connaissait pas, qu'elle n'était pas complice ?

— Elle serait partie avec eux.

— Ils ont pu prendre peur et l'abandonner.

— Mais Thérèse se trouvait chez sa tante.

— Je ne suis pas convaincu, fit le bailli, buté.

— Comme vous voulez... Essayons plutôt d'en savoir plus sur La Fontaine, proposa Louis. Selon Thérèse, il a eu peur de ces hommes, peut-être les connaissait-il. Que savez-vous de la vie de votre frère, Jeanne ?

— Pas grand-chose, monsieur. Il n'en parlait jamais. Il s'est engagé dans le régiment de

Picardie[1] en 1621, j'avais dix ans. Je l'ai revu l'année suivante alors qu'il venait voir notre père ; il était avec des amis et nous a donné dix écus. Puis je n'ai plus entendu parler de lui. Je croyais même qu'il était mort. Il a réapparu, il y a dix ans, quand il est arrivé ici avec sa femme et sa fille, et qu'il a ouvert cette forge. Sa femme est morte, voici deux ans. Il ne m'a jamais dit ce qu'il avait fait pendant les vingt ans où il avait disparu.

— Et vous Thérèse, en savez-vous plus ?

— Je me remémore ma mère, monsieur, et mon arrivée à Luzarches. Avant, je n'ai pas beaucoup de souvenirs. Je crois que nous étions en Bourgogne. Mon père était déjà forgeron, mais ouvrier dans une grande forge.

Louis se tourna vers la tante :

— Quand votre frère est revenu, un an après son engagement, vous dites qu'il avait des amis avec lui. Combien étaient-ils ? Étaient-ce des soldats ?

— Non, monsieur, en tout cas ils n'étaient pas en cuirasse ou en casaque. C'étaient des gentilshommes. Même mon frère ressemblait à un gentilhomme.

— Racontez-moi ça, proposa Louis, intrigué.

— Je brodais déjà, monsieur, et je connaissais bien les tissus, c'est pourquoi j'ai remarqué leurs habits. Deux des amis de mon frère étaient en justaucorps rouge. De la belle serge de Hollande. Mon frère et les autres étaient en velours gris. Très élégants aussi, avec des gants et des bottes de chevreau, ainsi qu'un chapeau à plumet et un manteau de laine des Flandres. Ils étaient tous à cheval...

---

1. L'infanterie était organisée en cinq grands régiments permanents : les Gardes françaises, Champagne, Picardie, Piémont et Navarre.

— Vous divaguez, ma fille ! la coupa le lieutenant du bailli qui voulait reprendre la direction de l'enquête. Si votre frère s'était engagé un an plus tôt, il ne pouvait pas être déjà libéré. Les engagements sont au moins de trois ans, mais plus souvent de six, et aucun soldat ne quitte son cantonnement. Sans cela, ils ne reviendraient jamais ! précisa-t-il en regardant Bauer avec un air de connivence, car il savait qu'il avait été soldat.

— Je ne me trompe pas, M. le bailli, c'était lui ! Il nous a dit avoir quitté l'armée, rétorqua Jeanne, nullement démontée.

— Peut-être avait-il déserté, suggéra le sergent de la capitainerie, soulagé qu'on ne parle plus de lui. Bien des déserteurs deviennent des larrons, ce qui pourrait expliquer sa vêture, et encore plus sa flétrissure.

— Mais les déserteurs capturés subissent l'estrapade, remarqua Beaumont. Pourquoi n'aurait-il eu qu'une simple flétrissure ?

— Rouge et gris, dites-vous ? s'enquit Fronsac après avoir écouté ce bref échange.

Machinalement, il défaisait et refaisait la ganse d'un de ses rubans de poignet.

— Oui, monsieur.

Louis frissonna. Un souvenir profondément enfoui venait de remonter à la surface de sa mémoire. *Les Rougets et les Grisons !* Une redoutable bande de brigands qui avait terrorisé Paris et une grande partie de la France, dans les années vingt. Il s'agissait de déserteurs ayant à leur tête, un homme rusé et sanguinaire nommé François La Chesnay. Louis avait connu ses deux frères au collège de Clermont. Le plus jeune, Jacques, avait alors neuf ans et était comme lui pensionnaire. Depuis, devenu jésuite, il était parti au Canada.

Quant au cadet, Robert, c'était aussi un voleur, et si Louis l'avait rencontré à nouveau durant la Fronde, il ignorait ce qu'il était devenu. Peut-être était-il encore à la cour des miracles ?

Tout ce qu'il savait des Rougets et des Grisons lui avait été raconté par Jacques, à Clermont, par Robert, et aussi par ses parents[1]. À cette époque, les voleurs faisaient la loi dans Paris. Pas une nuit ne se passait sans qu'une maison soit attaquée et pillée.

François La Chesnay avait déserté l'armée pour venir larronner dans la capitale. C'était un homme subtil qui avait observé que les gens en honnête équipage inspiraient toujours confiance. Aussi, vêtus comme des gentilshommes, soit en rouge, soit en gris, les membres de sa bande abordaient les gens de qualité sur le Pont-Neuf, feignant de les reconnaître en leur prenant les mains pour les baiser et leur faire mille caresses. Pendant que le bourgeois ou le gentilhomme ainsi choisi s'étonnait d'une telle démonstration d'affection, un complice lui coupait sa chape[2] et, si la victime s'en apercevait et tentait d'appeler à l'aide, celui qui lui avait tenu les mains lui perçait l'estomac d'un coup de couteau.

Plus tard, trop connus, les Rougets et les Grisons avaient quitté le Pont-Neuf pour détrousser les passants la nuit, n'hésitant pas à trucider ceux qui refusaient de donner leur bourse. Ensuite, ils s'étaient attaqués aux maisons bourgeoises en soudoyant les laquais, pour se faire ouvrir les portes, ou en grimpant sur les façades pour s'introduire

---

1. Voir, du même auteur, *Les ferrets de la Reine*.
2. Sorte de manteau long et ample qui descendait jusqu'aux talons.

par quelque fenêtre. Une fois à l'intérieur, les brigands saisissaient les bijoux et la vaisselle d'argent, puis massacraient toute la maisonnée après avoir ravi leur honnêteté aux femmes.

Mais un jour, La Chesnay, depuis rejoint par son cadet Robert, avait été surpris et presque capturé. Il avait alors décidé de quitter Paris où le chevalier du Guet et les exempts du Grand-Châtelet le recherchaient. La bande avait parcouru la France, ne laissant derrière elle que crimes et violences, avant de s'installer entre Verneuil et Rambouillet pour écumer les foires et s'attaquer aux marchands dans les bois d'Orléans ou de Saint-Germain. Toutes les maréchaussées les pourchassaient. Un jour, le prévôt de Mortagne avait appris qu'une troupe de gentilshommes vêtus de beaux habits gris et rouge logeait dans une auberge proche de Verneuil. Intrigué, il s'y était rendu et, jugeant qu'il s'agissait des brigands qu'il poursuivait, il avait donné l'assaut avec ses hommes et des archers de la ville proche. La Chesnay et ses hommes avaient été capturés et rompus vif deux jours plus tard, sauf le jeune Robert La Chesnay, parvenu à s'échapper. Peut-être aussi un ou deux membres, moins coupables, avaient-ils été envoyés aux galères. Louis ne se souvenait plus des détails que lui avait narrés le jeune Jacques La Chesnay. C'était il y avait trente ans !

En songeant ainsi, il faisait quelques pas dans la forge ; tout le monde l'observait. Il s'arrêta finalement devant le lieutenant du bailli pour lui dire :

— M. le bailli, je souhaite interroger Thérèse, seul. Venez avec moi, ordonna-t-il sans attendre la réponse et en désignant la cuisine à la jeune femme.

Elle le suivit et Louis referma la porte derrière eux.

— Que s'est-il passé hier soir quand vous êtes rentrée de l'auberge ?

— Je vous l'ai dit, M. le marquis. M. Varmy, qui était à l'auberge, m'a suivie et m'a importunée.

— Et ensuite ?

— Je lui ai dit de me laisser et je suis allée me coucher.

— Ne mentez pas, Thérèse ! C'est votre vie qui est en jeu ! la morigéna-t-il avec sévérité.

Elle baissa les yeux, plus boudeuse que craintive.

— Vous attendiez quelqu'un ? Qui est venu ?

— M. de Champlâtreux, lâcha-t-elle.

— Pourtant les portes de la ville étaient fermées.

— Il dispose de la clef d'une poterne. Il était passé le matin et m'avait dit qu'il viendrait.

— Et alors ?

— Je suis partie avec lui. Il m'a ramenée à minuit.

Ainsi s'expliquaient les bruits entendus par la tante et l'attitude de Champlâtreux. Il voulait peut-être sauver sa maîtresse, mais surtout qu'elle ne parle pas si elle subissait la question. Être mêlé à ce crime serait défavorable pour la charge de président à mortier qu'il briguait.

— M. Varmy aurait-il pu se disputer avec votre père après que vous êtes montée dans votre chambre ?

— Je ne crois pas, M. de Champlâtreux est arrivé quelques minutes après le départ de M. Varmy. À moins qu'il ne soit revenu plus tard et qu'il ait fait du scandale quand je n'étais plus là.

— Boitait-il hier soir à l'auberge ?

— Je n'ai pas remarqué.

— Quelle relation y avait-il entre M. de Beaumont et votre père ?

— Ils étaient en chicane. Mon père avait fait des ferrures et des grilles pour M. de Beaumont qui ne l'avait pas payé.

— Donc la mort de votre père arrangeait le bailli ?

— Sans doute, mais on ne tue pas un homme pour quelques dizaines de livres.

— Peut-être pas, songea Louis, encore qu'il eût connu pire.

M. de Beaumont aurait pu arriver après le départ des visiteurs. Par exemple pour payer une partie de sa dette et demander un délai. Il y aurait eu dispute et le forgeron serait tombé après avoir donné une estafilade au bailli. Cela expliquerait l'insistance de Beaumont à vouloir prouver la culpabilité de Thérèse.

Mais vérifier cela impliquerait de voir la blessure et d'interroger les domestiques du lieutenant du bailli. Il faudrait faire de même pour le sergent de la capitainerie et sa jambe boiteuse. Seulement, Louis Fronsac ne disposait pas du pouvoir d'agir ainsi, et Champlâtreux ne l'aiderait pas.

Il soupira. Il fallait donc qu'il se rende à Senlis.

— Je trouverai l'assassin, promit-il à Thérèse.

Il la prit par l'épaule et revint dans la forge.

— Voici ce que je devine, M. le bailli, déclara-t-il. Il y a eu une rixe entre La Fontaine et un ou plusieurs inconnus. Peut-être était-ce avec ces deux visiteurs, peut-être avec une autre personne. Pour l'instant, je privilégie les visiteurs. Dans ce cas, l'altercation pourrait trouver son origine dans le passé de La Fontaine, cela expliquerait la peur qu'a cru déceler Thérèse chez son père. Il faudrait retrouver ces hommes, ils ne doivent pas être loin.

— Le lieutenant du prévôt des maréchaux ne passera pas avant deux jours. Je n'ai pas les moyens de les poursuivre, d'ailleurs tout le monde ignore la direction qu'ils ont prise. Et puis, je persiste à penser que Thérèse les connaît. Qu'elle devrait être interrogée par le lieutenant criminel de Senlis.

— Faites un court mémoire pour le bailli de Senlis dans laquelle vous présenterez les faits tels que vous les voyez. J'y joindrai les constatations que je viens de faire, et que mon secrétaire va rédiger. Je me propose d'aller justement à Senlis rencontrer quelqu'un qui pourra me renseigner sur La Fontaine. Je verrai le bailli dès mon arrivée et lui parlerai. En attendant, Thérèse restera libre. Elle m'a juré de rester à Luzarches. Cela vous convient-il ?

Le lieutenant resta indécis, mais il était pris au piège. Insister pour que Thérèse parte avec le marquis pouvait se retourner contre lui. Il soupira avant d'opiner.

Il n'était pas loin de onze heures. En partant maintenant, songea Louis, sitôt que Nicolas aurait terminé un compte rendu, il serait à Senlis dans un peu plus de deux heures en prenant la route du roi Dagobert. S'il pouvait voir le bailli de Senlis dès son arrivée, ainsi que les autres personnes auxquelles il pensait, et s'il avait la réponse qu'il espérait, il serait de retour chez lui avant la nuit.

Ensuite, ce serait à la justice d'intervenir.

# 4

Ils pénétrèrent dans Senlis par la porte de Paris, en suivant l'antique voie romaine qui passait devant le couvent des Carmes. La voiture remonta la rue de Paris, puis la rue du Châtel, presque jusqu'à la cathédrale. Avisant une auberge avec une écurie, Louis proposa à Nicolas d'y laisser la voiture et de s'y restaurer rapidement. Ils étaient tous affamés, n'ayant rien avalé depuis le départ de Luzarches.

Senlis était le siège d'un vaste bailliage et siège présidial. Il y avait donc deux juridictions judiciaires, le présidial assurant l'appel du bailliage, avant l'ultime appel au parlement de Paris, cour souveraine. La ville était aussi siège de l'élection qui s'occupait de la collecte des impôts, d'une maîtrise des eaux et forêts, et d'un grenier à sel.

Louis de Saint-Simon, grand bailli de Senlis, n'habitait pas dans la cité. Sa charge était confiée à Pierre d'Ausque, seigneur d'Englos, qui logeait dans un Hôtel ayant appartenu aux Templiers, sur la place Notre-Dame. C'était à quelques pas de l'auberge où Louis Fronsac était descendu.

Rapidement restauré, Louis relut une nouvelle fois le mémoire qu'avait écrit Nicolas sous sa dictée, puis, accompagné de Bauer, il se rendit chez M. d'Ausque.

Le maître d'Hôtel qui les reçut leur expliqua que le bailli était en réunion de travail dans le grand salon avec les receveurs des gabelles de l'élection. Sur l'insistance du marquis de Vivonne, il accepta néanmoins de le prévenir et leur proposa d'attendre dans une antichambre. Louis Fronsac n'eut pas longtemps à patienter, M. d'Ausque, qui le connaissait, arriva très vite.

C'était un homme de grande taille au visage tourmenté et aristocratique. Il portait une moustache en queue-d'aronde, un pourpoint court en velours incarnat et des chausses flottantes aux larges plis autour des cuisses, avec des jarretières à nœud assorties à son pourpoint. Une épée à poignée argentée pendait à un baudrier de soie frangée.

Après un bref échange de politesses, Louis expliqua les raisons de sa venue.

— En résumé, fit le bailli qui avait un esprit fin, le forgeron est mort en tombant sur la pointe d'une enclume, mais aurait peut-être blessé son agresseur avec une lame coupante que vous avez retrouvée couverte de sang, c'est cela ?

— En effet, opina Louis.

— Et selon mon lieutenant à Luzarches, cet agresseur aurait été sa fille, laquelle n'a cependant aucune blessure. En revanche, deux visiteurs se seraient disputés avec le forgeron dans la soirée, mais ont quitté la ville. On ne peut donc les interroger.

Louis hocha à nouveau du chef.

— Selon vous les agresseurs seraient ces deux hommes ?

— Peut-être, M. le bailli, mais il y a au moins deux autres possibilités...

Il parla alors de la blessure de Beaumont et de la jambe du sergent.

— Je ne pouvais, bien sûr, vérifier leurs dires, M. d'Ausque, mais ils avaient tous deux des raisons de se quereller avec le forgeron.

Le bailli, les paupières mi-closes pour dissimuler sa contrariété, fit une moue avant de déclarer :

— Il aurait pourtant été préférable que vous conduisiez cette femme ici, M. Fronsac. Le lieutenant criminel aurait pu l'interroger et la garder en prison, en attendant que l'on retrouve les deux vagabonds.

— Je vous ai porté tous les témoignages que j'ai recueillis, monsieur. Aucun ne laisse à penser qu'elle soit impliquée de quelque façon que ce soit dans ce crime.

Ausque soupira, visiblement dubitatif.

— Ce ne serait pas la première fois qu'une fille tue son père pour s'enfuir avec son amant. Si vous descendez jusqu'à la place du Pilori, vous en verrez une suspendue là-bas depuis quelques jours.

— En effet, mais Thérèse n'est pas partie. En revanche, son père était flétri avec la lettre V ; c'était un voleur. Mon idée est que d'anciens complices ont croisé sa route. Certes, si je me trompe, peut-être faudra-t-il que le lieutenant criminel conduise des investigations plus poussées et s'intéresse à la blessure de M. de Beaumont et à la jambe de M. Varmy...

Les lieutenants de bailli avaient une rude tâche, ils surveillaient la vie municipale, intervenaient dans la collecte des tailles, de la gabelle et des aides, assuraient la police et la justice. Une enquête conduite contre l'un d'eux saperait son autorité. Le bailli n'avait guère envie de faire interroger son lieutenant par le lieutenant criminel.

— Que suggérez-vous pour en savoir plus ? demanda-t-il prudemment.

— J'ai l'habitude de ce genre de recherches, M. le bailli. J'ai demandé quelques jours de délai à M. Beaumont, me les accorderez-vous, vous aussi ?

— On m'a parlé de vos talents de déduction et de votre esprit de géométrie, mais pensez-vous vraiment trouver les coupables par la seule force de la pensée ? grimaça le bailli.

— Certainement pas ! Arrêter les coupables restera le travail du prévôt des maréchaux. En revanche, je pourrais peut-être expliquer le crime, et mettre définitivement Thérèse hors de cause.

Ausque digéra la proposition durant un instant, puis son visage laissa filtrer un sourire et ses traits se détendirent.

— Entendu ! M. de Saint-Simon m'a toujours dit le plus grand bien de vous ! Je vous laisse trois jours. Au-delà, M. le lieutenant criminel se rendra à Luzarches.


Somme toute assez satisfait de son entretien, et toujours escorté par Bauer, Louis descendit la rue du Châtel avant de s'engager dans la rue Sainte-Catherine et, de là, dans un lacis de ruelles en direction de la place du Pilori. Arrivé à un grand carrefour formant la place aux Charrons, il prit la rue du puits Tiphaine et s'arrêta devant l'échoppe d'un clavellier. Ouverte sur la rue par un grand arc en plein cintre, la boutique proposait des serrures et des verrous de toutes formes sur son étal peint en vert.

Dans l'ouvroir, on apercevait un homme, jeune, limant une pièce de fer et un second, la quarantaine, qui lui prodiguait des conseils. Sans doute le maître clavellier.

— Jacques ! interpella Louis.

Le plus âgé leva les yeux et reconnut son visiteur. Son visage s'éclaira.

— M. le marquis !

— Allons, Jacques, tu m'as toujours appelé Louis, à Clermont.

— C'était il y a si longtemps ! fit Jacques Hérisson en s'approchant de l'ouverture de la boutique, tout en essuyant ses mains calleuses sur son tablier de cuir.

Hérisson avait été pensionnaire au collège de Clermont avec Louis entre 1624 et 1630. Il était alors un de ses meilleurs amis avec Gaston de Tilly. À l'époque, Louis croyait Jacques fils de clavellier, c'est ce que l'enfant lui avait dit. D'ailleurs, n'était-il pas capable d'ouvrir n'importe quelle serrure ?

En réalité, c'est son oncle qui lui avait appris ce métier. Le père de Jacques, Philippe, était l'exécuteur de la haute justice de Senlis. Depuis une vingtaine d'années, son cadet, Claude avait repris la charge de bourreau, car ce métier faisait horreur à l'ami de Louis.

Mais si Jacques Hérisson n'était pas devenu exécuteur de la haute justice, il était resté dans sa ville natale, passé maître clavellier en reprenant le métier de son oncle.

— Je viens à nouveau te solliciter, Jacques, lui dit Louis. Comme ce jour où tu nous as ouvert les portes de Clermont pour qu'avec Gaston, nous puissions sortir la nuit.

— Quelle peur, vous m'aviez fait ! J'en ai encore des cauchemars ! Que voulez-vous que je fasse ? sourit-il.

— Me conduire à ton père, j'ai une question à lui poser.

— Mon père, pâlit le clavellier...

— Oui, j'ai besoin du conseil d'un exécuteur des hautes œuvres.

Jacques hocha plusieurs fois du chef, puis, sans poser d'autre question, il demanda à son ouvrier de s'occuper de la boutique. Après quoi, gardant son tablier de cuir, il prit un manteau et se coiffa d'un chapeau droit de couleur noire sans aucune plume, avant de rejoindre Louis resté dehors.

— Ce n'est pas loin, fit-il simplement.

Ils descendirent vers la place d'armes.

En chemin, ils échangèrent quelques souvenirs sur leur jeunesse au collège de Clermont et sur les autres occasions où ils s'étaient rencontrés, particulièrement quand, rue de Tournon, ils avaient découvert Thibault de Richebourg enfermé par Mondreville, le fils de l'assassin du père de Gaston de Tilly[1]. Louis lui parla avec tristesse de Paul de Gondi, emprisonné à Vincennes depuis trois mois où il se morfondait pour sa participation dans la *Fronderie*.

L'odeur aigre d'un cadavre en décomposition les avertit qu'ils approchaient de la place du Pilori où se dressaient l'échafaud et une potence, Jacques expliqua à son ami que l'homme attaché au carcan était un marchand pris en train de maquiller les poids et mesures lors de la dernière

_____

1. *La malédiction de la Galigaï*, du même auteur.

foire. Il resterait deux jours, exposé à la colère des habitants. Quant à la femme aux mains coupées qui pourrissait en se balançant à la brise, c'était une jeune fille de dix-sept ans qui avait tué son père afin de jouir plus à son aise de ses biens. Ses mains étaient clouées sur une des portes d'entrée de son village.

— C'est Claude qui s'est chargé de la besogne. Je n'en aurai jamais été capable, conclut Jacques. D'autant qu'elle était bien belle, même si depuis les corbeaux lui ont dévoré le visage.

L'odeur empestait les lieux et pourtant la place était entourée de cabarets.

— Toutes les exécutions sont-elles faites là ? demanda Louis

— Pas toutes, mais la plupart depuis celle ayant eu lieu ici, voici soixante ans. Par la ruse et la trahison, les ligueurs voulaient s'emparer de Senlis, fidèle au roi, et ont fait entrer une douzaine de soldats déguisés en paysans pour les cacher dans la maison d'un chanoine. Durant la nuit, ils devaient aider des complices à escalader les murailles, mais un habitant a découvert l'affaire. L'entreprise a échoué et les soldats ont été arrêtés, ainsi que des Cordeliers, des chanoines et plusieurs religieux. C'est mon grand-père qui les a pendus.

Pendant qu'il parlait ainsi, ils longeaient les murailles vers la porte des Ânes. Ils s'arrêtèrent devant une petite maison en face d'une tour d'enceinte. Jacques frappa au heurtoir et son père vint ouvrir.

Bien qu'âgé, son physique restait impressionnant : un cou de taureau, des bras épais et velus sous un pourpoint de cuir sans manches, un visage buriné au nez busqué et aux sourcils de neige, une chevelure clairsemée attachée en catogan. Ses

mains étaient noueuses, avec des jointures calleuses. Dame ! C'est qu'il fallait être robuste pour
démembrer un corps humain avec un tranchoir !

Le visage du bourreau s'éclaira en découvrant
son fils.

— Bonjour, père, fit Jacques timidement. Je te
présente le marquis de Vivonne, seigneur de Mercy.
J'ai connu M. le marquis au collège de Clermont.

Le bourreau parut surpris et même désemparé
devant cette visite. Un gentilhomme ne rencontrait jamais un exécuteur, sauf sur un échafaud
avant de perdre sa tête.

— M. le marquis a besoin de toi, père.

Le bourreau inclina la tête et leur proposa
d'entrer.

— Je vous remercie, fit Louis sans bouger, mais
ce n'est pas nécessaire, je n'ai qu'une simple question à vous poser...

Il sortit de sa poche un papier sur lequel il
avait dessiné la marque au fer de l'épaule de
La Fontaine.

— Voici une flétrissure vue sur le corps d'un
homme. Une fleur de lys entourée d'un cadre.
Peut-on savoir quel exécuteur l'a faite ?

Le bourreau examina un moment le papier
avant de répondre avec une moue d'hésitation :

— Je pense que oui, mais j'en suis incapable.
Je possède ma propre marque, que mon fils a
reprise, et je peux la reconnaître sur une épaule,
même après des années. Je connais aussi celle de
maître Guillaume, mais je ne sais pas qui a fait
celle-ci, encore que je l'aie déjà vue. Si vous le
souhaitez, je peux me renseigner auprès d'autres
exécuteurs.

— Cela prendra du temps...

— Certainement, je ne pourrais le faire qu'à l'occasion de déplacements, quand je vais exécuter dans des bourgs et des villages.

— Qui d'autre pourrait me renseigner ?

— Maître Guillaume, sans doute, mais voudra-t-il vous le dire ?

— Je le connais, lui dit Louis. Mais croyez-vous qu'il pourra répondre ?

— Si quelqu'un connaît toutes les marques des exécuteurs, c'est bien lui !

Louis reprit le papier, déçu et contrarié.

— Je vous remercie. Je me rendrai demain à Paris pour l'interroger.

Il salua le bourreau d'une inclinaison de tête et celui-ci en fit autant.

Jacques Hérisson le raccompagna à l'auberge où Nicolas attendait. Ils ne parlèrent guère. Louis méditait. Il avait trois jours, lui avait promis le bailli. Pouvait-il résoudre cette affaire en trois jours alors qu'il devait maintenant se rendre à Paris ? Il en doutait, d'autant qu'il n'était pas certain de suivre la bonne piste.


Comme il l'avait espéré, Louis rentra avant la nuit à Mercy. Tout le monde avait dîné, mais Margot Belleville avait gardé une soupe chaude et des fricassés pour son maître, Bauer et Nicolas.

Ils mangèrent de bon appétit, entourés de Michel Hardoin et de son épouse Margot. Michel fit un compte rendu des arbres abattus dans les bois et des travaux à faire au hameau. Le moulin avait aussi perdu quelques tuiles.

— Nous manquons de bras, monsieur. Si je n'arrive pas à trouver un ou deux hommes solides, les arbres vont pourrir sur place et ce sera grand dommage.

— Ne peut-on engager des journaliers à Luzarches ?

— J'ai déjà essayé dans le passé, mais je n'ai jamais trouvé d'homme valable, monsieur.

Louis soupira, il n'avait pas de solution à ce nouveau problème.

Le dîner terminé, Bauer rejoignit discrètement la jolie gouvernante qu'il recevait dans son appartement et Nicolas partit retrouver son épouse. Louis resta seul à table avec Julie et le couple Hardoin. Il leur raconta sa journée, et ce qu'il projetait de faire, mais il n'était guère optimiste.

— Je verrai maître Guillaume demain et j'en saurai plus sur cette flétrissure, mais je ne vois pas comment innocenter Thérèse en si peu de temps.

— Fais ce que tu peux, lui dit son épouse en lui effleurant la main.

Margot approuva. L'intendante, qui était d'un caractère mélancolique, n'avait jamais été belle, mais ce soir-là, Louis la trouva encore plus triste.

# 5

Nicolas conduisant le carrosse, Fronsac et Bauer partirent pour Paris à la pique du jour. Pour l'occasion, Louis s'était vêtu d'un élégant pourpoint en taffetas moiré gris foncé aux basques longues sans broderie ni passements, avec une seule taillade aux manches laissant sortir sa chemise de toile de Hollande en petits flots écumeux. Le collet de la chemise retombait largement sur le dos. Il ne portait pas de chausses, mais ces nouvelles culottes flottantes avec boutons le long des cuisses et aiguillettes. Très à la mode depuis la fin de la Fronde, Julie en avait commandé plusieurs à leur tailleur.

Louis s'était enroulé dans son manteau de drap noir doublé et avait enfoncé sur sa tête un chapeau tout aussi noir, sans pennache, pour se protéger du froid vif. Ses cheveux parsemés de gris pendaient sur ses épaules. Il ne portait plus la barbe depuis quelques mois et n'avait conservé qu'une courte moustache.

En face de lui, Friedrich Bauer, lui aussi serré dans un manteau, mais de couleur brune, arborait une casaque de buffle rouge, des caleçons assortis et d'énormes bottes de cuir à revers d'où sortait un grand collet de dentelle.

Le carrosse, une nouvelle voiture aux sièges de velours noir que les Fronsac avaient payée six cents livres, était très confortable pour se rendre à Paris, car bien plus grand que le précédent. En se serrant, trois personnes pouvaient s'asseoir côte à côte sur chaque banquette, ce qui était pratique pour se rendre dans leur maison de la rue des Blancs-Manteaux avec leurs deux enfants, la gouvernante et une femme de chambre.

Malgré sa taille Bauer se trouvait donc à l'aise. En chemin, Louis lui expliqua ce qu'il comptait faire en arrivant.

— Nous serons à Paris vers midi et Nicolas nous conduira directement rue Montmartre, où habite maître Guillaume. Néanmoins, je crains de ne pas le trouver chez lui à cette heure. Si un domestique peut nous renseigner, nous le rejoindrons, mais s'il pratique la question à la Bastille, ou dans une autre prison, on ne me laissera pas l'approcher. Dans ce cas, j'essayerai de rencontrer Gaston, peut-être pourra-t-il m'aider pendant que tu iras rue des Blancs-Manteaux prévenir Marie que nous dormirons là-bas. Tu m'y attendras.

Il vit le visage de Bauer s'éclairer à l'idée de rester avec sa maîtresse.

— Dans le cas où je ne pourrais rencontrer Guillaume dans la journée, je le trouverai sans doute ce soir quand il rentrera chez lui. Si par chance je peux obtenir de lui le nom du bourreau qui a fait la flétrissure de La Fontaine, je saurai quel tribunal l'a condamné. Et si c'est une juridiction qui dépend de la prévôté et vicomté de Paris, je pourrai faire des recherches aux archives du Châtelet qui conserve les doubles de tous les actes de la prévôté. Gaston m'aidera.

Bauer fit un certain nombre de remarques : Guillaume pouvait être absent pour plusieurs jours, car il était souvent appelé à des exécutions hors de Paris, le territoire de la prévôté englobant quantité de villes et de paroisses autour de la capitale. Il pouvait aussi ne pas savoir quel bourreau avait fait la marque. Et enfin, même s'il le connaissait, ce bourreau pouvait officier à l'autre bout du pays.

Louis opina à chacune. Il savait qu'il pouvait parfaitement rentrer bredouille. Le temps aussi jouait contre lui.


L'exécuteur Jehan Guillaume logeait rue Saint-Pierre-Montmartre, en réalité dans le passage Saint-Pierre qui débouchait dans la rue Montmartre. Ce n'était pas l'endroit le plus sûr de Paris. L'abbé de Boisrobert s'y était même fait voler son carrosse pendant qu'il se trouvait au théâtre !

Nicolas resta donc sur le siège avant, un mousquet court en travers des jambes et une épée à portée de main, tandis que son maître et Bauer s'engageaient dans le passage. Bordée de maisons de rapport fréquentées par des courtiers en fesses et des maquerelles, la sombre traverse, à peine éclairée par quelques fenêtres de toit, s'avérait un repaire pour les coquins. Le Bavarois portait son espadon à l'épaule, une arme certes ridicule à cette époque où les gentilshommes ne se montraient qu'avec des épées de parade, mais bien rassurante, jugeait Fronsac.

Veuf, Guillaume habitait avec sa fille la dernière maison. Louis s'y était déjà rendu durant la Fronde. Il frappa au heurtoir et la grille du judas s'ouvrit rapidement. Il reconnut la servante et se présenta. Celle-ci partit demander l'autorisation de faire entrer les visiteurs, car elle les fit attendre une grosse minute avant d'ouvrir. Colossale, à peu près de la taille de son maître, elle avait des mains aussi larges que des pelles et aurait pu rouer n'importe qui tant elle paraissait forte. Son visage bouffi ne marqua aucune expression quand elle déclara d'une voix grave :

— Mme Mathurine vous attend.

Guillaume était absent, en conclut Louis, ennuyé.

Ils se trouvaient dans une antichambre joliment meublée d'une tapisserie, d'un guéridon, de plusieurs chaises tapissées, d'un vaisselier avec de la vaisselle d'étain et d'un grand coffre sculpté. Louis Fronsac savait que le bourreau vivait à son aise, puisqu'il recevait dix-huit mille livres de gages par an. De surcroît, chaque pendaison lui rapportait vingt-cinq livres. Bien sûr, il devait fournir la corde, ce qui réduisait son bénéfice, mais il pouvait en vendre des morceaux comme porte-bonheur, ce qui compensait largement ce débours.

La servante gratta à une porte d'où on lui intima d'ouvrir. Elle fit entrer Louis, tandis que Bauer restait avec elle dans l'antichambre.

Sur le coup, Fronsac ne reconnut pas Mathurine tant elle avait changé. La jeune fille espiègle et fine (qui pendait malgré tout avec habileté et qui s'accrochait aux pieds des condamnés pour hâter leur mort en faisant des grimaces afin de se faire applaudir de l'assistance) avait laissé la place à une belle femme épanouie. Moitié allongée moitié assise sur un lit à colonnes occupant presque toute la chambre, elle portait une robe droite à taille basse en drap, avec un corsage aux manches bouillonnées et au décolleté en corps carrés laissant voir la générosité de ses seins.

— M. le marquis ! s'exclama-t-elle d'une voix enjouée. Rien n'aurait pu me faire plus plaisir aujourd'hui que votre visite ! Quoiqu'elle soit bien matinale : je ne suis même pas encore coiffée !

Ses cheveux frisés à grosses boucles étaient en effet dissimulés sous un bonnet de dentelle à pattes derrière les oreilles qui lui donnait un air angélique.

— Je suis confus de mon impolitesse, mademoiselle, s'excusa Louis en faisant une profonde révérence, son chapeau à la main. À dire vrai, je suis venu pour votre père bien que je sois enchanté de vous rencontrer. Vous êtes toujours aussi charmante.

— Vous me taquinez, M. Fronsac. Je ne suis qu'une vieille fille dont personne ne veut, répliqua-t-elle avec une moue coquine qui démentait ses paroles. Je crois que je fais peur aux hommes, et je ne comprends pas pourquoi. Pourtant bourreau est un métier honorable, et j'ai une belle dot.

Louis s'inclina sans répondre, partageant tout à fait la crainte des prétendants.

— Mon père n'est pas là, monsieur Fronsac, poursuivit-elle. Il est parti très tôt au Pont-Neuf où il prépare des exécutions pour ce soir avec mon oncle Noël. Je le rejoindrai tout à l'heure et c'est la raison pour laquelle vous me trouvez déjà habillée. Mais venez donc vous asseoir auprès de moi dans la ruelle...

— Je croyais que votre père n'aimait pas pendre ? demanda Louis, prenant une escabelle pour s'installer dans l'étroit passage entre le lit et le mur.

En effet, le bourreau de Paris pendait rarement. Petite besogne ! disait-il en laissant cette tâche à son frère, à ses aides, ou parfois à sa fille qui s'occupait surtout des femmes.

— Le guet a arrêté toute une bande de voleurs de manteaux sur le Pont-Neuf, hier soir : six hommes et deux femmes. Ils sont jugés ce matin, lors de l'audience du Châtelet, et seront pendus ce soir. À l'aube, on a demandé à mon père de dresser de nouvelles potences sur le lieu de leurs rapines.

— Mais il y a déjà là-bas, et à demeure, un gibet où l'on pend les truands les uns après les autres avant de les accrocher à Montfaucon pour les laisser pourrir. Le lieutenant civil ne laisse habituellement qu'un seul corps pour l'exemple.

— M. Dreux d'Aubray est inquiet pour sa charge, monsieur. Le roi et Mgr Mazarin parlent de créer une charge unique de lieutenant général de police. Il y a trop de larrons dans Paris et ceux-ci font trop de dommages, aussi le lieutenant civil a choisi d'être plus sévère. À la Cour, certains regrettent M. Laffemas qui pendait beaucoup plus que lui.

Louis secoua la tête sans manifester d'expression. Isaac de Laffemas, surnommé le bourreau de Richelieu, avait bien failli le faire pendre lui aussi, dix ans auparavant !

— Je suppose que vous ne voulez pas me dire pourquoi vous vouliez voir mon père, demanda-t-elle avec une jolie moue de curiosité.

— Au contraire, mademoiselle.

Il fouilla dans son pourpoint et en sortit une feuille de papier avec la marque de flétrissure relevée sur le dos de La Fontaine. Il la lui tendit.

— Il s'agit d'un homme qui a été flétri avec un fer de cette forme. On m'a dit que les exécuteurs possédaient chacun leur marque et qu'il était possible de les reconnaître.

— C'est souvent vrai, mais pas toujours, dit-elle en examinant le papier. Mon père a une simple fleur de lys, mais son fer est plus large que celui du bourreau de Meaux, par exemple. Cette marque-ci est dans un carré, ce n'est pas courant mais je ne l'ai jamais vue et ne saurais vous répondre.

— Croyez-vous que votre père le saura ? soupira Louis en reprenant le papier.

— Certainement ! Mon père connaît tous les bourreaux de France ! Allez-vous le retrouver tout de suite ?

Après avoir quitté la belle Mathurine, Louis indiqua à Nicolas de se rendre au Pont-Neuf. Ils auraient tout Paris à traverser et n'y arriveraient pas avant sexte, jugea-t-il.

Ils y furent pourtant bien avant tant Nicolas avait été adroit. Il faut dire que la présence de Bauer sur le siège avant incitait les traînards et les badauds à s'écarter rapidement devant le carrosse. Le Bavarois n'hésitait pas à menacer d'une voix de stentor ceux qui ne se retiraient pas assez vite.

Au Pont-Neuf, Louis découvrit que les potences avaient été dressées juste devant le quai des Saint-Augustins, et non devant le cheval de bronze, comme à l'habitude. Deux charpentiers y

travaillaient encore, assistés des aides du bourreau.

Maître Guillaume, en habit de soie et l'épée au
côté, tel un gentilhomme, surveillait la besogne,
appuyé à une baraque vendant des oublies et de
l'hydromel. Nicolas arrêta le carrosse juste sur le
quai et Louis et Bauer descendirent.

Autour des potences, un attroupement de
quelques badauds attendait déjà le spectacle avec
forces commentaires, car il était important d'être
aux meilleures places pour bien voir. Une douzaine de gardes français s'assurait placidement
que personne ne s'approche de trop près.

Guillaume parlait avec leur sergent quand il vit
Fronsac et Bauer s'approcher.

— M. Fronsac ! M. Bauer ! Quelle surprise de
vous voir ici ! Venez-vous pour la pendaison ?

— Non, maître Guillaume, je viens pour vous,
expliqua Louis.

Guillaume hocha du chef d'un air entendu,
salua le sergent d'une tape sur l'épaule et proposa
à Fronsac de faire quelques pas le long du large
trottoir où se dressaient les baraques des marchands d'orviétan et des arracheurs de dents.
Bauer resta avec le sergent et se fit servir de
l'hydromel pendant que le marquis de Vivonne et
maître Guillaume se dirigeaient vers le cheval de
bronze, écartant la populace qui encombrait le
trottoir.

Arrivé au niveau de la statue d'Henri IV,
Guillaume, d'un signe autoritaire, fit éloigner les
badauds. Il était suffisamment connu pour que
personne n'ait envie de le contrarier. Lorsqu'ils
furent seuls, Louis lui expliqua :

— Maître Guillaume, je m'intéresse à une
curieuse affaire. Un homme a été assassiné près

de chez moi et, en examinant son corps, j'ai découvert qu'il avait été flétri.

Il fouilla sa poche pour en sortir le dessin.

— Voici la marque qu'il avait sur l'épaule, assortie de la lettre V.

— C'était donc un voleur, faites voir...

L'exécuteur de la haute justice l'examina un instant avant de déclarer :

— Ce carré était la marque utilisée par Nicolas Filliaux, bourreau d'Angers avant d'être au Mans, décida Guillaume. Il a cessé d'exercer en 1630 et c'est son fils qui le remplace. Nicolas Filliaux était un ami, un homme doux, adroit et très patient. Un bon mari aussi.

— Lorsque j'étais enfant, maître Guillaume, poursuivit Louis, peu intéressé par les qualités humaines du bourreau Filliaux, j'ai connu quelqu'un dont le frère avait appartenu à la bande des Rougets et des Grisons. Vous souvenez-vous de ces brigands ?

— Bien sûr ! J'étais déjà exécuteur de la prévôté de Paris, puisque j'avais succédé à mon père en 1620. Vous savez que c'est lui qui s'est occupé de Ravaillac ?

— En effet, opina Louis. Mais est-ce vous qui avez roué les Rougets et les Grisons ? Je crois qu'ils ont été pris en 22 ou 23.

— Non, on n'a pas fait appel à moi, mais je me souviens vaguement de cette affaire. C'est le prévôt de Mortagne qui les a attrapés à Verneuil. Ils auraient pu être jugés à Saint-Germain, puisque la prévôté royale de Saint-Germain a non seulement pouvoir de police et de justice sur les crimes commis par les personnes des maisons civiles et militaires du roi, mais aussi sur tout le territoire faisant partie du domaine royal. Si cela avait été le cas, j'aurais dû officier, car cette juridiction dépend de la prévôté et vicomté de Paris. Mais vous savez aussi que les prévôts des maréchaux peuvent juger en dernier recours les voleurs de grand chemin, ceci sans faire appel à d'autres juridictions. Le prévôt de Mortagne pourchassait les Rougets et les Grisons depuis des semaines et il a certainement décidé de les juger sur place et de les faire exécuter sur-le-champ.

— Le bourreau qui les rompit aurait-il pu être maître Filliaux ?

— Possible. Mais cela me paraît incertain. Puisque l'affaire n'est pas allée à la prévôté de Saint-Germain, c'est que le prévôt souhaitait une exécution rapide et il aurait fallu au moins une semaine pour aller chercher le bourreau du Mans et le ramener.

— Alors pourquoi ne pas avoir fait appel à vous ? Qui a donc officié ?

Guillaume parut mal à l'aise, ou simplement ennuyé par la question. Il mâchonna un instant avant de dire :

— Vous avez raison, monsieur... Mais je ne saurai vous répondre, sinon qu'on ne m'a pas appelé ! Peut-être est-ce quand même Filliaux qui est venu. Peut-être que le prévôt a attendu quelques jours parce qu'il lui faisait confiance. Cela arrive plus souvent qu'on ne le croit, car tous les bourreaux ne se valent pas et certains prévôts préfèrent choisir celui qui pratiquera les exécutions. Cela évite des boucheries comme pour ces pauvres Chalais ou Cinq-Mars. Il faudrait retrouver le jugement et les minutes de l'exécution pour savoir ce qui s'est passé.

— Comment en savoir plus ?

Guillaume se frotta le menton pour marquer son indécision.

— Les archives sont peut-être encore à Saint-Germain. À l'époque les mémoires des procès étaient transmis à la connétablie, mais la charge a été supprimée en 1627 et je ne sais pas ce qu'ils sont devenus. Désormais les cas prévôtaux sont traités au Palais, à la Table de Marbre. Peut-être pourraient-ils vous renseigner... Mais une copie de toute l'affaire peut se trouver au Grand-Châtelet, car on y garde toutes les pièces de la prévôté et de la vicomté de Paris, et les Grisons avaient longtemps sévi sur le Pont-Neuf.

Deux heures sonnèrent au carillon de la Samaritaine. Louis se dit qu'avec un peu de chance, Gaston serait au Châtelet où il pourrait le faire entrer aux archives.

— Je vais suivre votre conseil, maître Guillaume, dit-il, et me rendre dès maintenant au Châtelet, sinon j'irai à la Table de Marbre.

— Reviendrez-vous pour les pendaisons ?

— Non, j'en suis vraiment désolé. Mais je suis sûr que ça se passera bien. Je sais que vous n'aimez pas pendre, mais votre fille viendra vous aider ; c'est elle qui m'a dit que vous étiez là.

— C'est une bonne fille, confirma Guillaume avec un sourire rayonnant. Mon seul regret est qu'elle n'ait pas encore trouvé un gentil mari. Pourtant, bien des bourreaux aimeraient l'épouser, seulement elle préférerait un bourgeois ou un gentilhomme... Quoi qu'il en soit, vous avez raison, tout se passera bien ce soir... sauf pour les pendus.

Il éclata de rire.

# 6

Du Pont-Neuf au Châtelet, la distance n'était pas grande mais le trajet prit près d'une heure tant le chemin était encombré. À cause d'une altercation entre des gardes françaises et des soldats de la barrière des sergents, la voiture fut longuement arrêtée devant la Samaritaine[1], puis à nouveau bloquée dans la rue Saint-Germain-l'Auxerrois par un chariot de bois déchargeant des poutres.

La journée avançait et l'impatience gagnait Louis. Il connaissait suffisamment les archives du Châtelet pour savoir combien il était difficile d'y faire des recherches. Au demeurant, les pièces du procès de Verneuil avaient-elles été transmises à la prévôté de Saint Germain ? Une copie avait-elle été envoyée au Châtelet ? Rien n'était moins sûr. Et même si maître Guillaume avait raison, où le dossier serait-il rangé ? Le fait qu'il s'agisse d'une affaire vieille de trente ans ne faciliterait pas les recherches.

Sans guide, Louis savait qu'il n'y parviendrait pas. Sa seule chance était de trouver Gaston de Tilly. Seulement son ami serait-il au Châtelet ? Les procureurs, les conseillers, les maîtres des requêtes, et encore plus les conseillers d'État, tra-

---

1. La pompe à eau, en bas du Pont-Neuf.

vaillaient chez eux. Certes, Gaston venait souvent dans le petit cabinet sombre qu'il avait gardé du temps où il était commissaire, dans la plus haute tour. Seulement, comme tous les magistrats et le personnel administratif qui commençaient à travailler avant l'aube, il terminait sa journée vers trois heures. Or, il était bientôt trois heures.

Gaston parti, Louis n'était pas certain de pouvoir consulter les archives. En principe, seul Dreux d'Aubray donnait les autorisations, or le lieutenant civil pouvait être absent ou simplement refuser de le laisser accéder dans les salles où on rangeait les minutes des procès et les mémoires.

De surcroît, quand bien même Aubray accepterait, Louis aurait besoin d'aide. Peut-être pourrait-il convaincre un greffier de faire les recherches avec lui ? Il réfléchit à ceux qu'il connaissait. Pour quelques écus, il devrait pouvoir en trouver un. Il songea à Pierre Lenormand, le greffier de Gaston, un vieil homme chenu qu'il connaissait depuis dix ans, mais Louis savait qu'il songeait à vendre sa charge. Travaillait-il toujours au Châtelet ?

L'encombrement se dégagea au moment où Louis se demandait s'il n'allait pas se rendre à pied jusqu'au tribunal. Arrivé devant le Grand-Châtelet, le carrosse passa par la profonde voûte qui traversait le bâtiment de part en part et tourna à droite pour entrer dans la grande cour où se trouvaient encore trois voitures.

À peine le véhicule arrêté, Louis et Bauer en descendirent. Le marquis de Vivonne demanda à Nicolas de l'accompagner. Il était inutile qu'il reste dans la cour, où la voiture était surveillée par des archers, et Nicolas étant aussi son secrétaire, Louis savait qu'il pouvait compter sur lui.

On pénétrait dans le bâtiment de deux façons. Comme prisonnier, par le guichet et la grille de l'autre côté de la cour ; comme visiteur, par le grand escalier conduisant au bureau des huissiers et au grand vestibule. Ensuite une volée de marches menait aux salles judiciaires.

Les trois hommes traversèrent rapidement le grand vestibule, mal éclairé par des lanternes aux chandelles de suif et quelques torches de cire. Les archers de service saluèrent Fronsac et Bauer qu'ils connaissaient.

L'endroit sentait le moisi et l'urine. Au premier étage, comme ils allaient emprunter un autre escalier, Louis aperçut plusieurs magistrats en robe, bonnet et col carré, sortant de la grande salle d'audience. Il s'approcha. Gaston ne se trouvait pas parmi eux mais il aperçut les lieutenants civil et criminel.

Ce fut Dreux d'Aubray qui l'aborda, tandis que Tardieu, le lieutenant criminel, le saluait d'un geste et s'éclipsait rapidement avec les autres magistrats.

Le lieutenant civil n'avait pas changé depuis la dernière fois où Louis l'avait vu, même si ses cheveux se parsemaient de fils gris. Le front haut, barbe et moustache en aigrette, ses yeux perçants cherchaient comme toujours à lire dans l'esprit de son interlocuteur, à deviner si la rencontre pouvait lui être profitable.

— Monsieur le lieutenant civil, le salua courtoisement Louis, je cherche M. de Tilly, savez-vous s'il est là ?

— Vous l'avez manqué de peu, monsieur Fronsac ! Exceptionnellement, il se trouvait avec nous ce matin pour une affaire qui l'intéressait. Nous tenons aujourd'hui la grande audience judiciaire avec les conseillers, les commissaires et des gens du roi[1], mais il est parti sitôt son dossier traité. Il paraissait pressé et ne m'a pas dit pourquoi. Je doute qu'il soit encore dans nos murs, mais si c'est le cas, il repassera par le vestibule. Votre secrétaire devrait surveiller son passage.

— Vous avez raison.

Fronsac se tourna vers Bauer.

— Retourne dans la cour et guette Gaston. De la voiture, tu pourras surveiller à la fois la porte des prisons et le vestibule.

Bauer opina, pas fâché de quitter la sombre galerie.

— M. d'Aubray, me rendriez-vous un service ? poursuivit Louis. Vous êtes mon seul espoir, si je ne trouve pas M. de Tilly.

— Je suis en dette avec vous, je le reconnais, mais je n'ai guère de temps à cette heure, car Tardieu est allé chercher les condamnés que l'on doit conduire au Pont-Neuf. Ils seront pendus à la nuit et je dois m'y trouver pour leur lire l'arrêt.

Tout Aubray était dans ce discours. Soi-disant prêt à rendre service, mais toujours avec une bonne raison de ne pas le faire !

— J'ai besoin de consulter les archives du Châtelet au sujet d'une affaire jugée au début des années 1620, expliqua Louis en ignorant la réticence du lieutenant civil.

— Quelle affaire ?

— Le procès et l'exécution des membres des Rougets et des Grisons, c'était en 22 ou en 23 à Verneuil. Bien que ça se soit passé dans le domaine royal de Saint-Germain, j'ai espoir qu'une copie des pièces ait été archivée ici.

---

1. Les avocats du roi.

— C'est bien possible, en effet. Si vous ne souhaitez que mon autorisation, accompagnez-moi. Je vais demander à mon secrétaire de vous faire un billet pour l'archiviste.

En disant ces mots, Aubray se dirigea vers un petit escalier qui par un dédale de couloirs le conduirait jusqu'à la galerie où il avait son cabinet. Une pièce qu'il utilisait rarement puisque la plupart du temps il travaillait chez lui, dans son Hôtel situé à l'angle de la rue du Bouloi et de la rue des Petits-Champs[1], une demeure ayant appartenu au Grand Prévôt de France, François de Richelieu, le père du cardinal.

— Merci, M. le lieutenant civil... Je crains d'abuser de votre bonté, mais j'ai aussi besoin d'un greffier ou d'un commis qui sache où trouver ce que je cherche.

— Ce serait préférable, en effet, si vous ne voulez pas passer des mois dans les archives, plaisanta Aubray. Les commis, près de mon cabinet, pourraient s'en charger, s'ils sont encore là...

Enchanté de la bonne disposition du lieutenant civil à son égard, Louis l'accompagna.

— Pourquoi vous intéressez-vous à cette vieille histoire ?

— Il s'agit d'un crime commis avant-hier à Luzarches. Les assassins sont en fuite, mais un témoignage me laisse penser que la victime aurait pu être membre des Rougets et des Grisons. Vous souvenez-vous de leurs exploits ?

— Certes ! Je devais avoir une dizaine d'années, mais on m'en a si souvent parlé ! Pourtant, je

---

1. Approximativement à l'emplacement de la galerie Vero-Donat. La rue des Petits-Champs est devenue la rue Croix-des-Petits-Champs !

crois me remémorer que tous ses membres ont été rompus. Comment votre homme aurait-il pu en réchapper ?

— C'est ce que je veux vérifier. Et aussi savoir si d'autres ont échappé au bourreau. J'ai dans l'idée que l'assassin pourrait être un ancien brigand de la bande.

Si la galerie qu'ils suivaient n'avait pas été si sombre, Louis aurait pu remarquer la moue d'incrédulité du lieutenant civil.

— Plus de trente ans après, qu'espérez-vous découvrir, M. Fronsac ?

— Ce ne serait pas la première fois que de vieux papiers m'apporteraient la solution d'une énigme, remarqua Louis.

— Après tout, pourquoi pas ? Mais ce n'est pas ma méthode, je préfère questionner les vivants avec l'aide de Maître Guillaume ! Il y a quatre teneurs d'écritures qui préparent les copies d'actes pour les archives. Vous savez où elles se trouvent ?

— Oui, répondit Louis, qui y était déjà allé.

Les archives étaient installées dans un vétuste bâtiment dont l'entrée se situait face aux escaliers principaux du Grand-Châtelet. Il fallait donc traverser la cour à carrosses pour s'y rendre.

— Mais je vous l'ai dit, à cette heure, je crains qu'ils ne soient tous partis. Auquel cas il vous faudra revenir demain. N'oubliez pas aussi que, s'ils vous aident, vous devrez leur proposer quelques gages pour qu'ils fassent vos recherches sans rechigner.

Ils contournèrent une courette avant de déboucher dans la galerie où Aubray avait son cabinet. Deux archers de garde en uniforme fleurdelisé, assis dans les coussièges des embrasures d'une fenêtre, les regardèrent passer. C'est à l'extrémité de cette galerie qu'on accédait à la tour d'angle menant au cabinet de Gaston.

Seulement Aubray ne prit pas cette direction, il ouvrit une porte étroite située dans un passage en arc d'ogive qui débouchait à l'intérieur d'une minuscule tourelle où quelques marches en limaçon les conduisirent jusqu'à un cagibi en soupente dans lequel ils entrèrent en baissant la tête, tant la voûte était basse. L'endroit était glacial et Louis frissonna. On apercevait en partie la charpente de la toiture du Grand-Châtelet. Des petites plumes de corneille étaient coincées entre les ardoises. Deux minuscules meurtrières apportaient une chiche lumière. Deux tables se dressaient sur des tréteaux et, assis devant l'une, un homme, âgé d'une quarantaine d'années, vêtu d'une épaisse robe noire, les traits tirés, écrivait à la lueur d'une chandelle.

— Ah, Germain ! Je suis content de vous trouver ! Voici M. le marquis de Vivonne qui a besoin de votre aide. Il vous expliquera ce qu'il désire, vous avez mon accord pour tout ce qu'il vous commandera.

À peine avait-il dit ces mots qu'Aubray salua Louis et tourna les talons.

Observant la tête renfrognée du commis, Fronsac devina qu'il n'était pas le bienvenu. L'homme avait hâte de s'en aller, sa journée étant presque terminée.

— Je cherche la copie d'une condamnation, M. Germain, expliqua Fronsac. Voici un écu blanc pour m'aider à trouver l'acte aux archives. Et si nous y parvenons d'ici ce soir, vous en aurez un second.

Six livres ! Le visage du commis s'éclaira d'un sourire rayonnant. Presque l'équivalent d'une semaine de gage !

Il se leva immédiatement.

— Un acte datant de quand, monsieur ?

— Sans doute 1622 ou 1623, peut-être 1621. Probablement venant de la prévôté royale de Saint-Germain. Pouvons-nous aller aux archives maintenant ?

Le commis secoua la tête plusieurs fois, en grimaçant, brusquement inquiet pour sa récompense.

— Ce ne sera pas facile, monsieur. Nous ne possédons pas tous les actes venant de la prévôté de Saint-Germain ou de la connétablie, et parmi ceux qui se trouvaient ici, beaucoup ont été détruits lors des grandes inondations de 1649 et de 1651. Surtout celle de 1651, car avec le désordre qui régnait dans Paris, personne n'a songé à sauver les archives lorsque la Seine est montée.

— Je le sais, dit Louis, mais vous aurez toujours votre écu d'argent, même en cas d'échec. Je pense qu'il peut y avoir tout de même ici des doubles des dossiers faits à l'attention du lieutenant criminel.

— Cela arrive, effectivement.

Ils sortirent et s'engagèrent dans l'escalier à vis.

— Mon secrétaire, qui m'accompagne, nous aidera. Il a l'habitude de consulter et de trier de vieux documents, précisa Fronsac.

Dans la galerie, pendant que Nicolas et le commis attendaient, Louis alla voir si Gaston était là, mais son cabinet était fermé à clef. Il grimpa plus haut dans la tour, là où travaillait son greffier, mais la pièce était vide. Il redescendit, déçu.

Arrivés dans la cour, ils retrouvèrent Bauer qui les attendait. Comme celui-ci ne pouvait pas les aider, et qu'ils en avaient sans doute pour deux grosses heures de travail – au-delà il ferait trop sombre dans les archives – Louis lui proposa de prévenir Marie Gautier et son frère qu'ils se trouvaient à Paris. Mais à l'idée de se rendre à pied rue des Blancs-Manteaux, et donc de salir ses vêtements, car la boue noire des rues gâchait n'importe quel tissu, le Bavarois déclina la proposition, préférant attendre.

Les trois hommes entrèrent dans le bâtiment des archives par une petite porte donnant sur un vestibule où un secrétaire âgé écrivait à la lueur d'un chandelier. Presque entièrement chauve, il portait une paire de bésicles aux verres épais qui lui donnaient l'air d'une chouette. Plusieurs piles de documents trônaient sur sa table et il leur préparait des couvertures pour les classer. Un garde en uniforme bleu fleurdelisé sommeillait sur un banc, en face de lui. Louis expliqua son affaire et le commis de Dreux d'Aubray confirma que le lieutenant civil avait autorisé le marquis de Vivonne à consulter ce qu'il souhaitait.

— Je ne pourrai pas vous aider, M. le marquis, prévint le secrétaire archiviste, car je suis seul et je dois rester ici. Je peux seulement vous conduire aux salles d'archivage. Par où voulez-vous commencer ?

— Le jugement que je recherche concerne une arrestation faite par un prévôt des maréchaux. L'exécution a eu lieu à Verneuil juste après le jugement. J'ai interrogé maître Guillaume qui pense qu'une copie des actes de la procédure a pu être envoyée au lieutenant criminel, puis archivé ici. M. d'Aubray est du même avis.

— Les prévôts de maréchaux n'envoient pas toujours leurs pièces aux présidiaux ou à la prévôté royale, mais M. d'Aubray a raison, fit pensivement l'archiviste. Vous trouverez peut-être une copie dans les archives du prévôt de Paris ou dans celles du lieutenant criminel. Je vais vous conduire dans la pièce où nous rangeons les actes de la prévôté de Saint-Germain. On y entrepose aussi les copies des courriers adressés aux lieutenants civil et criminel. Vous pourrez ainsi vous partager le travail. C'est au premier étage, mais je dois vous prévenir que beaucoup ont disparu. En outre, avec les crues de ces dernières années vous ne trouverez dans beaucoup de dossiers que des papiers moisis ou envahis par les champignons, quand ce ne sont pas les rats ou les vers qui les ont dévorés. Je n'ai pas les moyens de faire mieux. Il faudrait qu'on soit beaucoup plus nombreux pour nettoyer et recopier les actes abîmés.

Il les conduisit à l'étage où se succédaient des pièces voûtées en enfilade aux murs couverts d'armoires et de rayonnages de bois. Sur ces derniers étaient rangés des dossiers, des boîtes et surtout des sacs, tous plus poussiéreux les uns que les autres ; quelques-uns percés. L'endroit sentait le moisi.

— Tout ce mur concerne la prévôté royale depuis que François 1er est venu au château de Saint-Germain et a instauré la prévôté royale. À l'origine, il ne s'agissait que de faire la police dans sa maison, mais la juridiction a été étendue sur tout le territoire de Saint-Germain. À cette époque, les procès d'appel étaient portés au Châtelet, qui était présidial. Maintenant ils sont traités à la Table de marbre, au Palais. C'est surtout dans les cas d'appel que des copies des jugements étaient adressées au prévôt de Paris ou à ses lieutenants. Or, comme les prévôts des maréchaux jugent sans appel, rien n'assure qu'une copie du jugement que vous cherchez soit ici.

— Le classement est organisé par année ? s'inquiéta Louis devant la quantité impressionnante de dossiers aux couvertures grises et de sacs de toiles serrés par des cordelettes de chanvre, parfois pendus à des crochets.

Des escabeaux et des échelles permettaient de grimper jusqu'aux rayonnages touchant le plafond.

— Pas toujours ! En principe les années sont dans l'ordre, mais plus les dossiers et les sacs sont anciens, plus ils ont été mélangés.

Déjà le commis de Dreux d'Aubray avait repéré l'année 1621 et, juché sur un escabeau, il descendait dossiers et sacs de leurs étagères pour les vider sur les longues tables centrales qui occupaient le milieu des pièces.

— Ne vous fiez pas trop aux marques attachées aux sacs ! Il y a beaucoup d'erreurs et le contenu n'a parfois plus aucun rapport avec ce qui est indiqué, insista l'archiviste à l'attention du commis.

Il s'adressa ensuite à Louis, en indiquant le mur d'en face.

— C'est là que sont rangées les copies pour les lieutenants civil et criminel. Essayez de ne pas les déclasser, elles sont déjà assez en désordre ! Vous me trouverez en bas à six heures. Il n'y a ni chandelle ni falot ici à cause du péril des incendies, aussi dès qu'il fait sombre, il faut fermer.

Sur ces dernières recommandations, il les quitta, tandis que Nicolas commençait l'examen des rayonnages concernant les lieutenants du prévôt de Paris. Ayant repéré l'année 1621, il transporta les dossiers sur les tables.

Avant même de commencer, Louis se sentit découragé. Puis il se souvint de ce que disait toujours Gaston au collège de Clermont quand on leur donnait des corvées : *Dimidium facti, qui coe-*

*pit, habet*[1]. En soupirant, il ouvrit le premier dossier.

Il s'agissait à chaque fois de gros paquets de pièces, d'actes, de mémoires et de jugements attachés par des ficelles qui tombaient en poussière. À l'intérieur, bien des feuillets étaient illisibles tant l'encre était passée, d'autres étaient moisis ou rongés par les vers.

Louis et Nicolas travaillèrent en silence pendant plus d'une heure. La salle était assez bien éclairée par des fenêtres ogivales à petits carreaux sertis, mais Louis voyait avec inquiétude le temps passer. Il trouva finalement plusieurs échanges de lettres du lieutenant criminel avec la prévôté royale de Saint-Germain au sujet du procès de La Chesnay et découvrit ainsi la date exacte de l'arrestation de la bande des Rougets et des Grisons. Il la communiqua au commis de Dreux d'Aubray, ce qui leur permit d'avancer plus rapidement. Ce fut finalement le commis qui trouva un sac contenant des pièces adressées au lieutenant criminel de l'époque, M. Michel Moreau, suite à une demande faite par le procureur général qui souhaitait interroger le frère cadet de La Chesnay, nommé Robert. Soupçonné d'avoir appartenu à la bande, il vivait à Paris.

Le commis appela aussitôt Louis. Le dossier contenait non seulement le jugement mais tous les actes du greffe criminel, ainsi que les minutes des interrogatoires.

Louis se plongea très vite dans l'arrêt rendu. François La Chesnay, qui n'avait pas reconnu être le chef des brigands, son cousin La Fauerie et un troisième déserteur nommé La Pointe, qui eux

---

1. « Commencer, c'est avoir à moitié fini. »

251

avaient avoué, avaient été condamnés à être rompus vifs. Deux autres voleurs de la bande, très jeunes et n'ayant pas participé à tous les crimes – selon La Fauerie et La Pointe – devaient être battus et fustigés de verges à tous les carrefours de Verneuil par l'exécuteur de la haute justice, puis marqués au fer rouge des lettres GAL, avant de purger une peine de trente années de galères.

Louis resta un long moment pétrifié devant le nom d'un des deux galériens. Jamais il n'y aurait songé ! Il se sentait déconcerté. Ainsi il avait vécu dix ans près d'elle sans se douter de son passé ! L'amertume et la tristesse l'envahirent, mais hélas ce nom ne pouvait être une erreur, car il expliquait bien le passage des deux étrangers à Luzarches.

Il reprit finalement la lecture de l'arrêt.

Le dernier brigand, un nommé La Fontaine, avait été simplement condamné au fouet et à être flétri d'une fleur de lys sur l'épaule ainsi que de la lettre V. Il avait ensuite été banni à perpétuité de la ville de Paris. Aucun doute : il s'agissait du forgeron de Luzarches.

La date de l'exécution, deux jours après le procès comme il l'avait pensé, permettait de tout comprendre. C'était en effet le bourreau Filliaux qui avait officié, un mémoire présenté à la prévôté de Saint-Germain pour les frais occasionnés le confirmait.

Il était cinq heures passées. En se pressant, Louis pourrait arriver chez Gaston avant six heures et ainsi, il ne le dérangerait pas durant son souper. Il désirait lui demander conseil avant de rentrer à Mercy.

Il paya les deux écus convenus au commis, le laissant ranger les archives qu'ils avaient sorties. Dans la cour, Bauer les attendait, un rayonnant sourire aux lèvres.

# 7

Gaston de Tilly avait débuté sa carrière judiciaire comme officier dans le guet bourgeois avant de devenir commissaire-enquêteur au Châtelet, puis commissaire de police à poste fixe du quartier de Saint-Germain-l'Auxerrois. Trop souvent en désaccord avec le lieutenant civil, Antoine Dreux d'Aubray, il avait acheté une charge de procureur du roi, puis, au début de la Fronde, un office de procureur à la prévôté de l'Hôtel, la juridiction chargée de la police de la Cour. Il y suivait les affaires judiciaires mettant en cause les personnalités de l'État, de la famille royale ou des Grands, ceci sous les ordres du prévôt de l'Hôtel. En même temps, le chancelier Pierre Séguier, auquel il avait sauvé la vie lors d'une émeute[1], lui avait obtenu une charge de maître des requêtes par commission[2] au conseil des parties. Pour sa fidélité à la couronne et les éminents services rendus durant la guerre civile, Mathieu

---

1. Voir, du même auteur, *Le secret de l'enclos du Temple.*
2. Sous l'Ancien Régime, les offices obtenus par lettre de provision, c'est-à-dire achetés, se distinguaient des charges attribuées par commission qui correspondaient à des décisions royales prises par brevet. Révocables à tout moment, celles-ci n'étaient pas négociables.

Molé, le nouveau garde des Sceaux, lui avait fait parvenir un brevet de conseiller d'État.

Molé avait aussi recommandé à M. de Tilly d'acheter son office, puisqu'il en avait les moyens, mais Gaston songeait plutôt à cesser toute activité et à vivre comme un rentier avec sa jolie épouse.

Pourtant, c'est dans la plus grande pauvreté qu'il avait débuté dans la police. La chance lui avait souri quand le cardinal de Richelieu, qu'il gênait, l'avait éloigné de Paris en lui offrant une lieutenance de régiment. Ayant revendu cette charge trente mille livres et gagné un riche butin au cours de la bataille de Rocroi, il avait placé son bien en rentes et acheté une petite terre près de Paris. À cette époque, il louait le deuxième étage d'un immeuble de la rue de la Verrerie, mais après son mariage avec Armande, comédienne de l'Illustre Théâtre rencontrée avec Louis sur les routes de Provence[1], le couple s'était trouvé à l'étroit.

Cependant, un logis plus grand, avec la domesticité nécessaire, aurait exigé des revenus dont Gaston ne disposait pas, d'autant qu'il s'était endetté pour acquérir sa charge de procureur à la prévôté de l'Hôtel. C'est alors qu'il avait appris que ses parents n'étaient pas morts dans un accident, comme il le croyait, mais avaient été assassinés alors qu'ils se rendaient chez M. de Sully dénoncer quelque fait gravissime.

Avec l'aide de Louis Fronsac, Gaston avait retrouvé les meurtriers[2] et les avait châtiés. Leurs biens lui avaient été octroyés, comme dédomma-

---

1. Voir, du même auteur, *L'énigme du clos Mazarin*.
2. Leur première aventure est racontée dans *Les ferrets de la Reine*, du même auteur.

gement. C'est ainsi qu'il était devenu le riche propriétaire de forêts, de fermes, et de quelques centaines d'arpents de belles terres. Avec sa nouvelle fortune, il avait donc quitté son appartement rue de la Verrerie pour une maison dans la rue Hautefeuille.

Un peu avant six heures, Nicolas arrêta la voiture devant la porte cochère qui desservait une cour intérieure. Construite au milieu du siècle précédent, la maison de Gaston disposait d'une échauguette en façade. C'était d'ailleurs l'une des raisons pour lesquelles le procureur l'avait choisie : en ces temps troublés, une telle tourelle pouvait s'avérer bien utile pour se défendre des pillards.

Bauer descendit du carrosse et alla frapper à la porte. Le concierge ayant écouté les explications du Bavarois et confirmé que M. de Tilly était chez lui, il ouvrit les battants du portail. Avec son aide, Nicolas y engagea la voiture.

Pendant ce temps, Louis, descendu du carrosse, grimpait à l'étage où un petit palier desservait l'échauguette, l'antichambre de l'appartement de Gaston et les galetas des laquais, femmes de chambre, servantes, cuisinières, marmitons et cocher.

Un majordome ménageait cette domesticité. Ancien laquais de Gaston, François était un serviteur fidèle et courageux, ayant fait ses preuves quand le logis de son maître avait été attaqué par la confrérie de l'Index[1]. C'est lui qui ouvrit la porte de l'antichambre.

_____
1. Voir, du même auteur, *L'homme aux rubans noirs*.

— M. le marquis ! s'exclama-t-il, surpris. M. de Tilly sera si content de vous voir !

— Je ne le dérange pas pendant son dîner ? s'inquiéta Louis.

— Non, monsieur. Mme de Tilly se trouvait chez sa tante où monsieur est allé la chercher. Ils ne sont rentrés qu'il y a peu.

À cet instant, Gaston sortit de sa chambre. Moustache en queue de canard et visage rubicond, il portait des culottes de drap de Hollande rouge vif, ornées de dentelles, et un justaucorps de brocart à fleurettes d'argent.

— Louis ! Si je m'attendais à te voir ! Entre vite, Armande va être si heureuse !

Après leur fraternelle étreinte, Gaston prit son ami par l'épaule pour le faire entrer dans sa chambre, une grande pièce lumineuse meublée d'un lit de damas rouge garni de franges, d'une armoire aux panneaux sculptés, de coffres, d'un cabinet à tiroir et de plusieurs chaises et pliants troussés dans la même étoffe que le lit.

Sur des murs opposés régnaient deux tableaux des maîtres de la France : le mélancolique visage d'Anne d'Autriche regardait avec passion la face pommadée du cardinal Mazarini aux moustaches relevées à la bigotère. Sur les autres murs étaient accrochés une grande tapisserie flamande et un beau miroir serti de bois de violette.

Devant la cheminée, Armande lisait, assise dans un fauteuil à bras. Elle se leva en découvrant Louis.

Armande ressemblait à Mme de Châtillon, la cousine du prince de Condé. Les deux femmes avaient la même taille, les mêmes formes généreuses, la même gorge *bien taillée*, la même chevelure brune. Mais l'expression de leur visage était totalement différente. Chez Armande n'apparaissaient que douceur et sincérité, quand hardiesse et cupidité s'affichaient dans les traits de la veuve de Coligny.

— Madame, je suis à vos pieds, déclara Louis, s'inclinant pour balayer le sol de son chapeau, tandis que Bauer, qui arrivait à son tour, en faisait autant.

— Messieurs, c'est un bonheur de vous recevoir, répondit-elle avec un air espiègle.

— Madame, vous êtes resplendissante ! ajouta Louis.

— Il suffit ! intervint Gaston en riant. Louis et Bauer, vous restez à dîner ! François ! Préviens la cuisinière, qu'elle se surpasse, et fais dresser ici une table sur tréteaux pendant que nous nous installerons chez Armande pour parler. J'ai hâte d'avoir des nouvelles de Mercy, et surtout de connaître la raison de votre venue à Paris.

— Mon secrétaire, Nicolas, va arriver, signala Louis à François. Occupez-vous de lui, il doit être affamé.

— Je l'emmènerai aux cuisines, promit François.

Ils empruntèrent le petit escalier à vis à l'extrémité de la chambre, passage éclairé seulement par quelques archères donnant sur la rue. Dans les appartements d'Armande, ils passèrent directement de l'antichambre à la chambre tapissée à la flamande où trônait un lit à hauts piliers paré de serge jaune et de brocatelle rayée à fleurettes. À cet étage, Armande disposait aussi d'un cabinet oratoire et d'une garde-robe, ainsi que de petits bouges pour ses femmes de chambre.

Cet arrangement permettait aux époux de disposer chacun de leur domaine. Gaston pouvait recevoir chez lui officiers et magistrats sans déranger son épouse, et celle-ci avait toute liberté pour inviter ses amis qu'elle faisait passer par un escalier de service rejoignant la cour.

Elle s'installa sur son lit et les hommes dans les deux ruelles, sur des chaises caquetoires. La femme de chambre, qui rangeait la pièce, s'était éclipsée pour ordonner à une servante de porter des boissons.

Invité à parler, Louis raconta le crime de Luzarches, sa journée de la veille, et en vint à ce que lui avait appris maître Guillaume et à sa découverte aux archives du Châtelet sur la bande des Rougets et des Grisons.

Chez Gaston, des souvenirs oubliés refirent surface. Il lui revint à l'esprit le petit La Chesnay, malade, mourant, leur confier que son aîné, chef de la redoutable bande de brigands, avait été roué. Il se revoyait, avec Louis, courant dans la nuit le long de la rue Saint-Jacques, une chandelle à la main, pour aller chercher le grand frère de La Chesnay à la gargote du Trou punais. Jamais il n'aurait pensé que cette histoire resurgirait dans leur vie.

Bien que connaissant Louis depuis trente ans, Gaston fut une fois de plus impressionné par le raisonnement de son ami à partir de la simple observation d'une marque au fer rouge. Mais ce fut surtout le nom du galérien qui le laissa interdit. Lui non plus n'aurait jamais imaginé que cette femme, qu'il connaissait depuis si longtemps, portait un si lourd secret. Cependant, ce nom n'expliquait pas la mort du forgeron.

À leur visage, Louis se rendit compte que ni Armande, ni Gaston, ni Bauer n'avaient tout compris.

— La marque de flétrissure éclaire l'énigme, asséna-t-il. Puisque le bourreau venait du Mans, et que l'exécution avait eu lieu deux jours après le jugement, et seulement quatre après la capture de la bande, le rôle de La Fontaine était évident.

Gaston resta déconcerté. Ses traits rudes et ses yeux ronds marquaient son incompréhension. Cette expression fit rire Louis qui renoua machinalement une ganse du ruban noir de son poignet gauche.

— Combien de temps faut-il de Verneuil pour aller au Mans ? demanda-t-il.

— Je dirais trois jours, proposa Gaston, deux peut-être pour un bon cavalier.

— Disons six avec le retour, et encore en supposant que le messager, sans doute un archer du prévôt, ait tout de suite trouvé le bourreau. Donc ce messager était parti bien avant l'arrestation des Rougets et des Grisons.

Gaston hocha lentement la tête, les lumières se faisaient dans son esprit.

— Le prévôt de Mortagne savait donc, quelques jours avant l'arrestation, qu'il allait saisir toute la bande… dit-il.

— Exactement.

— Un traître… l'aurait prévenu ?

— Fatalement, et ce félon, ce ne peut être que La Fontaine ! Ce n'est écrit nulle part dans les documents que j'ai lus, mais il est seul à avoir été uniquement flétri et banni. Une peine bien légère pour un brigand ayant commis tant de crimes. Pour une raison que j'ignore, il a dû dénoncer ses complices et, en échange, bénéficier de clémence.

— Les deux visiteurs seraient ceux condamnés aux galères ?

— Forcément !

— Cela me navre, dit Gaston après un long silence. Cela va lui briser le cœur…

— Moi aussi, monsieur, intervint Bauer, qui pourtant prenait rarement la parole dans les enquêtes de son maître.

Ils ne mentionnèrent plus l'affaire et Gaston parla à son tour de son travail et donna à Louis des nouvelles de la Cour pendant qu'une servante leur servait du vin de Beaune.

Le grand sujet des conversations était toujours le prince de Condé. Depuis sa fuite de Paris en octobre de l'année précédente, après avoir laissé massacrer ceux qui souhaitaient rester fidèles au roi, Condé avait quitté la France pour se réfugier au Luxembourg d'où il attendait des secours espagnols en espérant rentrer en France à la tête d'une armée. Mais hors ses derniers fidèles, Longueville et Luxembourg, ainsi que son frère Conti qui tenait encore Bordeaux – mais pour combien de temps ? – tous ses amis l'avaient abandonné. Enfin, pas tout le monde, Mme de Châtillon, sa cousine et accessoirement sa maîtresse, défendait toujours ses intérêts à la Cour et tentait de négocier un retour et une grâce dont ni Mazarin ni le jeune roi ne voulaient.

Louis était navré de savoir le prince, un des premiers à lui avoir donné son amitié, être ainsi devenu renégat et paria. Mais il ne pouvait guère faire état de sa peine devant Gaston qui avait toujours condamné le comportement séditieux de Louis de Bourbon. D'ailleurs, il ne s'appelait même plus Bourbon, son nom lui avait été confisqué, ainsi que sa qualité de prince de sang.

Gaston raconta aussi le triomphant retour de Mazarin auprès du roi, le mois précédent, et l'entrée théâtrale du Sicilien dans Paris qui, selon un mot de Guy Patin qui pourtant le haïssait, était désormais « aussi puissant que Dieu le père au commencement du monde » !

Ils redescendirent au premier étage lorsque François vint leur annoncer que le repas était prêt. En bas, la table était mise et recouverte d'une large nappe damassée qui pendait de tous côtés jusqu'au sol. On avait sorti les assiettes d'argent et le linge en toile fine.

Avant de servir le potage, les verres furent emplis et Gaston, qui évitait le bénédicité, leva son verre en déclarant, tout joyeux :

— Au roi ! Vidons nos pots à tire-larigot !

Il y eut ensuite plusieurs services de fricassées et de viandes rôties ou bouillies, des charcuteries présentées en pyramides, ainsi qu'un plat de per-dreaux et de hérissons préparés avec des haricots, des lentilles et des fèves. François avait fait venir toutes ces bonnes choses d'un traiteur, la cuisinière n'ayant pu faire si vite un tel repas. Malgré tout, Armande s'excusa de ne pas avoir d'arti-chauts car elle savait que Bauer en raffolait.

Chaque plat était présenté cérémonieusement aux coins de la table par un valet alors qu'un autre domestique servait le vin. Ce ne fut que lorsqu'on amena l'assiette de pâtisseries et les fruits que nos amis reprirent leur conversation.

Gaston parla de la Provence, pacifiée par le duc de Mercœur arrivé là-bas un an plus tôt et qui avait remplacé le comte d'Alais haï par les Aixois. Il raconta aussi à Louis que Mazarin envoyait des maîtres des requêtes en province pour lever les impôts qui entraient mal. On lui avait d'ailleurs proposé une telle charge qu'il avait refusée.

C'était, sans le dire, le retour des intendants que les Frondeurs avaient voulu faire disparaître.

Louis l'interrogea aussi sur Colbert, qu'ils avaient connu et qui était devenu l'intendant de Mazarin. Enfin, la discussion revint sur le cardinal de Retz, qui, bien que n'ayant pas été le plus fautif, était maintenant le plus puni tant Mazarin et la reine le détestaient. Louis raconta à Armande et à Bauer quelques-uns de leurs souvenirs de collège, quand Retz n'était encore que le jeune Paul de Gondi.

Mais tous ces échanges, pour amicaux qu'ils soient, n'avaient lieu que pour masquer ce à quoi ils pensaient tous : le nom de l'assassin de La Fontaine, et le drame qui s'était noué trente ans plus tôt.

— Que vas-tu faire, maintenant ? s'enquit finalement Gaston tant il brûlait de connaître la décision de son ami.

— Mon devoir ! s'irrita Louis pour cacher son désarroi. L'assassin se cache forcément à Mercy ! Il a tué un homme, c'est un criminel ! Comment agirais-tu à ma place ?

Gaston opina tristement alors que Bauer et Armande baissaient les yeux.

# 8

Après avoir passé la nuit dans la maison des Blancs-Manteaux, Louis seul et Bauer dans les bras de Marie, ils quittèrent la ville aux aurores et arrivèrent à Mercy un peu avant midi. Fronsac raconta à Julie ce qu'il avait découvert pendant que le Bavarois surveillait la femme qui allait certainement retrouver les assassins.

Louis le rejoignit un peu plus tard. Ils passèrent un long moment dans la cour, discutant avec Michel Hardoin et Margot Belleville à qui le marquis de Vivonne n'avait rien révélé.

Enfin Mme Hubert sortit des cuisines avec le sac d'épluchures qu'elle portait matin et soir aux poules et aux canards de la ferme.

Dix ans plus tôt, se rappelait Louis en l'observant, il était arrivé dans ce château en ruine occupé seulement par un vieux couple de gardiens. Jules Hubert avait alors près de soixante et dix ans et Antoinette, son épouse, avait dépassé la soixantaine. C'était eux qui l'avaient reçu. Il voyait encore Jules en train de garnir l'une des deux cheminées de la grande salle pendant que sa femme surveillait la cuisson d'un mouton entier dans l'autre foyer.

Les deux vieux s'étaient levés avec respect en le voyant entrer, accompagné de ses parents et de Julie. La vieille femme, ridée comme une pomme sèche, lui avait déclaré avec soulagement :

— Je suis bien heureuse de voir de nouveau un maître ici. Nous en avons besoin.

Dix ans plus tard, il allait faire son malheur.

La laissant prendre de l'avance, tandis que Bauer restait dans la cour, il se rendit à l'armurerie, ancien territoire de Gaufredi désormais voué à Bauer, et choisit un petit pistolet à silex. Il vérifia rapidement le mécanisme et la charge, puis le glissa dans son manteau.

Il rejoignit le Bavarois qui portait son épée à son baudrier et ils se dirigèrent vers la ferme située à quelque deux ou trois cents toises. Mme Hubert prit le chemin longeant les bois. Elle marchait loin devant eux et n'allait pas vite.

Bien avant la ferme, elle emprunta une sente dans la direction de Royaumont et s'enfonça dans la forêt. Ils marchèrent ainsi près d'une demi-heure, avançant toujours plus profond dans les taillis de houx et de ronces. En chemin, Louis constatait les dégâts de la tempête. Des dizaines d'arbres étaient couchées au sol. Hardoin avait raison, il fallait engager des hommes pour couper ces bois et les empêcher de pourrir.

Mme Hubert paraissait bien connaître le chemin, elle arriva dans une clairière où se dressaient en lisière deux huttes utilisées jadis par des charbonniers et désormais abandonnées. Couvertes de branchages et de mousse, les cabanes étaient presque invisibles. Elle appela et un homme imberbe, à la chevelure entièrement blanche et au sommet du crâne dégarni, sortit de l'une d'elles. Elle s'approcha de lui et le serra contre elle, l'embrassant avec tendresse.

Louis se pressa et s'avança dans la clairière. L'homme le découvrit et repoussa Mme Hubert qui se retourna.

— M. Fronsac ! balbutia-t-elle, le visage décomposé.

— Qui est cet homme, mère ? cria l'homme.

— Notre seigneur... M. le marquis...

Elle tomba à genoux, désespérée.

— Pitié, monsieur, pleura-t-elle. C'est mon fils ! Depuis trente-trois ans je croyais qu'il était mort et je priais pour lui !

Bauer était resté invisible, Louis lui avait dit d'attendre. Le vagabond, ayant remarqué que Fronsac était sans arme, fit un pas vers lui, ses mains calleuses en avant.

— Pour moi, la route s'arrête ici, monsieur ! J'ai trop souffert et je ne finirai ni sur l'échafaud ni sur un banc de galère, tant pis pour vous si vous tentez de m'arrêter !

Tenant le pistolet dans son manteau enroulé, Louis choisit de ne pas le montrer. Cet homme était désespéré et il ne voulait pas le tuer. De surcroît, il savait qu'un seigneur n'avait d'autorité sur ses serviteurs qu'en faisant preuve de courage.

— C'est donc toi, Jacques... Où est Placide ? s'enquit-il, d'un ton faussement détaché.

Mme Hubert gémissait sur le sol.

— Comment savez-vous mon nom, monsieur ? demanda le vagabond, interloqué.

— Je sais tout, ou presque. Ta désertion de Picardie, tes méfaits chez les Rougets et les Grisons, ta condamnation aux galères avec Placide alors que La Chesnay, La Fauerie et La Pointe étaient roués, tandis que La Fontaine, qui vous avait dénoncés, était seulement flétri et banni.

Le vagabond se tourna vers sa mère qui, toujours à genoux, psalmodiait une prière à la Vierge. Il paraissait désemparé. Voyant son désespoir, il s'affaissa à son tour devant Louis.

— Placide est mort cette nuit, monsieur. Il s'est battu avec La Fontaine. Dans la lutte, La Fontaine a heurté une enclume mais il avait donné un coup de couteau à Placide. Le pauvre a perdu trop de sang. Il est là, dans la cabane. Je n'ai rien pour creuser, pour l'enterrer. Il n'a même pas eu un prêtre quand il est passé.

— Pourquoi êtes-vous revenu vous venger ? demanda sévèrement Louis.

— On n'est pas revenus se venger, monsieur ! protesta-t-il, les larmes aux yeux. J'ignorais que La Fontaine habitait à Luzarches. Je suis revenu pour mes parents ! Que pour eux ! Je les ai quittés, j'avais dix-sept ans, monsieur ! J'en ai cinquante ! J'ignorais s'ils étaient toujours en vie. Ma mère me croyait mort. On a été libérés des galères il y a deux mois, et on est tout de suite venu ici. Je viens à peine de la revoir, je croyais ne jamais connaître ce bonheur. Mais maintenant, je préfère mourir tout de suite, tuez-moi !

Louis interrogea du regard Mme Hubert qui gémissait.

— C'est mon fils unique, monsieur, fit-elle entre deux sanglots. Il est né, j'avais vingt-cinq ans. Avec Jules, on se désespérait de ne pas avoir d'enfants. Je l'ai bien élevé. Il était fort, gentil et beau. Mais on était si misérables qu'à dix-sept ans, il s'est engagé dans Picardie pour nous donner sa solde. Avec mon mari, on ne l'a jamais revu. Pourtant, on aurait si souvent eu besoin de lui...

Ébranlé, Louis montra les deux chevaux attachés à un arbre.

— En vous libérant des galères, on vous a offert des chevaux ? s'enquit-il ironiquement.

— On les a volés, monsieur, c'est vrai ! Mais que pouvait-on faire d'autre ? Je voulais rentrer à Mercy le plus vite possible. Arrivée à Luzarches, la bête de Placide boitait et on est allés au forgeron. C'est là qu'on a découvert La Fontaine. Il ne nous avait pas reconnus mais Placide lui a dit qui on était. Il lui a montré son visage qu'il dissimulait toujours sous un foulard ou son col de manteau. La Fontaine a pris peur et a crié qu'il n'y était pour rien. À ce moment, sa fille est venue et il l'a chassée. Quand elle est partie, je lui ai dit que je lui avais pardonné, mais Placide a fermé la porte de la forge et, à la lueur du fourneau, il a découvert sa tête.

— Pourquoi ?

— Placide avait voulu s'évader. Il n'avait plus ni nez ni oreilles, monsieur ! sanglota le vagabond dans un cri.

» Alors La Fontaine est devenu comme fou. Il a saisi une lame et s'est jeté sur Placide. Il l'a blessé au bras. J'ai tenté de lui retirer son arme et, dans la bagarre, il est tombé sur le coin d'une enclume. Il n'a pas repris connaissance.

» On a pris peur, monsieur ! On a attendu la nuit et on est partis. Placide saignait beaucoup. Il avait une veine ou une artère coupée. On a passé l'Ysieux puis je l'ai conduit dans le bois que je connaissais bien, jusqu'à cette cabane.

» Hier, il délirait. Je me suis rasé et je suis allé à Royaumont. J'ai demandé après plusieurs moines que j'avais connus. Il y en avait encore un de vivant. Je me suis confessé auprès de lui et il m'a appris que mon père était mort mais que ma mère vivait toujours. Ensuite il est venu donner quelques soins à Placide, mais m'a dit de ne pas garder trop d'espoir, puis il a prévenu ma mère.

» Placide est mort tout à l'heure.

# 9

Le silence s'installa. Embarrassé, Louis voulait en savoir plus avant de prendre une décision.

— Racontez-moi ce qui s'est passé depuis que vous avez quitté votre mère, s'enquit-il. Et vous, Mme Hubert, relevez-vous.

Il appela :

— Bauer, rejoins-nous !

Mais le vagabond resta immobile, comme s'il n'avait pas entendu. Pourtant, voyant Bauer approcher, il soupira avant de demander :

— Pourquoi ? Vous allez me faire pendre de toute façon.

— Votre mère vous dira que ce n'est pas dans ma nature.

L'homme regarda sa mère et lui prit la main pour l'aider à se relever.

— Tout a commencé, il y a trente-trois ans, en 1620, commença-t-il, plus assuré. Ici, c'était la misère et nous mangions plus souvent des racines que de la bouillie d'orge. Je ne pouvais plus supporter de voir mes parents épuisés et affamés. Je savais qu'en février passait, chaque année, un sergent recruteur à Luzarches. Il restait toujours quelques jours à l'auberge. Quand j'ai su qu'il était là, j'ai embrassé mes parents sans leur dire ce que j'allais faire. Je pensais revenir au moins une fois par an pour leur porter ma paye, ou mon butin. J'avais dix-sept ans, monsieur, et je n'ai jamais revu mon père !

» Donc, je suis allé à Luzarches. Le sergent était à l'auberge. On était quelques-uns, des jeunes, et il nous a décrit tous les avantages qui nous attendaient. Il nous proposait une belle tenue, double paye et la possibilité de devenir sergent. Il nous a offert un bon repas avec beaucoup de vin. Je n'avais jamais autant mangé ni bu. À la fin du dîner, j'ai signé d'une croix la formule d'engagement pour six ans sur un papier à en-tête du régiment de Picardie. En échange, j'ai reçu la prime, « l'argent du Roi » comme on disait : quatre écus au soleil que j'ai fait parvenir à ma mère par l'aubergiste.

» On est partis à pied aussitôt après. On était une vingtaine avec ceux engagés à Asnières et on a gagné Saint-Germain. Dans notre troupe, il y avait La Fontaine, qui avait vingt ans, et Placide, qui était de mon âge. On était du même pays et on avait juré de ne jamais se séparer. À Saint-Germain, on nous a appris à manier la pique qui serait notre seule arme, puis on a rejoint le régiment de Picardie à marche forcée. Notre recruteur avait un billet établi par les bureaux de la guerre qui lui donnait l'itinéraire à suivre pour trouver à l'étape le logement et la subsistance. On dormait chez l'habitant, profitant parfois des femmes et des filles pas farouches. La vie de soldat me plaisait.

» À Picardie, comme à Champagne, l'usage était qu'on change de nom. Le sergent m'avait donné le sobriquet de Jolycœur, La Fontaine, qui puait, est devenu La Rose et Placide fut surnommé Picard. On nous a rassemblés en compagnies. La nôtre comprenait deux cents hommes avec une moitié de piquiers et le reste de tireurs. Durant les engagements, les piquiers, devant, protégeaient les tireurs. C'étaient nous qui avions le plus de pertes. L'officier qui nous commandait nous avait prévenus qu'il abattrait de sa main ceux qui reculaient.

» Je commençais à me demander si j'avais bien fait de m'engager.

» C'était l'époque où la reine mère[1] s'était rebellée contre son fils. Après s'être évadée de Blois, elle avait rassemblé une armée de trente mille hommes avec le duc d'Épernon. En face, Bassompierre avait le commandement des régiments de Picardie, Champagne, Navarre et Piémont. À peine huit mille hommes.

» On a marché jusqu'à Angers. On savait qu'on était moins nombreux que les autres et personne n'avait envie de se battre. Une fois le camp installé, M. le prince de Condé, notre général, a rassemblé les troupes pour une grande revue. Il avait fait dresser l'estrapade et, toute la journée, debout, on a assisté à la punition d'une trentaine de malheureux qui avaient déserté. Le bourreau les attachait et les tirait en haut d'un mât pour les précipiter au sol plusieurs fois jusqu'à ce qu'ils soient complètement brisés. Pour terminer, Condé a encore fait pendre une vingtaine de pauvres bougres qui avaient forcé des filles. Quand ce fut fini, on était tous terrorisés. Le lendemain, on est partis pour Ponts-de-Cé où nous attendait l'armée de la Médicis commandée par le comte de Soissons. Dans notre compagnie, on parlait peu entre nous, chacun avait en tête ce qu'il avait vu et pensait à sa maison, à sa famille.

---

1. Marie de Médicis.

» On avait tous peur, monsieur. On était désespérés.

» Arrivé devant Ponts-de-Cé, Condé a rangé les troupes. Picardie était au premier rang et on nous a fait avancer. Nous n'avions que nos piques et les rebelles avaient des canons. Ce fut un carnage quand ils tirèrent. Plus d'un homme sur deux est tombé et les survivants furent décimés par la mousqueterie. J'ai fait semblant d'être touché et je me suis effondré. Placide m'a imité. J'étais terrorisé, car je savais que si l'officier m'avait vu faire, je subirais le fouet, et peut-être l'estrapade. Pourtant, ça m'a sauvé la vie, car notre sergent-major a reçu une balle et plus personne ne s'est intéressé à moi. Ensuite, ce fut une mêlée furieuse. Couché par terre, faisant le mort, j'étais piétiné et le sang me recouvrait. Finalement, notre artillerie a repoussé Soissons et je me suis relevé sans qu'on s'aperçoive de ma lâcheté. Le champ de bataille ressemblait à une immense boucherie... Avez-vous été à la guerre, monsieur ?

Louis hocha du chef, se souvenant de Rocroi[1]. Il avait parfois des cauchemars où il se retrouvait au milieu du carnage. Il se réveillait alors, plein de sueur.

— Finalement, nous prîmes le pont qui conduisait à la ville que notre général, le marquis de Tresnel, nous empêcha de piller.

» Moi, je n'avais pas le cœur à piller tant je tremblais après cette bataille, mais La Fontaine était furieux. Le lendemain, on a réorganisé les compagnies. On m'a affecté avec des vétérans, ainsi que La Fontaine et Placide. À peine cet engagement était-il terminé qu'on nous a envoyés dans le Languedoc pour les quartiers d'hiver, puis

---

1. Voir, du même auteur, *La conjuration des Importants*.

au printemps on a fait route vers la Guyenne pour reprendre Saint-Jean-d'Angely, aux mains du duc de Soubise. Cette fois, on allait avoir affaire aux protestants, des combattants autrement plus redoutables que les rebelles de la reine mère.

» J'avais si peur que je pleurais chaque soir et le sergent-major, qui me détestait, menaça de me placer devant, avec ceux qui tomberaient les premiers. C'est alors qu'un vétéran me prit en amitié, car je ressemblais à son jeune frère. Il se nommait François La Chesnay.

— J'ai connu son frère, Robert[1], précisa Fronsac.

Jacques Hubert eut un regard interrogateur, mais Louis lui fit signe de poursuivre.

— Un soir, au bivouac, j'étais avec Placide quand La Chesnay vint nous voir avec son cousin La Fauerie pour nous annoncer qu'ils allaient déserter. Ils seraient une dizaine et il nous proposait de les rejoindre. Je ne voulais pas, mais Placide m'a convaincu que si je restais, je serais mort dans quelques semaines. Mieux valait subir l'estrade que continuer cette vie.

» J'ai donc accepté. On a filé un soir où La Fontaine était de garde après l'avoir convaincu de venir avec nous. La Chesnay et ses amis ont tué les autres sentinelles et on s'est cachés dans les marais où deux d'entre nous se sont noyés. On est restés là, perpétuellement glacés et la faim au ventre pendant que le prévôt faisait des battues, mais on était vivants et libres.

» Quand l'armée est repartie, nous sommes remontés vers Poitiers. Je voulais quitter les autres mais je ne savais où aller. Alors je suis resté, et comme on avait faim, on a attaqué des marchands

---

1. Voir, du même auteur, *Les ferrets de la Reine*.

et des pèlerins. J'ai volé et tué, comme les autres, mais je n'étais pas sanguinaire à la façon de François La Chesnay qui nous faisait peur par sa cruauté. Finalement, on s'est retrouvés à Paris. Là, avec l'argent qu'on avait rapiné, La Chesnay nous a habillés de beaux vêtements de serge rouge et de velours gris en nous expliquant que si on ressemblait à des gentilshommes, personne ne se douterait qu'on était des déserteurs.

» Au début, on ne volait que des manteaux sur le Pont-Neuf. Mais très vite les exempts nous ont repérés. On nous a appelés les Rougets et les Grisons. Alors on est devenus de vrais brigands. On trucidait les passants la nuit et on attaquait les maisons des bourgeois. Avec Placide, on faisait le guet pendant que Robert La Chesnay, qui nous avait rejoints, grimpait sur les façades et entrait par une fenêtre d'étage dont il brisait les vitres. Après quoi, il ouvrait les portes de l'intérieur et on mettait la maison au pillage. La Chesnay et la Fauerie, ainsi qu'un nouveau dans la bande, un nommé La Pointe, torturaient hommes et femmes pour leur faire avouer où ils cachaient leur argent, puis ils tuaient tout le monde. Mais ni moi, ni Basile, ni Robert La Chesnay n'avons participé à ces massacres, tant nous avions ces crimes en horreur, je vous le jure. Même que la bande se moquait de nous et nous traitait de fillettes. Pourtant, un jour où on avait trouvé plus de cinq cents écus en vaisselle dans une maison, et que le propriétaire était revenu trop tôt, François fut capturé en s'enfuyant et c'est Robert et moi qui parvînmes à le délivrer.

» Après cette affaire, on était désormais trop connus, surtout François qui avait été vu par les gens du guet. On a donc quitté la capitale. Je lui demandais sans cesse de me laisser rentrer chez moi, mais il s'y opposait, arguant que je serais pris et que je le dénoncerais. Pourtant, il accepta que La Fontaine aille voir ses parents. Nous l'accompagnâmes avec Placide, mais en restant en dehors de Luzarches où nos visages étaient familiers. J'aurais tant aimé aller voir mon père et ma mère, mais La Pointe nous aurait tués si j'avais tenté de lui fausser compagnie. Ensuite, on est partis dans le Midi. Nous sommes allés jusqu'à Montauban, puis, au bout de quelques mois, pensant qu'on nous avait oubliés, on est retourné vers Paris. En chemin, on volait les marchands qui revenaient des foires après avoir vendu leurs marchandises. Très vite, tous les prévôts des maréchaux furent après nous et nous dûmes nous cacher dans la forêt de Fontainebleau, puis dans les bois de Saint-Germain. Nous dormions dans les fourrés, comme des bêtes sauvages, et nous ne mangions plus que des glands. Bien sûr, nous avions de l'argent, mais comment le dépenser ? Sitôt arrivés dans un village ou une auberge, on nous aurait arrêtés. Nous avions si faim que nous regrettions même l'armée. Un des nôtres décida alors de rentrer chez lui. La Fontaine, son ami, voulut l'accompagner. Nous étions tentés de les suivre, et même le cadet de La Chesnay voulait s'en aller. Mais François s'y opposa. Il était le chef, nous cria-t-il, et il avait droit de vie ou de mort sur chacun de nous ! Il y eut une bagarre et La Chesnay fut le plus fort. Ensuite, pour nous prouver qu'on ne risquait rien en dépensant notre argent, il se rendit seul à l'auberge du village le plus proche pour dîner et y passer la nuit.

» Par un extraordinaire hasard, un prévôt des maréchaux qui était à nos trousses s'était arrêté à cette auberge avec sa compagnie d'archers. François était cruel, mais il était aussi d'une audace inouïe.

Il se fit passer pour un marchand et invita le prévôt à sa table en lui demandant de lui raconter les exploits du terrible La Chesnay. Puis il passa la nuit dans l'hôtellerie et vida les lieux avant l'aube, tandis que le prévôt dormait encore. Avant de mettre son cheval au galop, il lança au garçon d'écurie : « Tu diras au prévôt qu'il a dîné hier avec La Chesnay[1] ! »

» Nous ayant retrouvés dans la forêt, il nous raconta en riant sa fanfaronnade, puis il nous annonça qu'il avait appris à l'auberge qu'une foire se tenait à Verneuil et qu'il avait décidé de voler des marchands quand elle serait terminée. Comme nous ne voulions pas, il nous jura qu'après ce coup-là, nous partagerions le butin et nous pourrions rentrer chez nous. Nous avons donc accepté.

» François envoya son frère et La Fontaine à Verneuil pour repérer un marchand facile à voler. Robert le suivrait à la fin de la foire et La Fontaine viendrait nous prévenir de la route prise. Nous devions l'attendre dans une auberge, sur le grand chemin.

» Ils partirent par des routes séparées pour ne pas être repérés et La Fontaine en profita pour faire un détour jusqu'à l'hôtellerie où François avait rencontré le prévôt. Je ne sais pas pourquoi il a fait ça, peut-être voulait-il une récompense pour dénoncer la bande des Rougets, peut-être réclamait-il l'impunité, à moins qu'il n'ait simplement voulu venger son ami tué par notre chef. Quoi qu'il en soit, le prévôt lui a promis la clémence si nous étions capturés. Bien sûr, nous ne l'apprîmes que plus tard.

» Dans l'ignorance de sa trahison, nous nous étions installés dans l'auberge convenue, tous revê-

---

1. Cette histoire est authentique.

tus de nos plus beaux habits gris et rouge, car La Chesnay, avec son culot habituel, avait expliqué à l'aubergiste que nous étions des gentilshommes attendant de jeunes messieurs afin de régler une affaire d'honneur. Trois jours après notre arrivée, La Fontaine fit son apparition en expliquant avoir laissé Robert derrière un marchand dont le chariot passerait non loin de l'auberge dans l'après-midi. Selon lui, c'était un vieil homme avec un jeune apprenti et il y avait beaucoup d'argent à rapiner, car il avait fait de bonnes affaires.

» Mais dans l'après-midi, ce fut un prévôt et une compagnie d'archers qui arrivèrent. Sitôt qu'on les vit dans la cour de l'auberge, nous voulûmes fuir, mais François nous expliqua qu'ils ne venaient pas pour nous, et que si on détalait, on attirerait leur attention. Au contraire, il fallait se faire remarquer pour qu'ils n'aient pas de soupçons, aussi ordonnat-il à La Fauerie et à La Pointe d'aller dans la salle commune et de se montrer insolents avec tout le monde, comme de vrais gentilshommes.

» Seulement le prévôt était celui avec lequel François avait soupé, et il savait par La Fontaine que nous étions là. Cela faisait des semaines qu'il nous poursuivait et il était si certain de nous prendre qu'il était venu avec un magistrat de Verneuil. On a su plus tard qu'il avait même envoyé un de ses hommes au Mans pour que le bourreau de la ville, qu'il connaissait, vienne s'occuper de nous, tant il voulait être certain que nous n'échapperions pas à notre châtiment.

» Quand il commença à fouiller les chambres de l'hôtellerie, La Chesnay refusa d'ouvrir. Placide et moi sautâmes par la fenêtre mais le prévôt avait tout prévu et des villageois nous attendaient. On fut pris. Il y eut ensuite une violente échauffourée et toute la bande fut attrapée, sauf Robert, qui n'était pas arrivé et qui parvint à disparaître. Pourtant La Chesnay nia être le chef des Rougets, même durant la question préalable, même pendant la question ordinaire et extraordinaire. Moi je n'ai pas eu ce courage. Aux premiers coins, j'ai tout avoué, comme les autres, d'ailleurs. Notre procès commença deux jours plus tard. Ce qui nous surprenait, c'est que La Fontaine n'était pas emprisonné avec nous. On a compris quand le magistrat nous a lu son témoignage nous accusant.

» On fut tous condamnés à être rompus vifs après avoir fait amende honorable en chemise, un cierge à la main. Par miracle, le matin de l'exécution, un procureur du parlement de Paris, qui avait été prévenu, vint demander la commutation des peines des plus jeunes, c'est-à-dire de Placide et moi. Ce n'était pas par pitié. Il avait seulement ordre de trouver des hommes robustes pour les galères.

» On a dû assister au supplice de nos amis, puis avec La Fontaine et Placide, on nous a attachés à un poteau sur lequel était attaché un écriteau indiquant nos crimes et notre peine. L'exposition a duré une heure. Ensuite, le bourreau nous a déshabillés jusqu'à la ceinture et nous a marqués sur l'épaule droite. Avec Placide, on a eu les lettres GAL et La Fontaine a eu la fleur de lys et la lettre V. La douleur fut atroce, monsieur, j'ai hurlé comme jamais, bien que le bourreau ait recouvert notre brûlure d'un mélange de saindoux et de poudre à fusil. J'ai souffert pendant des mois.

» Le soir, on nous a ramenés en prison alors que La Fontaine était libéré et banni. À ce moment-là, on avait juré de le retrouver et de se venger, mais on a vite oublié. On est partis quelques jours plus tard, enchaînés, pour la tour

Saint-Antoine, la prison des galériens. Ensuite ce fut la grande chaîne, puis les galères de Marseille. Savez-vous, monsieur, ce que c'est ?

Louis n'avait pas interrompu la confession. Elle ne lui apportait pas beaucoup plus que ce qu'il savait déjà, sinon quelques précisions, mais pour la mère de Jacques, c'était la vie de son fils qu'elle découvrait après plus de trente ans durant lesquels elle croyait l'avoir perdu pour toujours.

— On nous a enchaînés sur un banc de galère, on devait y rester jusqu'à la fin de notre peine, mais on nous a dit que personne ne survivait si longtemps. Pendant dix ans, on a vécu plus mal que des bêtes. On dormait sur le banc, on y faisait nos besoins. Peu importe la saison.

» Dix ans après, on était toujours vivants ! Alors, on nous a laissés aller à terre en hiver. C'est là que Placide a voulu s'évader. On l'a repris et il a subi l'essorillage : on lui a coupé le nez et les oreilles. Ensuite, il a eu droit à l'estoupinade : chaque galérien donne à la victime un coup de torchon mouillé de toutes ses forces. Son corps n'était qu'une plaie dégoulinante de sang, mais il n'est pas mort. Je l'ai soigné comme un frère.

» On nous a renvoyés sur une galère. Il y a dix ans, ils ont trouvé qu'on était trop vieux et on nous a mis à l'arsenal. Enfin, il y a deux mois, on nous a libérés. Nous ne pensions pas que cela arriverait un jour.

» En chemin, on a volé deux chevaux dans une auberge ; j'étais si pressé de savoir si mes parents étaient encore vivants. Par malheur, on s'est arrêtés à Luzarches... Voilà ma vie, monsieur. Une vie d'horreur, une vie perdue. Mais je vous en supplie, pendez-moi maintenant, ne me ramenez pas à un prévôt. J'ai trop souffert !

En l'écoutant, Louis avait pris sa décision. Le malheureux n'avait pas tué La Fontaine, et pour ses autres crimes, il avait abondamment payé. Le remettre à la justice le condamnerait à une mort horrible qu'il n'avait pas méritée et cela tuerait sa mère qui avait souffert encore plus injustement.

Et puis, gracier cet homme, c'était se l'attacher. Et sa fidélité pouvait être bien utile en ce moment où l'on manquait de bras.

— Êtes-vous prêt à travailler dur, Jacques ?

— J'ai ramé pendant trente ans, monsieur, aucun travail de force ne peut me faire peur.

— Je n'ai pas à vous juger et j'ai besoin d'hommes, ici. Au demeurant, votre dette est payée. Si vous le souhaitez, vous pouvez poser votre sac à Mercy et vivre auprès de votre mère.

— Mais... comment ferez-vous ?

— Vous allez partir vers Royaumont, avec votre cheval. Vous vous presserez, car le temps peut nous manquer. À trois lieues d'ici, vous l'abandonnerez sans selle ni licol et vous reviendrez à pied à Mercy. En arrivant au château, vous demanderez Michel Hardoin, c'est mon régisseur. Vous expliquerez que vous êtes un ancien piquier du régiment de Picardie, vous vous nommez Jolycœur. Je l'aurais prévenu et il vous engagera. Vous éviterez de parler du passé. Vous n'êtes plus Jacques Hubert. C'est bien compris ?

Mme Hubert avait cessé ses pleurs. Elle regardait son maître avec stupéfaction et adoration. Pouvait-il vraiment sauver son fils ?

— Nous allons revenir à Mercy, Mme Hubert. En chemin, je vous expliquerai ce que j'attends de vous. Vous, Jacques, partez sans attendre.

— Mais Basile ?

— Il ne s'en ira pas. Je le ferai enterrer chrétiennement.

Comme Louis se rendait dans la hutte pour voir le cadavre et examiner sa blessure, le galérien embrassa sa mère, sella son cheval et partit.

Sur le chemin de Mercy, Louis déroulait son plan dans sa tête en examinant toutes les éventualités. Bauer était fier de son maître et Mme Hubert pleurait. L'esprit en déroute, elle était à la fois anxieuse de l'avenir et pleine de bonheur à l'idée que son fils, qu'elle croyait mort, allait rester près d'elle pour le peu de temps lui restant à vivre.

Mais comment son maître allait-il faire ?

— Bauer, serais-tu prêt à signer une fausse déclaration pour moi ?

Bauer prit un air étonné :

— J'ai fait pire, monsieur !

— Soit. Voici ce que nous raconterons : Mme Hubert a vu des traces de sang en se rendant à la ferme et nous a prévenus. Nous avons suivi le sentier jusqu'aux cabanes des charbonniers où nous avons trouvé Placide mourant. Son complice, un galérien huguenot appartenant aux troupes de Soubise, écrasées à la bataille de Retz, s'était enfui pour gagner Nantes. Avant de mourir, Placide s'est confessé devant nous : il s'était disputé avec le forgeron de Luzarches qui lui a donné un coup de lame. Pour se défendre, il l'a repoussé. La Fontaine est tombé et s'est tué.

» Je ferai une lettre en ce sens au prévôt de Luzarches qui viendra examiner le corps. Nicolas en portera une autre au bailli de Senlis dans laquelle je raconterai ce que j'ai découvert aux archives du Châtelet sur La Fontaine et la bande des Rougets et des Grisons, mais pas un mot sur Jacques Hubert. Voilà pour la mort du forgeron.

» En ce qui concerne votre fils, Mme Hubert, je dirai à Michel Hardoin que mon ami Gaston de Tilly a rencontré un capitaine du régiment de Picardie qui lui a recommandé un de ses hommes, un ancien soldat nommé Jolycœur qui cherchait du travail comme bûcheron ou palefrenier. Gaston lui a suggéré de l'envoyer à Mercy et j'ai accepté de l'engager. Il sera là dans les jours qui viennent, peut-être aujourd'hui, mais ce Jolycœur sera pour vous un étranger, Mme Hubert, ne l'oubliez pas !

— Merci, monsieur le marquis, fit-elle, la gorge nouée.

Jacques Hubert arriva dans la soirée. Michel Hardoin, prévenu, l'engagea et dès le lendemain, l'ancien galérien se mit au travail. Peu avant son arrivée, le prévôt de Luzarches était venu, accompagné du curé. Ils avaient fait les constatations sur le cadavre découvert en forêt et le curé était revenu le lendemain pour le mettre en terre au cimetière de Mercy.

Thérèse fut aussi engagée comme femme de chambre, Julie lui demanda seulement d'être plus sage, ou au moins plus discrète. Elle ne revit donc plus M. de Champlâtreux, ou on ne le sut pas...

# Bibliographie

Vous pouvez suivre Louis Fronsac dans le Paris du XVIIe siècle en consultant le plan de Paris numérisé par la Bibliothèque nationale sur gallica.bnf.fr :
Fer Nicolas de, Huitième plan de Paris divisé en ses vingt quartiers.
http://visualiseur.bnf.fr/ark:/12148/btv1b77107008

Ou avec Google map :
http://rumsey.geogarage.com/maps/g4764018.html

## Le bourgeois disparu

Pierre Clément, *Histoire de la vie et de l'administration de Colbert, contrôleur général des finances*, Guillaumin, 1846
André Corvisier, *Louvois*, Fayard, 1983
Daniel Dessert, *Colbert ou le serpent venimeux*, Éditions Complexe, 2000
Pierre Goubert, *Mazarin*, Fayard, 1990
Paul Guth, *Mazarin*, Flammarion, 1972
Ruth Kleinman, *Anne d'Autriche*, Fayard, 1998
Louis Henri de Loménie de Brienne, *Mémoires*, t. 2, 1828
Émile Magne, *La fin troublée de Tallemant des Réaux*, Éditions Emile Paul, 1922
Jean-Christian Petitfils, *Louis XIV*, Perrin, 1995
—, *Fouquet*, Perrin, 1998

François Ravaisson, *Archives de la Bastille, règne de Louis XIV*, 1866

## Le forgeron et le galérien

François de Calvi, Lyonnois, *Inventaire général de l'histoire des Larrons*, Rolin Baragnes, 1625

Sophie et Didier Decaux, *De Henri IV à Louis XIV : La France et les Français au temps des Précieuses*, Lattès, 1982

Michel et Danielle Demorest, *Dictionnaire historique et anecdotique des bourreaux*

Charles Desmaze, *Histoire de la médecine légale en France d'après les lois, registres et arrêts criminels*, 1880

Alexandre Hahn, *Luzarches, le livre d'Histoire*, 1864

Jacques Wilhelm, *La vie quotidienne des Parisiens au temps du Roi-Soleil*, Hachette, 1977

# Remerciements

Je remercie Caroline Lamoulie, mon éditrice, pour les excellentes relations que nous avons eues lors de la préparation de ce livre, et bien sûr mon épouse et mes filles qui restent les plus sévères juges... sans oublier mes lectrices et mes lecteurs auxquels rien n'échappe !

# Table des matières

# Romans et nouvelles
## où apparaissent les Fronsac
(dans l'ordre chronologique)

Vous pouvez joindre l'auteur :
aillon@laposte.net
www.grand-chatelet.net

**10379**

*Composition*
NORD COMPO

*Achevé d'imprimer en Slovaquie*
*par* NOVOPRINT SLK
*le 19 mai 2013.*

Dépôt légal mai 2013.
EAN 9782290070840
OTP L21EPLN001444

ÉDITIONS J'AI LU
87, quai Panhard-et-Levassor, 75013 Paris

*Diffusion France et étranger : Flammarion*